L'HERBIER DES PLANTES QUI GUÉRISSENT

Planches botaniques
de Pierre & Délia Vignes

Textes
de Gérard Debuigne
& François Couplan

LAROUSSE

LES 100 PLANTES QUI GUÉRISSENT

PRÉCAUTIONS D'EMPLOI ET AVERTISSEMENTS

L'éditeur et les auteurs se dégagent de toute responsabilité concernant les mauvais usages qui pourraient être faits des remèdes proposés dans cet ouvrage. Les plantes présentées dans ce livre ne doivent pas être exagérément consommées, ni en quantité, ni en durée. Ce livre ne saurait se substituer à un traitement médical. N'arrêtez en aucun cas un éventuel traitement sans avis médical, et demandez toujours l'avis de votre médecin avant de suivre les conseils exposés dans cet ouvrage. Demandez conseil à votre médecin ou votre pharmacien si vous souffrez d'une pathologie chronique avant d'utiliser une plante médicinale.

AVANT-PROPOS

Cet *Herbier des plantes qui guérissent* a pour vocation de présenter sous leur meilleur jour une sélection de plantes médicinales communes dans nos régions, indigènes pour la plupart, naturalisées pour certaines (la capucine, par exemple), et sans danger si elles sont bien utilisées. Il ne prétend nullement être exaustif.

Apprendre à reconnaître ces plantes médicinales, magnifiées par les remarquables planches botaniques de Pierre et Délia Vignes, partir à la découverte de leur histoire, appliquer des recettes traditionnelles pour les utiliser : tels sont les objectifs de ce livre. En conséquence, on n'y trouvera aucune plante « tueuse », même parmi celles dont les vertus thérapeutiques sont avérées (la digitale, la jusquiame, l'hellébore, le colchique, la belladone, etc.).

Depuis toujours, l'homme a entretenu d'étroits rapports avec le monde végétal. Les plantes ont toujours fait partie de son alimentation, puisqu'il ne lui est pas physiologiquement possible de se nourrir exclusivement de produits animaux. Mais en complément à cette approche nutritionnelle fondamentale, l'être humain a su très tôt utiliser sous diverses formes des plantes spécifiques pour soigner la maladie. Lors de fouilles en Irak, sur un site vieux de 60 000 ans, on a découvert dans une sépulture les restes de huit plantes médicinales. Mais l'usage médicinal des plantes est sans doute aussi ancien que l'homme lui-même, et sans doute précède-t-il même notre espèce, comme en atteste l'observation des chimpanzés en Afrique occidentale. Elle révèle qu'ils utilisent de nombreuses plantes aux propriétés médicinales encore inexplorées !

Depuis le temps des tisanes de nos arrière-grands-mères, où les plantes bienfaisantes attendaient sagement sur les étagères d'être précipitées dans l'eau bouillante pour venir soigner les petits maux de la famille, bien des changements sont survenus dans les relations entre l'homme et les végétaux. Nos connaissances les concernant se sont considérablement accrues. Dans le domaine des plantes médicinales, on peut même parler d'un véritable bouleversement. Les analyses se sont multipliées, des principes actifs ont été isolés. Ainsi comprend-on mieux le mode d'action de certaines plantes – mais pas de toutes encore... De nombreuses études cliniques ont permis de fournir des résultats fiables sur les effets de plusieurs dizaines de végétaux. Certains dangers ont également été mis en évidence. Si l'on connaissait depuis longtemps déjà les plantes les plus toxiques, on s'est récemment rendu compte que d'autres faisaient preuve d'une nocivité plus subtile, et que leur utilisation régulière sur une période prolongée pouvait entraîner de graves troubles, parfois mortels. Par ailleurs, diverses pharmacopées exotiques ont été explorées et nous ont valu l'introduction de quelques-unes des nombreuses plantes qui les composent, dont certaines ont littéralement détrôné leurs équivalents thérapeutiques européens : le ginkgo, l'harpagophytum, l'échinacée... Outre les classiques infusions, d'autres formes d'emploi des plantes à des fins médicinales ont été développées, telles les gélules et les suspensions intégrales de plantes fraîches. D'autres approches thérapeutiques, telle l'aromathérapie, ont également pris une grande ampleur. Devant une telle profusion de données nouvelles, combinée au développement important du marché des plantes médicinales et à une pratique accrue de l'automédication, la législation a nécessairement dû s'adapter, en combinant assouplissement et durcissement.

Les attitudes aussi ont beaucoup changé et nous sommes aujourd'hui bien loin des « simples » et des tisanes bienfaisantes de jadis. Pour les pharmacologues, la plante n'est plus guère qu'un support de principes actifs. Et si l'on peut synthétiser ces derniers, tant mieux, le végétal lui-même étant souvent regardé avec suspicion... L'utilisateur, de son côté, cherche souvent à se soigner lui-même, et va chercher des conseils dans des livres ou sur Internet plutôt qu'auprès d'un médecin. Mais les rares accidents qui en résultent provoquent immédiatement la réaction du corps médical et des autorités, désireux de garder la mainmise sur l'utilisation thérapeutique des végétaux. La réussite commerciale de certaines plantes comme le millepertuis ou la stévia ont même entraîné des réactions vigoureuses de la part des lobbies chimique et sucrier, craignant de perdre des parts de marché.

Malgré les énormes progrès réalisés par la médecine moderne, la phytothérapie offre de multiples avantages. N'oublions pas que, de tout temps, à l'exception des cent-cinquante dernières années, les hommes n'ont eu que les plantes pour se soigner.

Aujourd'hui, les traitements à base de plantes reviennent au premier plan, car l'efficacité des médicaments tels que les antibiotiques (considérés comme la solution quasi universelle aux infections graves) décroît. Les bactéries et les virus se sont peu à peu adaptés aux médicaments et leur résistent. La phytothérapie, qui propose des remèdes naturels et bien acceptés par l'organisme, est souvent associée aux traitements classiques. Elle connaît de nos jours un renouveau exceptionnel en France et en Europe, spécialement dans le traitement des maladies chroniques, comme l'asthme ou l'arthrite.

La botanique a également connu une importante évolution. Les anciennes désignations médiévales ont disparu. Qui se souvient que la sauge, la chélidoine, la valériane et le millepertuis étaient jadis l'herbe sacrée, l'herbe d'hirondelle, l'herbe de Saint Georges et l'herbe aux piqûres ? Les noms des familles ont été rationalisés : on ne parle plus de Composées mais d'Astéracées, de Crucifères mais de Brassicacées, d'Ombellifères mais d'Apiacées. Les noms scientifiques de nombreux végétaux ont été modifiés par l'application du principe d'antériorité, qui stipule que doit être employé le nom utilisé lors de la première description valide d'une espèce. Et suite à l'étude du génome des plantes, certaines de ces dernières ont été déplacées d'une famille à une autre.

Une plante médicinale est un végétal doué d'un effet thérapeutique sur l'organisme sans être toxique à dose normale. « *Primum non nocere* » (d'abord, ne pas nuire) : il importe avant tout que l'utilisation raisonnable dans le but de guérir une maladie déclarée ne fasse pas de mal. Il est souhaitable aussi qu'elle permette de traiter efficacement le problème, puisque tel est le but recherché. Le terme général de « plante médicinale » regroupe un large éventail de végétaux allant de plantes parfaitement comestibles (alimentaires ou condimentaires) à de véritables tueuses dont il faut se méfier à tout prix. À l'opposé, il ne faut pas négliger les légumes et les fruits sauvages, dont quelques uns sont répertoriés dans cet ouvrage. Même s'ils ne possèdent, à première vue, que de faibles propriétés médicinales, ils présentent habituellement de remarquables qualités nutritionnelles. Leur consommation régulière est bénéfique à l'organisme et représente une véritable forme de médecine préventive. Si les plantes sont faciles à utiliser, certaines d'entre elles provoquent également des effets secondaires. Comme tous les médicaments, les plantes médicinales doivent être employées avec précaution. Même la consoude (p. 178), une plante qui a connu, jadis, son heure de gloire, peut avoir des effets fatals dans certaines circonstances. Elle est classée comme substance vénéneuse depuis 2011. Toutefois, lorsqu'un traitement à base de plantes est suivi correctement, les risques d'effets secondaires sont fort limités.

Et si l'on devait refuser de consommer un végétal parce qu'il contient une substance toxique, il faudrait éliminer un grand nombre de fruits et légumes de nos assiettes : le céleri est photosensibilisant, le pamplemousse diminue l'élimination par le foie des substances actives et potentialise donc les effets des médicaments, ce qui provoque l'effet d'un surdosage ; le chou et le radis noir réduisent au contraire l'action des médicaments… ni plus ni moins que le millepertuis que l'on a mis, lui, sur la sellette !

L'ÉDITEUR

Millefeuille

Achillea millefolium

FAMILLE DES ASTÉRACÉES

Ses composés actifs :
Tanins, flavonoïdes, lactones sequiterpéniques, alcaloïdes (dont l'achilléine), triterpènes, polyines, coumarines, acide salicylique, essence aromatique (dont camphre, linalol, sabinène et proazulènes).

La réputation médicinale de l'achillée remonte sans doute à la préhistoire. On a découvert du pollen d'achillée – et de plusieurs autres plantes médicinales – en forte concentration dans la grotte de Shanidar, en Irak, où se trouve une sépulture Néandertalienne. Cette plante devait donc déjà faire partie de la pharmacopée rudimentaire des hommes de Néandertal, il y a plus de 50 000 ans. Beaucoup plus tard, Dioscoride a signalé l'achillée millefeuille comme étant « *d'une efficacité incomparable contre les plaies saignantes, les ulcères anciens ou récents* ». De son côté, Hippocrate la recommandait en bains contre les hémorroïdes saignantes. Guérir les maux saignants, internes et externes, est longtemps demeuré la principale indication de l'achillée millefeuille. Cazin et Teissier, au XIXe siècle, la préconisaient aussi dans les maladies du système veineux (varices) et dans les spasmes utérins.

Cicatrisante et calmante

• Leur astringence fait recommander les feuilles comme **cicatrisant des plaies de toute nature**, des écorchures, des gerçures. Anti-inflammatoires, elles calment les démangeaisons.

• On les emploie également pour **réduire les règles trop abondantes**, les hémorroïdes et les crachements de sang.

• Les sommités fleuries sont un **tonique amer, apéritif et difestif**. Elles sont préconisées par la commission E allemande en cas de manque d'appétit, de troubles digestifs comme les ballonnements, les éructations, les flatulences, et en cas de douleurs abdominales.

• Elles aident, comme les feuilles, à réguler le cycle menstruel, et **soulagent les règles douloureuses**. On recommande le millefeuille en bains de siège contre les douleurs pelviennes de la femme.

PRINCIPALES VERTUS

★ Pour cicatriser les plaies
★ Pour les troubles menstruels
★ Pour la digestion
★ Tonique et amère

PARTIES UTILISÉES

★ Sommités fleuries, feuilles

COMMENT L'UTILISER

• **INTERNE :** 30 à 50 g de sommités fleuries par litre d'eau bouillante. Prendre 2 ou 3 tasses à café par jour en cas de digestion difficile ou de règles douloureuses.

• **EXTERNE :** Suc de la plante bien lavée, exprimé sur une coupure fraîche. Il arrête le sang et active la cicatrisation.

En décoction. 60 g de sommités fleuries par litre d'eau. Excellente pour laver les plaies ou pour imbiber des compresses contre les hémorroïdes.

Vin. Faire bouillir 40 à 50 g de plante par litre de vin. C'est un puissant désinfectant et cicatrisant des gerçures, des engelures et des crevasses, qui peut aussi servir à panser les ulcères cutanés.

AUTRES USAGES : Les tendres jeunes pousses de millefeuille étoffent les salades composées. On peut hacher les feuilles en condiment à la façon du persil ou les cuire à l'eau puis les sauter rapidement au beurre, comme on en avait coutume en Angleterre. Elles aromatisaient jadis la cervoise. Les inflorescences parfument les desserts.

LE SAVIEZ-VOUS ? C'est à Achille, héros de la guerre de Troie dans la mythogie grecque, que le millefeuille doit son nom latin d'*Achillea* (achillée en français). Il se serait en effet servi des feuilles de cette plante pour guérir les blessures de Télèphe, roi des Mysiens.

Description

C'est une plante vivace de 20 à 70 cm de hauteur, très commune dans les prés, les friches et au bord des chemins. On la rencontre en Europe, en Asie et en Amérique du Nord, où elle est naturalisée. Sa tige droite, raide et presque ligneuse porte de nombreuses feuilles découpées en très fins segments, ce qui leur donne un aspect de soucis embroussaillés. Les fleurs blanches, parfois roses en montagne, sont en fait de mini-capitules réunis en corymbes. En les froissant se dégage un agréable parfum camphré, puissant et suave à la fois.

Marronnier d'Inde

Æsculus hippocastanum

FAMILLE DES SAPINDACÉES

Ses composés actifs :

Tanins, esculoside (une coumarine). Graines : beaucoup d'amidon, lipides, flavonoïdes et saponosides triterpéniques, dont l'aescine. Tégument des graines : proanthocyanidols.

PRINCIPALES VERTUS

- ★ Problèmes circulatoires
- ★ Rétention d'eau
- ★ Prostate

PARTIES UTILISÉES

- ★ Graines (marrons d'Inde), écorce

C'est Clusius, alors jardinier de l'empereur Maximilien à Vienne, qui planta en Europe le premier pied, venu de Constantinople, avant que Bachelier l'introduise en France en 1615. Au XVIIe siècle, l'écorce et le fruit du marronnier étaient considérés comme fébrifuges par beaucoup d'auteurs, qui les préconisaient comme succédanés valables du quinquina. Sous Napoléon Ier, au moment du blocus continental, les médecins étant contraints d'utiliser les drogues indigènes, le marronnier d'Inde retrouva une nouvelle faveur. Toutefois, la préférence resta au quinquina, plus cher mais aussi plus sûr. Par la suite, cette propriété fébrifuge du marron d'Inde se trouva supplantée par son action universellement reconnue sur les troubles circulatoires.

Jambes lourdes, varices, hémorroïdes...

- Le marron d'Inde (graine) est recommandé pour **soigner les affections veineuses chroniques** telles les varices et les jambes lourdes.
- Il **combat la rétention d'eau**.
- Chez les hémorroïdaires, il **calme la douleur** et agit sur les parois variqueuses.
- Il se montre précieux dans les états congestifs du petit bassin, **y compris ceux qui affectent la prostate**.
- Les médicaments à base d'écorce de marronnier d'Inde s'utilisent **en cas d'ecchymoses** et de problèmes dus à une **fragilité capillaire cutanée**.

AUTRES USAGES : Les marrons d'Inde sont très nutritifs et peuvent être consommés, à condition d'en éliminer les saponosides toxiques. Pour ce faire, les Indiens d'Amérique du Nord faisaient longuement bouillir à l'eau les graines de diverses espèces locales de marronniers.

COMMENT L'UTILISER

- **INTERNE** : Étant donné le goût âpre et désagréable du marron d'Inde, on emploie de préférence **des gélules ou des comprimés** à base d'extrait sec. Contre les troubles veineux.
Vin d'écorce. Faire macérer de 30 à 60 g d'écorce dans un litre de vin blanc. Prendre un verre à apéritif avant chaque repas. Toutes ces préparations étant désagréables, les empiriques se contentent de conseiller sans sourire de porter un marron d'Inde dans la poche.
- **EXTERNE** : **Décoction d'écorce.** 50 g par litre. Comme antiseptique sur les plaies. Cette même décoction est employée en lotions et en lavements contre les hémorroïdes, ou en injections contre les congestions pelviennes féminines.

LE SAVIEZ-VOUS ? Le surnom de « châtaigne de cheval » que l'on donne au marron d'Inde provient de son usage traditionnel en Turquie, puis en Europe, pour donner du tonus aux chevaux poussifs.

Description

Bel arbre originaire des forêts des Balkans et de la Turquie, qui orne majestueusement les parcs, les promenades et les cours d'école. Il a de gros bourgeons visqueux, de belles feuilles palmées, composées de cinq à sept folioles, des grappes serrées de fleurs blanches tachées de rouge ou de jaune. Ses fruits verts et épineux contiennent de grosses graines d'un brun luisant munies d'une tache plus claire, les marrons d'Inde.

Le véritable marronnier a des fleurs blanches (jamais roses).

Aigremoine

Agrimonia eupatoria

FAMILLE DES ROSACÉES

Ses composés actifs :
Tanins (dont catéchines) et flavonoïdes (dont lutéoline). Les catéchines ont un effet astringent et antibactérien, tandis que les flavonoïdes sont anti-inflammatoires.

PRINCIPALES VERTUS

★ Antidiarrhéique
★ Dans les affections de la gorge et de la bouche
★ Antidiabétique

PARTIES UTILISÉES

★ Feuilles, fleurs, plante entière

Dans l'Antiquité, on attribuait à l'aigremoine des vertus étendues contre la cataracte, la jaunisse, la morsure des serpents. Dioscoride l'utilisait pour soigner les ulcères. Elle entra ensuite dans la composition de l'eau d'arquebusade. Son astringence, due à sa teneur en tanin, la faisait recommander par le Dr Reutter contre les crachements de sang des tuberculeux.

Le remède des chanteurs

- On utilise encore l'aigremoine pour **diminuer le sucre urinaire et pour calmer la soif des diabétiques**, tout en stimulant les fonctions digestives.
- Grâce au tanin qu'elle contient, la plante est aussi **un antidiarrhéique remarquable**, employé avec succès dans les troubles digestifs accompagnés de diarrhée, l'entérite et les affections chroniques du foie. Attention, les tanins peuvent aussi entraîner de la constipation.
- Elle est aussi très **précieuse et bienfaisante contre les affections de la gorge et de la bouche**. Efficace contre le mal de gorge, l'enrouement, l'angine simple, elle donne surtout de très bons résultats dans le **traitement des pharyngites chroniques** (extinctions de voix) chez les chanteurs ou les personnes qui parlent en public. Elle est aussi renommée **contre les inflammations et ulcérations de la bouche** (aphtes, gingivites causées par le frottement d'un dentier ou d'un appareil dentaire d'orthodontie, etc).

AUTRE ESPÈCE : Une espèce voisine des haies et des bois, un peu plus grande dans toutes ses parties, l'aigremoine odorante (*Agrimonia procera*), dégage au froissement une odeur subtile due à l'essence aromatique qu'elle contient. Mêmes utilisations.

COMMENT L'UTILISER

- **INTERNE : En infusion.** 10 à 30 g par litre. Prendre 3 ou 4 tasses par jour.
- **EXTERNE : En décoction.** 100 g de plante par litre. Faire bouillir jusqu'à réduction au tiers. À employer en bains de bouche ou en gargarismes fréquents et prolongés (5 ou 6 fois par jour) pour toutes les affections de la bouche. On recommande de sucrer avec du miel ou du sirop de mûres.

La même décoction, appliquée en compresses, résout fort bien les foulures et les luxations.

Les fleurs jaunes ont les mêmes vertus que les feuilles.

Description

Plante haute de 40 cm environ, commune le long des haies, des chemins, à la lisière des bois et dans les lieux ombragés. Elle est répandue en Europe, en Asie mineure et en Afrique du Nord. De sa souche épaisse naît une tige velue, souvent rougeâtre, qui porte des feuilles divisées en segments dentés. Elles sont d'un vert-blanchâtre en dessous. Les fleurs à cinq pétales jaunes sont disposées en grappe dressée. Elles donnent de petits fruits allongés bordés de petits crochets qui se prennent dans le poil des animaux, favorisant ainsi la dissémination de la plante.

Alchémille

Alchemilla vulgaris

FAMILLE DES ROSACÉES

Ses composés actifs :

Tanins, flavonoïdes, triterpènes, acide salicylique

Au XVIe siècle, Andrés de Laguna, un des grands médecins espagnols de son temps, recommandait l'alchémille pour soigner les fractures des jeunes enfants. La tradition populaire en faisait plutôt un remède-miracle pour les femmes qui désiraient retrouver leur virginité. Pour le prêtre-herboriste suisse Johann Künzle, au début du XXe siècle, c'était une panacée de l'organisme féminin : il l'utilisait avec succès contre les pertes blanches, les douleurs utérines et entraînées par les règles et les problèmes accompagnant l'accouchement.

TOXICITÉ

L'alchémille n'est pas réellement toxique, mais elle est déconseillée pendant la grossesse.

LE SAVIEZ-VOUS ? Les alchimistes récoltaient au creux de chaque feuille une goutte d'eau nommée « eau céleste ». Il s'agit d'une eau végétale sécrétée par la plante, mais aussi de la rosée, voire de la pluie. C'est en tout cas l'eau très pure dont ils avaient besoin pour leurs travaux. L'aspect ample et élégant des feuilles vaut à l'alchémille son nom populaire de « manteau de Notre-Dame ».

Une goutte d'eau céleste

• L'alchémille se montre efficace **pour soulager les troubles menstruels** : elle facilite la venue des règles, les régularise et atténue les douleurs qui les accompagnent.
• Riche en tanins, l'alchémille est **astringente** et s'emploie traditionnellement **contre les diarrhées légères**, la dysenterie et les gastro-entérites.
• On l'emploie aussi pour **réduire les saignements** et cicatriser les blessures.
• En application locale, elle **soulage les jambes lourdes**.

AUTRES USAGES : Les feuilles d'alchémille sont comestibles, mais leurs tanins les rendent astringentes.

PRINCIPALES VERTUS

★ Contre les troubles menstruels
★ Antidiarrhéique
★ Astringente

PARTIES UTILISÉES

★ Plante entière

COMMENT L'UTILISER

• **INTERNE : Infusion.** 20 à 30 g de plante par litre d'eau. Faire infuser 15 minutes. Boire 3 à 4 fois par jour juste avant la venue des règles et pendant leur durée afin de les faciliter.
Décoction. 40 g de plante par litre d'eau. Bouillir 10 minutes. Contre les diarrhées.

L'infusion de feuilles d'alchémille est très utile en cas de règles douloureuses.

Description

Petite plante vivace (10 cm de hauteur) très commune dans les prés, surtout en altitude. Elle est native dans tout l'hémisphère nord sous de nombreuses formes voisines. Ses feuilles d'un vert bleuâtre captent le regard par leur forme arrondie, divisée en lobes dentés avec des nervures principales partant du centre. La tige porte de minuscules fleurs d'un vert jaunâtre.

Poireau

Allium porrum

FAMILLE DES ALLIACÉES

Ses composés actifs :
Hétérosides sulfurés.

PRINCIPALES VERTUS

★ Diurétique
★ Contre la constipation
★ Contre les affections respiratoires
★ Soins de la peau

PARTIES UTILISÉES

★ Blanc (« tige »), vert (feuilles) et graines

Le poireau devait être particulièrement estimé des Égyptiens si l'on en croit le célèbre Papyrus des métiers, qui nous apprend que le roi Chéops récompensa par 100 bottes de poireaux un médecin habile qui l'avait soulagé d'une affection urinaire. Les Hébreux l'estimaient pour ses propriétés rafraîchissantes et en font mention dans le Livre des Nombres. Chez les Grecs et les Romains, il était à la fois un légume estimé et un véritable remède. Hippocrate établit, le premier, ses nombreuses vertus - il « *augmente la diurèse, augmente le lait des nourrices et guérit la phtisie* ».
L'empereur Néron en faisait une cure, à l'exclusion de toute autre nourriture, quelques jours par mois, afin d'avoir la plus belle voix, à tel point qu'on le surnommait par dérision le « porrophage » (« mangeur de poireau ») ! Au Moyen Âge, c'est surtout pour cette qualité que le poireau était prescrit par les médecins.

Salutaire poireau

• Le poireau est un **diurétique populaire** utilisé dans les rétentions d'urine. On emploie le bouillon de poireau ou la décoction de graines dans du vin blanc, aussi efficaces l'un que l'autre.

• Il a aussi une salutaire action sur l'intestin, bien **utile en cas de constipation**.

• Il est **efficace dans les inflammations aiguës et chroniques des voies respiratoires**, et son sirop fait merveille dans les extinctions de voix, l'enrouement, la toux, les pharyngites, etc.

• Le cataplasme de poireau, calmant et maturatif, était employé par nos grand-mères **contre les furoncles, les ulcères, les gonflements goutteux articulaires**, les angines.

• Le suc en lotion **supprime les rougeurs et les boutons** et apaise les piqûres d'insectes.

UN COUSIN QUI VOUS VEUT DU BIEN. Cousin du poireau et star des Alliacées, l'ail, que l'on consomme frais – cru ou cuit – ou sous forme de gélules, comprimés ou huile d'ail, est paré de nombreuses vertus. On lui reconnaît de **remarquables propriétés hypotensives.** Il stimule le cœur, facilite la circulation et fluidifie le sang. On le préconise pour faire baisser le taux de cholestérol et la glycémie, et il est efficace **à titre préventif contre les maladies cardio-vasculaires**.
Ses propriétés **antiseptiques, bactéricides et expectorantes** en font un excellent préventif et curatif des bronchites, grippes et autres infections respiratoires saisonnières. L'alliicine qu'il renferme possède une action antibiotique avérée. L'ail est encore un excellent **vermifuge**. Des études chinoises ont montré un taux de cancer nettement moins élevé au sein d'une population forte consommatrice d'ail (20 g par jour) par rapport à celles où ce condiment n'est qu'occasionnel.

COMMENT L'UTILISER

• **INTERNE : Le bouillon de poireau** peut être bu comme une tisane pour ses effets diurétiques. Sa consommation régulière est, paraît-il, une assurance de beauté et un bon moyen d'éviter le vieillissement prématuré de la peau.
Sirop. Obtenu en mêlant cette décoction forte et prolongée à son poids de miel. Très efficace dans les inflammations des voies respiratoires.
• **EXTERNE : En cataplasme.** Préparé avec des feuilles de poireau bouillies, le cataplasme s'applique chaud. Contre les affections précédemment citées.

Description

Le poireau, un de nos légumes les plus populaires, serait issu d'un ancêtre sauvage inconnu originaire du Moyen-Orient. Il est très proche du poireau des vignes (*Allium polyanthum*), illustré ci-contre, espèce d'Europe méridionale que l'on rencontre fréquemment dans les champs et les vignes du Midi, ainsi que dans l'ouest et le centre de la France. Sa partie souterraine est formée de deux bulbes principaux entourés de nombreuses bulbilles.

Pulsatille

Anemone pulsatilla

FAMILLE DES RENONCULACÉES

Ses composés actifs :

Tanins, saponosides triterpéniques, protoanémonine (une lactone qui, douée de propriétés rubéfiantes, se transforme au séchage en anémonine, inactive).

Étant donné la causticité de la plante à l'état frais, on n'utilisait pour l'usage interne que la plante sèche : elle perdait malheureusement, en même temps que son âcreté, une bonne part de ses principes actifs. On la préconisait néanmoins contre l'hyperexcitabilité nerveuse, l'éréthisme cardiaque, les névralgies, les migraines, les spasmes douloureux (surtout ceux des organes génitaux). Certains l'utilisaient aussi contre la toux spasmodique et la coqueluche, d'autres contre certaines manifestations de la syphilis (douleurs du tabès). On l'employait également pour l'usage externe, pour obtenir un effet révulsif et dérivatif, contre les névralgies, les rhumatismes, les points de côté.

PRINCIPALES VERTUS

★ Antidouleur

PARTIES UTILISÉES

★ Plante fraîche

TOXICITÉ

Les pulsatilles sont irritantes à l'état frais. Leur ingestion abusive pourrait entraîner des troubles respiratoires et cardiaques. L'usage de la plante est déconseillé durant la grossesse : la protoanémonine se montrerait abortive ou tératogène chez le bétail.

Surtout en homéopathie

- Actuellement, les préparations d'anémone pulsatille, obtenues avec la plante fraîche, sont surtout utilisées en médecine homéopathique : on emploie *pulsatilla* **contre l'élément douleur** (douleur des varices, douleur des spasmes et notamment de ceux qui ont leur siège dans l'utérus), **contre l'hyperexcitabilité et l'éréthisme cardiaque**.
- La protoanémonine de la plante fraîche posséderait des propriétés antibactériennes et antispasmodiques.

REMARQUE : La pulsatille des montagnes (sous espèce *montana*), illustrée ci-contre à gauche, diffère de la forme générique (ci-dessous) par le beau violet sombre, presque noir, de ses pétales. Les deux formes ont les mêmes propriétés.

Description

Cette plante vivace (haut : 10 à 30 cm) pousse dans les pelouses et les prés secs, en Europe et en Asie du Nord. Elle fleurit de mars à juin selon l'altitude. Les grandes fleurs violettes solitaires, à six sépales velus, naissent au milieu d'une couronne de bractées étroites et allongées, au sommet d'une tige épaisse, couverte de longs poils soyeux. Les vraies feuilles, partant toutes de la base de la plante, sont profondément divisées en minces lanières. À maturité, les têtes duveteuses sont composées de nombreux fruits secs (akènes) groupés au sommet de la tige, munis chacun d'une longue arête plumeuse.

COMMENT L'UTILISER

- **INTERNE :** On utilisait jadis principalement les préparations à base de plante fraîche et surtout **l'alcoolature**. F.-J. Cazin, au XIXe siècle, recommandait néanmoins la plante sèche en infusion de 2 à 5 g pour 300 g d'eau bouillante, à boire dans les 24 heures, contre la toux.
- **EXTERNE : Cataplasme** de plante broyée. Il a un effet révulsif contre les douleurs. Bien vérifier qu'il n'existe pas d'écorchure sur la région à traiter, surveiller l'action avec circonspection et, de toute manière, ne pas faire d'application prolongée.
- **L'infusion** légère de plante fraîche fait disparaître les taches de rousseur, d'après J. Pitton de Tournefort.

Anthyllide vulnéraire

Anthyllis vulneraria

FAMILLE DES FABACÉES

Ses composés actifs :
Tanins, saponines, mucilage, flavonoïdes et acides organiques.

PRINCIPALES VERTUS

★ Soigne plaies, brûlures, inflammations cutanées
★ Antitussive
★ Digestive

PARTIES UTILISÉES

★ Fleurs, plante entière

AUTRES ESPÈCES : Il existe plusieurs autres espèces d'anthyllides. Parfois appelées aussi vulnéraires, elles ne sont pour autant pas utilisées en phytothérapie. Restreintes aux régions méridionales (bord de mer ou montagne), ce sont de petites plantes, à l'exception de la barbe de Jupiter (*Anthyllis barba-jovis*), qui atteint la taille d'un arbrisseau (1 m à 1,5 m).

Voici une plante qui annonce haut et fort ses propriétés, ou du moins la plus connue d'entre elles : en effet, son qualificatif de vulnéraire vient du latin *vulnus*, qui signifie « plaie », et vulnéraire se disait jadis de toute substance ayant pour effet la guérison des plaies. On l'appelle aussi « thé des Alpes » mais attention, ce nom s'applique également à d'autres plantes telle la dryade *(Dryas octopetala)* ou la crapaudine *(Sideritis hyssopifolia)*.

Cicatrisante populaire

• Comme son épithète l'indique, l'anthyllide vulnéraire est un remède populaire indiqué dans de nombreux problèmes de peau. On la préconise pour **soigner les plaies, les brûlures et les inflammations cutanées**.
• Elle soigne les ulcérations et les furoncles et **favorise la cicatrisation** des tissus. On l'emploie aussi en cas d'eczéma.
• Désinfectante, elle est mise à profit en cas d'inflammation des gencives et des muqueuses de la bouche et du pharynx.

COMMENT L'UTILISER

• **INTERNE : En infusion.** 10 à 20 g de plante entière séchée par litre d'eau ou une cuillerée à café par tasse. Prendre 2 ou 3 tasses par jour pour favoriser la digestion. Sucrer au miel contre la toux.
• **EXTERNE : En décoction.** 40 à 50 g de plante séchée par litre d'eau. En lavages puis compresses laissées en place une vingtaine de minutes contre les coupures et les plaies, les irritations et les inflammations de la peau.
En cataplasme. Broyer la plante entière fraîche et appliquer sur la peau intacte en cas d'irritations cutanées, de coups de soleil.

Description

Plante herbacée de 10 à 30 cm de hauteur, commune dans les prés secs, les friches et les talus, depuis le bord de la mer jusqu'à 3 000 m d'altitude dans les Alpes. Elle se rencontre en Europe, en Afrique du Nord, dans l'ouest de l'Asie et en Amérique du Nord. Les feuilles inférieures sont souvent entières, celles de la tige sont composées de folioles inégales, la terminale beaucoup plus grande que les autres. Les fleurs à corolle jaune, papilionacée, fleurissent de mai à août. Elles sont groupées en un ou deux capitules denses terminant chaque tige. Le calice velu se renfle en vessie, surtout après la floraison. Très variable dans sa morphologie et son habitat, l'anthyllide vulnéraire se subdivise en nombreuses sous-espèces et variétés.

Arbousier

Arbutus unedo

FAMILLE DES ÉRICACÉES

Ses composés actifs :
Tanins, hétérosides phénoliques (dont l'arbutoside), principe amer. Fruits : beaucoup de glucides et d'acides organiques.

PRINCIPALES VERTUS

- ★ Contre les problèmes urinaires
- ★ Antidiarrhéique
- ★ Contre les maux de gorge

PARTIES UTILISÉES

- ★ Feuilles, jeunes pousses, fruits

D'après Pline l'Ancien, « *l'arbouse est un fruit sans mérite ; le nom qu'il porte* (unedo) *l'indique; il vient de ce qu'on ne mange qu'une arbouse* (unum edo) ». L'arbousier ne semble donc pas avoir été très réputé dans l'Antiquité.

Diurétique et astringent

• Les feuilles fraîches et les jeunes pousses sont **diurétiques et astringentes**. L'arbutoside qu'elles renferment est **un antiseptique de l'appareil urinaire**, utile contre les cystites et les urétrites.
• On utilise aussi les feuilles **contre les diarrhées** et la dysenterie.
• En gargarisme, elles soulagent les maux de gorge.
• La racine, astringente, était parfois utilisée contre l'artériosclérose, la mauvaise circulation du sang, la tension artérielle trop élevée.
• Le fruit, l'arbouse, est considéré comme **diurétique** et on l'emploie aussi comme **astringent contre les diarrhées**.

AUTRES USAGES : Les « fraises du maquis » sont aromatiques, crémeuses et sucrées, mais leur pulpe orangée contient de nombreuses concrétions, comme certaines poires. Les arbouses sont bonnes crues, sans doute meilleures avant maturité totale, quand elles sont encore de couleur orange. Mais certains les trouvent indigestes. Le problème ne se pose plus après cuisson. Il vaut la peine d'en faire des compotes et des confitures. Ces dernières sont couramment vendues sur les marchés du Midi. En Espagne et en Afrique du Nord, les fruits servent à confectionner des sorbets, et on en distille une eau-de-vie parfumée. Ailleurs, on en prépare des liqueurs. Riches en glucides, les arbouses sont nutritives.

LE SAVIEZ-VOUS ? Les Romains avaient fait de l'arbousier l'attribut de Carda, sœur d'Apollon, amie de Janus, gardienne des portes, qui écartait les sorcières et guérissait les enfants malades ou ensorcelés à l'aide de sa baguette d'arbousier. En Italie, pendant la lutte pour l'indépendance (1848-1870), les patriotes prirent l'arbousier pour symbole : l'arbre porte en même temps des feuilles vertes, des fleurs blanches et des fruits rouges, couleurs du drapeau national.

COMMENT L'UTILISER

• **INTERNE** : **En infusion**. 10 g de feuilles fraîches par litre d'eau bouillante, à boire dans la journée comme diurétique, anti-diarrhéique ou contre les troubles de l'appareil urinaire.
Confiture d'arbouses. Sucre et fruits en parties égales. Contre la diarrhée légère.

Description

Répandu dans tout le bassin méditerranéen, surtout dans sa partie occidentale, l'arbousier est un arbuste élégant au tronc tortueux, dont l'écorce écailleuse laisse apparaître un bois lisse rouge-orangé. Les feuilles vert foncé, coriaces et persistantes, évoquent celles du laurier, mais elles sont dentées. Les fleurs, des grelots blanc-verdâtre, sont présentes d'octobre à janvier. L'arbuste continue souvent de fleurir alors qu'il porte déjà des fruits. Ceux-ci, les arbouses, sont de grosses sphères vertes couvertes de petits tubercules, qui deviennent jaunes, orangé et enfin rouges à maturité.

Les arbouses sont bien plus réputées en Espagne qu'en France.

Busserole

Arctostaphylos uva-ursi

FAMILLE DES ÉRICACÉES

Ses composés actifs :
Hétérosides phénoliques (dont l'arbutoside, qui se transforme en hydroquinone), flavonoïdes (dont l'hypéroside), triterpènes, iridoïde, tanins.

PRINCIPALES VERTUS
- ★ Antiseptique urinaire
- ★ Diurétique
- ★ Antidiarrhéique

PARTIES UTILISÉES
- ★ Feuilles, fruits

Rabelais ne nous a rien laissé ignorer des propriétés diurétiques de la busserole, efficace dans les calculs de la vessie et même dans la blennorragie, puisqu'elle en guérit Pantagruel : « Luy prit une pisse chaude qui le tourmenta fort, mais ses médecins le secoururent bien, avec force drogues diurétiques et luy firent pisser son malheur. » Très prônée par les médecins du XVIIe siècle, la busserole fut ensuite abandonnée au siècle suivant, sous l'influence de Jean-Charles Desessartz, qui la jugeait inerte. Elle ne sera réhabilitée qu'en 1857. Depuis, divers travaux modernes ont prouvé les vertus incontestables de la busserole.

Vertueux raisin d'ours

• Les feuilles constituent un **antiseptique urinaire puissant** grâce à leur teneur en hydroquinone. On les recommande **en cas d'infection des voies urinaires**. On les utilise pour soigner en particulier les cystites et les urétrites, si les reins ne sont pas touchés. Il est important que l'urine soit alcaline. Pour une efficacité maximale, il faut donc éviter les aliments ou les médicaments qui pourraient l'acidifier.
• Très riche en tanins, la busserole est aussi un **excellent astringent**, recommandable dans l'entérite avec diarrhée, la leucorrhée, les hémorragies utérines.

AUTRES USAGES : Les fruits à pulpe farineuse, acidulée et astringente, sont comestibles. Jadis, ils étaient écrasés et mélangés à de la farine pour confectionner des galettes ou du pain. Les Indiens d'Amérique du Nord y mêlaient de la graisse animale pour préparer du *pemmican*. Riche en glucides, la pulpe des fruits de busserole est très nutritive.

LE SAVIEZ-VOUS ? « Busserole » vient du provençal *bouisserolo*, buis, par analogie de forme et de feuillage entre ces deux arbustes. Les ours raffolent des baies de busserole, comme en attestent son surnom « raisin d'ours » (le nom de genre *Arctostaphylos* signifie d'ailleurs exactement la même chose, en grec).

COMMENT L'UTILISER

• **INTERNE : En infusion**. Prendre 20 g de feuilles sèches par litre d'eau. Boire 2 ou 3 tasses par jour. Contre les infections des voies urinaires. **En décoction concentrée.** Prendre 30 g de feuilles sèches par litre d'eau. Laisser réduire au quart. Absorber dans la journée comme antidiarrhéique.

Description

Ce sous-arbrisseau toujours vert tapisse le sol des forêts sèches de pins ou de mélèzes, surtout dans les montagnes, du Jura aux Pyrénées.
Il est répandu dans tout l'hémisphère Nord. Ses rameaux tortueux, brun-rouge, à écorce lisse, étalés en tous sens, portent des feuilles coriaces et luisantes, dont la forme arrondie évoque celles du buis, d'où son nom. Les fleurs d'un blanc-rosé, en forme de clochette rétrécie au sommet, donnent naissance à de grosses billes rouges, mûres à la fin de l'été.

TOXICITÉ

Les tanins peuvent provoquer une constipation ainsi que, chez les personnes sensibles, des nausées et des vomissements. Les plantes contenant de l'arbutoside ne doivent pas être employées pendant plus d'une semaine, et au maximum cinq fois par an. Elles ne doivent pas être utilisées par les femmes enceintes ou allaitantes, ni par les enfants de moins de douze ans.

Arnica

Arnica montana

FAMILLE DES ASTÉRACÉES

Ses composés actifs :
Pigments caroténoïdes, lactones sequiterpéniques (dont l'hélénaline), flavonoïdes, coumarines, essence aromatique riche en thymol.

PRINCIPALES VERTUS

★ Contre les contusions, les hématomes, les entorses

PARTIES UTILISÉES

★ Feuilles, fleurs

• C'est aussi un **important remède homéopathique** contre les commotions, les blessures et les douleurs.

AUTRE ESPÈCE : Compte-tenu de la demande croissante de l'industrie phytothérapeutique, de la relative rareté de la plante et des difficultés à la cultiver, les pharmacopées européenne et allemande ont autorisé l'utilisation de l'arnica américaine, *Arnica chamissonis*, aux propriétés équivalentes, et qui peut être cultivée plus facilement.

Il semble que ce soit sainte Hildegarde, abbesse de Rupertsberg, près de Bingen, qui, au Moyen Âge, décrivit la première les propriétés de l'arnica contre les contusions et les ecchymoses. L'Italien Matthiole, à la Renaissance, contribua pour sa part à populariser ce remède dans le traitement des coups et des chutes. La marquise de Sévigné, qui se piquait de médecine, ne manquait pas de recommander pour le même usage l'« eau d'arquebusade », simple macération d'arnica, de bétoine et d'euphorbe. Mais il fallut attendre le XVIIIe siècle pour que soit trouvée la préparation de la teinture d'arnica, telle qu'elle est encore utilisée aujourd'hui.

L'incontournable des coups et des bleus

• L'arnica est largement préconisé en usage externe contre **les contusions, les entorses, les douleurs musculaires et articulaires**. Elle **accélère la résorption des hématomes**.
Remarque : On l'utilise sous forme de teinture, d'onguent, d'huile, de gel ou, à la maison, de décoction ou de cataplasme.

COMMENT L'UTILISER

• **EXTERNE :** Les feuilles et les fleurs peuvent être appliquées en **cataplasme**, après avoir été froissées, contre les coups et les chutes.
Les fleurs en **décoction** dans l'eau bouillante, à raison de 5 à 10 g par litre d'eau, sont indiquées contre les contusions et les ecchymoses, en compresses très chaudes (la même décoction est efficace aussi pour détruire les poux).
Teinture. Faire macérer 200 g de fleurs dans un litre d'alcool à 60 % vol pendant 10 jours. Cette teinture ne doit jamais être employée pure, mais toujours diluée dans de l'eau. Le mieux est d'appliquer la formule indiquée par Liégeois : mêler 20 g de teinture d'arnica à 50 g de glycérine et 60 g d'eau. Se servir du mélange en compresses sur les contusions, les bosses et les meurtrissures, mais jamais sur ni près des plaies saignantes, des yeux et de la bouche.

TOXICITÉ

L'arnica est bien trop dangereuse à employer pour qu'on puisse la recommander pour l'usage interne. Elle peut provoquer, au-delà de 4 à 8 g par litre, une altération profonde du système nerveux, avec sueurs froides, céphalées, douleurs abdominales, palpitations et troubles respiratoires.
Il existe aussi des cas d'allergies à l'arnica, comme d'ailleurs à d'autres plantes de la famille des Astéracées. Les variétés provenant de la péninsule ibérique ne contiennent pas d'hélénaline, allergisante, et sont donc mieux tolérées.

Description

Plante vivace des prairies subalpines, haute de 40 à 60 cm, poussant sur sol acide entre 800 et 2400 m. En France, on la trouve dans les Vosges, les Alpes et le Jura. Sa tige unique émerge d'une rosette de feuilles vert pâle et porte vers le milieu deux petites feuilles opposées. Elle se termine par un ou plusieurs capitules jaune d'or, composés d'un cœur de fleurons en tube et d'une couronne de languettes, toutes de la même couleur chaude. Les fleurs dégagent une odeur aromatique et ont un goût piquant.

Absinthe

Artemisia absinthium

FAMILLE DES ASTÉRACÉES

Ses composés actifs :

Essence aromatique. Celle-ci est généralement très riche en thujone, mais il en existe de nombreux chémotypes : à ocymène, à bêta-thuyone, à acétate de sabinyle ou acétate de chrysanthémile. L'absinthe contient aussi des flavonoïdes et des lactones sequiterpéniques, dont l'absinthine.

Symbole de l'amertume – *absinthium* signifie « sans douceur » -, l'absinthe fut jadis considérée comme une panacée. Déjà, en Assyrie et en Babylonie, les tablettes cunéiformes retraçant l'épopée de Gilgamesh attestent qu'on avait recours à l'absinthe pour combattre la paresse de l'estomac. Les anciens Égyptiens l'utilisèrent comme vermifuge et contre les maladies gastriques. Les druides avaient, eux aussi, pressenti les propriétés vermifuges de l'absinthe, qui était l'objet d'offrande aux dieux. Gaulois et Gauloises s'en ceinturaient les reins, les premiers pour combattre les rhumatismes, les secondes pour faire venir leurs règles.

PRINCIPALES VERTUS

- ★ Digestif
- ★ Antivomitif
- ★ Antipyrétique
- ★ Facilite les règles

PARTIES UTILISÉES

- ★ Sommités fleuries, plante entière

Tonique, stimulante et digestive

- On utilise les feuilles et les sommités fleuries. Très bon tonique et stimulant, l'absinthe **excite l'appétit tout en favorisant la digestion** : elle est donc recommandée chez les anémiques et les convalescents.
- Autrefois très employée contre le mal de mer et les nausées qu'il provoque, l'absinthe est aussi **un antivomitif de valeur**.
- Comme beaucoup de plantes amères, l'absinthe est aussi un **excellent fébrifuge** (antipyrétique) qu'on utilisait même autrefois dans les accès de fièvre paludéenne, soit seule, soit associée à la centaurée, la gentiane et l'écorce de saule.
- L'absinthe **facilite les règles et les rend moins douloureuses** lorsque l'inertie utérine est en cause. Cette propriété, jointe à son action tonique, la fait recommander aux femmes pâles et affaiblies, aux adolescentes fatiguées par leur formation.
- Enfin, l'absinthe est un **bon vermifuge**, actif contre les ascaris et les oxyures, mais dont il faut masquer le goût très amer pour le faire accepter des enfants.

COMMENT L'UTILISER

INTERNE : • **En infusion**. 5 à 6 g de sommités par litre d'eau bouillante. Comme tonique, prendre 2 ou 3 tasses à café par jour. Comme vermifuge, prendre l'infusion le matin à jeun, pendant 4 ou 5 jours, une demi-heure avant le petit déjeuner.

• **Vin**. Faire macérer 20 à 30 g par litre pendant 8 jours. Prendre un verre à liqueur avant chaque repas. Comme apéritif et digestif.

• **Bière**. Faire macérer pendant 12 heures 10 g d'absinthe dans une grande tasse de bière. Absorber le matin à jeun, 5 jours de suite, comme vermifuge.

• **En poudre**. Pulvériser la plante séchée dans un mortier. On peut prendre cette poudre comme fébrifuge ou vermifuge à raison de 2 à 3 g, soit dans une boisson chaude, soit dans du miel ou de la compote de pruneaux. On peut encore mêler cette dose à 2 g de poudre de réglisse et 0,5 g de poudre d'anis vert.

EXTERNE : **En cataplasme chaud** de plante infusée. Placer sur le ventre, contre les vers des enfants.

Description

Plante vivace de 0,40 à 1 m de hauteur, commune dans les lieux incultes du sud-est de la France, des Pyrénées et du littoral de l'Ouest. Elle est native en Europe, en Asie septentrionale et centrale, ainsi qu'en Afrique du Nord. Les tiges se dressent en touffes denses. Les feuilles, découpées, sont argentées. Les nombreux petits capitules jaune verdâtre, disposés en grappes, apparaissent de juin à septembre. Toute la plante dégage une forte odeur aromatique. Sa saveur est extrêmement amère.

TOXICITÉ

L'absinte est la base de la célèbre boisson chère à Verlaine, qui fut interdite de 1915 à 2003. En cause, la thujone, accusée des désastreux effets constatés jadis chez les buveurs invétérés de « fée verte ». Mais la thèse de la toxicité de la liqueur du fait de sa thujone est aujourd'hui contestée : des additifs chimiques y auraient aussi contribué. La campagne anti-absinthe fut en fait orchestrée par les vignerons français pour abattre une dangereuse concurrente. D'ailleurs, les apéritifs anisés qui prirent sa place renferment de l'anéthol, aux effets neurotoxiques bien établis ! Quoi qu'il en soit, la thujone rend l'huile essentielle d'absinthe convulsivante et abortive.

Armoise

Artemisia vulgaris

FAMILLE DES ASTÉRACÉES

Ses composés actifs :
Flavonoïdes. Petites quantités d'une essence aromatique contenant du camphre, du bornéol et un peu de thujone.

PRINCIPALES VERTUS
★ Régule les règles
★ Digestive
★ Antispasmodique

PARTIES UTILISÉES
★ Plante entière, feuilles

Hippocrate, Dioscoride et Pline l'Ancien vantaient déjà les propriétés emménagogues de l'armoise. Les Anciens en glissaient, paraît-il, dans leurs chaussures pour éviter la fatigue des pieds au cours de longues marches. Au XVIIe siècle, le médecin espagnol Diego de Torres conseillait d'appliquer un cataplasme de feuilles d'armoise écrasées sur le bas-ventre pour déclencher les contractions au moment de l'accouchement. Certains auteurs l'ont également vantée dans les affections nerveuses, contre l'hystérie, l'épilepsie ou la « danse de Saint-Guy ».

Plante à moxas

- L'armoise est employée pour **régulariser le rythme ou modérer l'abondance des règles**. Elle soulage également les menstruations difficiles et douloureuses.
- Elle possède aussi des vertus **digestives et antispasmodiques**.
- En médecine japonaise traditionnelle, on l'utilise **dans les traitements par moxibustion**, qui consistent à faire brûler sur la peau, en l'un des 660 points d'acupuncture déterminés le long des méridiens énergétiques, de petits cônes ou bâtonnets de feuilles d'armoise formés (les « moxas ») qui se consument doucement.

AUTRES USAGES : Les pousses d'armoise et l'extrémité tendre des tiges ont une saveur rappellant l'artichaut, et on en fait de très bons beignets. Au Japon, les jeunes feuilles sont cuites à l'eau et assaisonnées de graines de sésame grillées et de sauce de soja. Elles aromatisent aussi et colorent les boulettes de riz gluant nommées *mochis*. Les inflorescences parfument les crèmes et les flans.

LE SAVIEZ-VOUS ? L'armoise aurait été dédiée à Artémis, déesse de la Chasse et protectrice des femmes. Pour d'autres, elle le serait à Artémise, reine de Carie et veuve de Mausole, pour qui elle fit édifier le célèbre monument funéraire. L'une comme l'autre, experte dans les vertus des plantes, s'était fait une spécialité de la gynécologie. Le folklore de nos provinces a parfois conservé le souvenir de l'armoise liée au feu de la Saint-Jean. Ainsi, en Moselle, l'armoise, cueillie au moment du solstice et jetée dans le feu, était sensée aussi bien guérir l'épilepsie que préserver de la foudre et de la grêle !

COMMENT L'UTILISER

- **INTERNE : Infusion.** 20 à 30 g de plante par litre d'eau ou de vin. Prendre 3 tasses par jour. En cas de problèmes de règles.

Poudre. 2 à 4 g de poudre de feuilles séchées dans du vin chaud, contre les affections nerveuses. On peut aussi mêler cette dose à du miel.

TOXICITÉ

L'utilisation de l'armoise est déconseillée durant la grossesse. Le pollen d'armoise est fortement allergisant, mais moins toutefois que celui de sa cousine l'ambroisie (*Artemisia artemisiifolia*).

Description

Plante vivace de 60 cm à 1 m de hauteur, très commune dans les lieux incultes, les décombres, le long des routes ou des talus de chemin de fer. Cette cousine de l'absinthe est répandue dans presque toutes les régions tempérées de l'hémisphère Nord. Elle forme dans sa jeunesse de grosses touffes vertes qui grisonnent avec l'âge. Ses nombreuses tiges rougeâtres portent des feuilles profondément divisées qui présentent un contraste étonnant entre leur face supérieure, vert foncé, et inférieure, blanchâtre-cotonneuse. Elles dégagent une douce odeur d'encens lorsqu'on les froisse. De juin à septembre, les minuscules fleurs vert-jaunâtre étirent leurs grappes lâches à l'extrémité des rameaux.

Avoine

Avena sativa

FAMILLE DES POACÉES

Ses composés actifs :
Protides, glucides, lipides, vitamines, sels minéraux, saponosides triterpéniques (avénacosides), alcaloïdes et acide silicique.

PRINCIPALES VERTUS

★ Nutritive
★ Reminéralisante

PARTIES UTILISÉES

★ Grains

• Le son et les flocons d'avoine **aident à la digestion** et luttent contre la constipation.

• En usage externe, la médecine populaire recommande l'avoine en bains émollients pour **adoucir les peaux sèches**, atopiques, irritées, qui démangent, et aussi pour soulager les rhumatismes et aider à trouver le sommeil.

Considérée par les Grecs comme une mauvaise herbe, l'avoine est loin de n'être qu'un aliment pour chevaux. Les Romains semblent avoir été les premiers à utiliser couramment cette céréale. Les herboristes l'emploient depuis le XVIIe siècle contre divers maux, dont la fatigue, la dépression, l'insomnie ou les rhumatismes.

Légère et reconstituante

• **Extrêmement nutritive**, l'avoine se consome sous forme de flocons ou de farine, plus rarement des grains entiers, nourritures à la fois très légères et reconstituantes, convenant à merveille aux enfants, aux convalescents et aux personnes âgées.

• Du fait de sa très grande richesse en minéraux (silice, fer, manganèse et zinc notamment), elle est recommandée aux personnes **souffrant de déminéralisation ou en convalescence**.

• Hypocholestérolémiante, elle est bénéfique dans la **prévention des maladies cardiovasculaires**.

COMMENT L'UTILISER

• **INTERNE : En décoction.** 20 g de gruau d'avoine par litre d'eau. Rafraîchissante, diurétique, légèrement laxative. C'est aussi une tisane adoucissante pour la toux.

• **EXTERNE : En cataplasmes** contre les douleurs (lumbagos, névralgies intercostales). Faire griller l'avoine à sec, l'enfermer rapidement dans un sachet que l'on applique, tout chaud, sur la partie douloureuse. Mais on peut encore faire bouillir l'avoine dans du vin et du vinaigre pour en faire un cataplasme qu'il y aura lieu d'appliquer le plus chaud possible.

Description

Qui ne connaît cette céréale élégante, originaire du nord de l'Europe, dont les épillets oscillent doucement à la moindre brise ? Cette céréale annuelle, de 1 m de hauteur, possède des feuilles linéaires, étroites, insérées sur des noeuds renflés qui engainent la tige mince, creuse et non ramifiée. Les épillets mobiles pendent à la fin de la floraison.

Les grains d'avoine, habituellement consommés sous la forme de flocons ou de farine, sont nutritifs, revitalisants, et font baisser le taux de cholestérol sanguin.

Ballote noire

Ballota nigra

FAMILLE DES LAMIACÉES

Ses composés actifs :

Polyphénols : flavonoïdes, hétérosides phénylpropaniques (dont le verbacoside) ; lactones diterpéniques (dont la marubiine), vitamine C

Dioscoride, au Ier siècle de notre ère, désinfectait les plaies et les ulcères cutanés avec un mélange de feuilles de ballote et de miel. Il préconisait aussi d'appliquer la plante pour soigner les morsures de chien.

Contre tous les troubles d'origine nerveuse

• Les sommités fleuries ont des **propriétés antispasmodiques** avérées. La ballote est employée avec succès comme **calmant** de toutes les affections nerveuses et entre dans certaines spécialités pharmaceutiques.
• Bien qu'elle soit aussi **diurétique, emménagogue et vermifuge**, c'est presque uniquement comme calmant qu'elle est utilisée. Non seulement **elle procure le sommeil et le rend de meilleure qualité** chez les personnes anxieuses ou fatiguées, mais elle **intervient dans les troubles divers d'origine nerveuse** : angoisses, vertiges, bouffées de chaleur, palpitations, spasmes œsophagiens, incontinence d'urine chez les enfants nerveux, hystérie. Elle rend aussi les quintes de la coqueluche moins fréquentes.
• Aux États-Unis, on utilise la ballote **contre les nausées et contre les vomissements**, spécialement chez les nourrissons.
• La ballote noire est aussi **antioxydante** grâce à ses polyphénols, et pourrait contribuer à la protection du système cardiovasculaire.

PRINCIPALES VERTUS

★ Antispasmodique
★ Calmante

PARTIES UTILISÉES

★ Plante entière

LE SAVIEZ-VOUS ? Des études ont confirmé les effets sédatifs et anxiolytiques de la ballote, qui agirait sur le système nerveux central à la manière des benzodiazépines.

COMMENT L'UTILISER

• **INTERNE : Infusion.** Se prépare avec 30 à 60 g de plante par litre d'eau, mais son odeur et son goût sont spécialement désagréables. Prendre 2 ou 3 tasses par jour, dont une au coucher. Comme calmant.

Teinture. Plus acceptable, elle est faite avec un verre bien tassé de plante macérée pendant 15 jours au moins dans deux verres d'eau-de-vie blanche. Passer, filtrer et conserver en flacon bouché. Prendre une cuillerée à café 3 ou 4 fois par jour, selon l'intensité des troubles ressentis.

Vin de ballote (guère moins mauvais que l'infusion). Mettre dans un litre de vin blanc bouillant 50 g de plante sèche et laisser reposer le tout pendant 6 heures. Après avoir filtré, on peut prendre un demi-verre de ce vin avant les repas.

Description

Plante vivace très commune dans les lieux incultes et les décombres de toutes nos régions. Elle est native en Europe, en Asie occidentale et en Afrique du Nord. Ses tiges dressées, qui mesurent de 40 à 80 cm de hauteur, portent des feuilles opposées, ovales et crénelées, molles et velues. Les petites fleurs mauves s'épanouissent en août. La plante dégage lorsqu'on la froisse une odeur de moisi, et sa saveur est âcre et amère.

Bette

Beta vulgaris

FAMILLE DES AMARANTHACÉES

Ses composés actifs :
Bétaïne, bétanine. Racine : riche en saccharose.

Considérée surtout en tant que légume, la bette était appréciée, mais les Romains ne l'estimaient guère : Pline, Cicéron, Galien la trouvaient malsaine, tout juste bonne aux robustes estomacs des pauvres. Par contre, elle eut une grande popularité au Moyen Âge, Charlemagne en ayant recommandé la culture dans ses jardins et dans ceux des monastères. C'est de cette époque que datent les recettes de « porée », une soupe dont l'ingrédient-clé était la bette : celle d'Arras est restée célèbre, et toutes les villes du nord de la France avaient alors leur « rue à la poirée » (autre nom de la plante), réservée à la vente des légumes. Bien délaissée depuis le XIXe siècle, la bette possède, à côté de ses qualités culinaires, quelques vertus médicinales. Premiers à employer la bette en médecine, les Arabes injectaient son suc dans les narines afin de combattre l'épilepsie. Au XVIIIe siècle, Lémery, dans son Traité des drogues, recommande ce même procédé thérapeutique « *pour dissoudre la pituite du nez, faire éternuer et décharger le cerveau* ». Joseph Roques et Jean-François Cazin, deux grands phytothérapeutes du XIXe siècle, préconisaient la bette contre les calculs et la constipation.

Les feuilles de bette peuvent agrémenter les soupes.

Pas si bette

- La bette possède des **propriétés rafraîchissantes, émollientes et laxatives**, et se montre efficace aussi dans les états inflammatoires des voies urinaires.
- La bétaïne **favorise la régénération des cellules hépatiques** et agit favorablement sur le métabolisme des graisses.
- Par ailleurs, la betterave rouge, riche en bétanine, **stimulerait le système immunitaire**.
- Pour l'usage externe, les feuilles de bette constituent des **cataplasmes calmants** sur les dartres et les croûtes de lait.

LE SAVIEZ-VOUS ? Les « blettes » méridionales ne sont autres que des feuilles de bette, leur nom provenant de l'attraction de celui d'un ancien légume fort estimé des Romains, la blite, une amaranthe (*Amaranthus blitum*) aujourd'hui reléguée au rang de « mauvaise herbe » : bette + blite = blette… Le terme créole de « brèdes » qui désigne à la fois divers légumes-feuilles et leur préparation avec des oignons, des tomates et du piment a la même étymologie.

PRINCIPALES VERTUS

★ Rafraîchissante
★ Laxative
★ Bonne pour le foie
★ Émolliente pour les dartres et les croûtes de lait

PARTIES UTILISÉES

★ Feuilles

COMMENT L'UTILISER

- **INTERNE :** Il est facile et agréable d'ajouter des bettes dans les bouillons et les potages ou de remettre au menu une sympathique « porée », qui allégera le foie et favorisera le transit intestinal. On peut aussi les cuisiner en gratin, ou à la provençale, revenues dans de l'huile d'olive et de l'ail, puis mijotées avec des tomates.
- **EXTERNE** : **Cataplasme de feuilles pilées**, auxquelles on peut ajouter un peu d'huile d'amande douce. Contre les petits problèmes cutanés.

Description

La bette est issue de la betterave maritime (*Beta maritima*) qui abonde le long des côtes de la Méditerranée à la Baltique, en passant par la Bretagne. Elle présente, comme sa cousine sauvage, de larges feuilles charnues, caoutchouteuses au toucher. La « poirée », dont on consomme le limbe des feuilles, est la forme horticole la plus proche de l'état naturel. Chez les bettes à cardes, le pétiole très élargi donne les côtes charnues que l'on prépare en gratins. Quant à la betterave proprement dite, c'est la racine qui se gorge de sucre et prend, chez certaines variétés, une riche couleur pourpre.

Bouleau

Betula alba

FAMILLE DES BÉTULACÉES

Ses composés actifs :
Flavonoïdes (dont le rutoside), acides-phénols, triterpènes, tanins, principe amer, essence aromatique. L'écorce renferme en particulier de l'acide bétulinique.

PRINCIPALES VERTUS

- ★ Diurétique
- ★ Contre les infections urinaires et les calculs
- ★ Antirhumatismal

PARTIES UTILISÉES

- ★ Feuilles, bourgeons, écorce

AUTRES USAGES : L'écorce du bouleau servait aux Amérindiens à confectionner des récipients, couvrir les huttes et fabriquer de légers canoës. C'est un excellent allume-feux car, grâce à sa teneur en résine, elle brûle même mouillée. Les toutes jeunes feuilles, à la saveur amère et résineuse, peuvent être ajoutées aux aux salades. On extrait de l'écorce, par distillation sèche, une huile empyreumatique utilisée en Russie pour imprégner les cuirs afin de les conserver. Ce goudron été employé dès le néolithique pour boucher les trous et réparer les fêlures des récipients.

Sainte Hildegarde, au XIIe siècle, est la première à citer l'action cicatrisante des fleurs de bouleau. En 1565, le médecin italien Matthiole écrit : « *Si on perce le tronc du bouleau avec une tarière, il en sort une grande quantité d'eau laquelle a grande propriété et vertu à rompre la pierre tant aux reins qu'en la vessie* [...]. *Cette eau ôte les taches du visage* [...]. *Si on s'en lave la bouche, elle guérit les ulcères qui sont dedans.* »

Puissamment diurétique

- Le bouleau possède de puissantes propriétés **diurétiques**. On préconise ses feuilles contre les inflammations et les **infections des voies urinaires**, contre les calculs rénaux et pour **compléter un traitement antirhumatismal**.
- Les bourgeons possèdent les mêmes propriétés.
- L'écorce, elle aussi diurétique, est, en outre, un **stimulant de la digestion** et un **fébrifuge**.
- Elle est **excellente contre les maladies de peau**, en particulier contre les dartres.
- La sève de bouleau est un liquide clair et légèrement pétillant que l'on crédite de vertus **diurétiques et dépuratives**. On la boit en cure contre l'arthrite et les calculs urinaires.

COMMENT L'UTILISER

• **INTERNE : En infusion.** 30 à 40 g de feuilles par litre d'eau bouillante. Attendre que la température soit descendue à 40 °C et ajouter alors 1 g de bicarbonate de soude, afin d'assurer la dissolution du principe résineux. Prendre 2 ou 3 tasses par jour contre les problèmes urinaires, les calculs, les rhumatismes.
Décoction de bourgeons. 150 g par litre d'eau. Bouillir 5 minutes. Pour les mêmes indications.
Décoction d'écorce. Une cuillerée à café par tasse d'eau. Laisser bouillir 5 minutes et prendre 3 tasses par jour avant les repas pour stimuler la digestion.
Sève. On peut en consommer 100 à 200 g par jour en cure dépurative au printemps.
• **EXTERNE : En décoction.** Une bonne poignée d'écorce par litre d'eau. Réduire aux trois quarts. En lavages ou en compresses, contre les dartres.

Description

C'est un bel arbre de nos forêts et de nos montagnes, atteignant 15 à 18 m de hauteur. Il est répandu en Europe et en Asie. Son tronc lisse et élancé est couvert d'une écorce blanche. Ses rameaux flexibles et pendants portent des feuilles simples, en forme de losange. Ses fleurs (photo ci-contre) sont des chatons.

Bourrache

Borago officinalis

FAMILLE DES BORAGINACÉES

Composés actifs :
Mucilage, tanins, nitrate de potassium, alcaloïdes pyrrolizidiniques. Les graines contiennent une huile grasse riche en acide gamma-linolénique (oméga-6)

Les Grecs anciens utilisaient les fleurs de la bourrache pour parfumer salades et vins. Ils la nommaient euphrosine, « qui rend heureux ». La plante aurait été introduite au Moyen Âge dans le sud de l'Espagne par les Arabes. D'ailleurs son nom découle de l'arabe *abou er-rach*, « père de la sueur » qui fait allusion à ses propriétés sudorifiques. Elle est présente dans les poèmes de l'école de Salerne (IXe – XIIIe siècle) : « *Ego Borago, Gaudia semper ago* - Moi, la bourrache, je donne toujours du courage ».

COMMENT L'UTILISER

- **INTERNE : En infusion.** Faire infuser 20 à 40 g de fleurs par litre d'eau bouillante. Prendre 3 ou 4 tasses par jour pour provoquer une transpiration salutaire.
- **Décoction** de fleurs, de feuilles et de jeunes tiges mélangées (15 g de chacune environ par litre d'eau), comme dépuratif et contre les troubles respiratoires.

Merveilleuse huile de bourrache

- Les fleurs sont utilisées comme **sudorifique** en cas de refroidissement, de rhume, de bronchite et de rhumatisme.
- Le mucilage qu'elle contient confère à la bourrache des **vertus émollientes**. Elle soulage les troubles respiratoires.
- Grâce à son nitrate de potassium, la bourrache est encore un **remarquable diurétique**. Elle est recommandée contre les fièvres éruptives (rougeole, scarlatine, variole) et comme dépuratif contre les maladies de la peau, l'herpès particulièrement.
- Les feuilles en cataplasmes **apaisent les irritations cutanées**.
- **L'huile de bourrache**, généralement utilisée sous forme de gélules, agit comme celle d'onagre sur des troubles aussi divers que le syndrome prémenstruel, l'athérosclérose, le diabète, les problèmes hépatiques, l'arthrite et la schizophrénie.
- On l'applique pour **conserver l'élasticité de la peau** et prévenir l'apparition des rides.

PRINCIPALES VERTUS

★ Contre la bronchite aiguë
★ Diurétique
★ Anti-inflammatoire
★ Soins de la peau

PARTIES UTILISÉES

★ Fleurs
★ Parties aériennes
★ Graines

AUTRES USAGES : Les jeunes feuilles ont une saveur de concombre. Elles sont très bonnes en salade. Les feuilles plus âgées se font cuire à la façon des épinards, ou en beignets. En Grèce, elles sont farcies de riz ou de boulghour et d'aromates pour préparer des dolmades, comme avec les feuilles de vigne. En Espagne, on cultive une variété à fleurs blanches dont les pétioles épais, vendus sur les marchés, se consomment à la façon des cardes. Le goût des fleurs, étonnant, rappelle l'huître. Les corolles bleu vif de la bourrache s'ajoutent aux salades ou décorent des canapés.

Description

Cette plante annuelle de 30 à 50 cm de hauteur pousse en touffes dans les décombres, surtout dans le Midi. Elle est originaire du bassin méditerranéen. Sa tige épaisse et ses larges feuilles un peu charnues, ondulées, d'un vert mat, sont couvertes de poils rudes. La bourrache se reconnaît surtout à ses jolies fleurs d'un bleu céleste, plus rarement roses ou blanches, en forme d'étoile à cinq branches autour d'un cœur protubérant, qui s'épanouissent en mai-juin.

TOXICITÉ

Administrés à doses élevées et de façon régulière, certains alcaloïdes pyrrolizidiniques se sont montrés expérimentalement toxiques pour des animaux de laboratoire, provoquant des tumeurs hépatiques. Feuilles et fleurs de bourrache en contiennent un peu, mais aucun problème consécutif à leur emploi n'a jamais été relevé.

Bruyère

Calluna vulgaris

FAMILLE DES ÉRICACÉES

Ses composés actifs :

Tanins, flavonoïdes, arbutoside, éricodine

PRINCIPALES VERTUS

- Diurétique
- Antiseptique
- Détoxifiante

PARTIES UTILISÉES

- Sommités fleuries, plantes entières

Dioscoride préconisait la bruyère contre les morsures de serpent et Galien indique qu'elle provoque la transpiration. À la Renaissance, Matthiole et Dom Alexandre lui attribuaient la vertu de briser les calculs urinaires.

Un désinfectant des urines

• Les sommités fleuries ont une efficacité reconnue **comme diurétique actif et précoce, antiseptique et sédatif des voies urinaires**. L'éricodine possède en effet une action désinfectante marquée. La bruyère permet d'accroître le volume des urines, et d'éclaircir et de désodoriser les urines troubles et fétides. On l'emploie comme médicament des reins, ainsi que dans le traitement de l'insuffisance cardiaque, des rhumatismes et de la goutte.

• Ses propriétés **dépuratives et désintoxicantes** permettent d'éliminer de l'organisme les résidus nocifs tels que l'urée, l'acide urique et l'acide oxalique. La bruyère est **fortement recommandée aussi à ceux dont l'alimentation trop riche**, et surtout trop carnée, donc chargée en purines, encombre l'organisme en produits de déchets.

• Grâce à l'arbutoside qu'elle contient, elle agit aussi sur les inflammations d'origine infectieuse accompagnant la congestion et l'hypertrophie de la prostate. Elle rend donc de **bons services dans la cystite des prostatiques**.

• En bain complet chaud, elle est employée pour **relever le tonus musculaire**. Elle est donc utile aux sportifs et aux malades convalescents affaiblis par un long séjour au lit.

AUTRES USAGES : Les Celtes préparaient un hydromel à partir d'une décoction des sommités fleuries de bruyère fermentée avec du miel. Une boisson similaire était encore récemment en usage aux Hébrides, mais on y remplaçait le miel par de l'orge germé.

AUTRES ESPÈCES : Les véritables bruyères sont des cousines appartenant au genre *Erica*. Leurs propriétés médicinales sont semblables à celles de la callune. La bruyère cendrée (*Erica cinerea*, ci-dessous) est commune elle aussi dans les landes et les bois siliceux. Dans le Midi, la bruyère arborescente (*Erica arborea*) est l'une des espèces caractéristiques du maquis.

COMMENT L'UTILISER

• **INTERNE : En infusion.** 30 g de sommités fleuries par litre d'eau. Laisser réduire au tiers. Passer et sucrer. Prendre 3 ou 4 tasses par jour comme diurétique et dépuratif de l'organisme.

• **EXTERNE : En décoction.** 500 g de plante dans 2 à 3 litres d'eau. Passer et ajouter à un bain chaud. Pour les sportifs et les convalescents.

La bruyère cendrée possède les mêmes propriétés que la bruyère callune.

Description

La bruyère callune, appelée aussi fausse bruyère, est un sous-arbrisseau de 30 à 80 cm de hauteur, très fréquent dans les landes et les bois des régions siliceuses. Ses nombreux rameaux rougeâtres portent de petites feuilles opposées, densément imbriquées sur quatre rangs, et des fleurs rose vif à quatre lobes séparés, en grappes lâches terminales.

Bourse -à-pasteur

Capsella bursa-pastoris

FAMILLE DES BRASSICACÉES

Ses composés actifs :
Flavonoïdes, choline, acétylcholine, histamine, tyramine, un hétéroside sulfuré

Depuis longtemps, la médecine populaire connaissait les vertus hémostatiques de la plante. Dioscoride l'employait contre l'hémoptysie (expectoration de sang). Au Moyen Âge, on continua de l'utiliser contre les hémorragies. Henri Leclerc, au début du siècle dernier, la recommandait chez la femme dans les cas de métrorragie, à la puberté et à la ménopause.

Une petite boîte contre les saignements

- La bourse-à-pasteur possède des propriétés hémostatiques. Elle se montre **utile contre la plupart des saignements** : règles trop abondantes ou durant trop longtemps, saignements entre les règles ou encore saignements de nez.
- En usage interne comme externe, elle **soulage les jambes lourdes et les crises hémorroïdaires**.
- Associée à l'armoise, la bourse-à-pasteur **calme les douleurs menstruelles**, notamment à la puberté et à la ménopause.
- La plante est recommandée par ailleurs **contre les diarrhées et comme désinfectant urinaire** en cas de cystite.

AUTRES USAGES : Les rosettes de bourse-à-pasteur se dégustent crues en salade. Elles peuvent aussi être cuites comme légume. En Chine et au Japon, la plante est cultivée et vendue sur les marchés. Les petites graines jaunes, piquantes, peuvent servir d'épice, broyées comme celles de la moutarde.

LE SAVIEZ-VOUS ? Le nom botanique *Capsella bursa-pastoris*, comme son nom français, dérive du latin *capsa*, « boîte ». Le fruit fait en effet penser à une petite boîte, voire à la sacoche d'un berger ou la bourse d'un pasteur des temps passés.

PRINCIPALES VERTUS

★ Réduit les saignements
★ Soulage les douleurs des règles
★ Antidiarrhéique
★ Désinfectant urinaire

PARTIES UTILISÉES

★ Plante entière, rosettes, graines

COMMENT L'UTILISER

• **INTERNE : En décoction.** 30 à 50 g de plante sèche par litre d'eau. Laisser bouillir 10 minutes et en boire 3 tasses à café par jour. Pour les divers usages cités plus haut.

Vin tonique. Même décoction que ci-dessus, en remplaçant l'eau par du vin rouge et en employant 60 g de plante. Prendre 2 ou 3 petits verres par jour, en cure.

Description

Petite plante des champs et des terres remuées, dépassant rarement 30 cm de hauteur. Ses feuilles découpées forment une rosette touffue du centre de laquelle jaillit une tige dressée portant quelques feuilles réduites et un bouquet terminal de petites fleurs blanches, surmontant une longue grappe de fruits triangulaires aplatis, en cœur renversé.

Carvi

Carum carvi

FAMILLE DES APIACÉES

Ses composés actifs :
Essence aromatique riche en carvone et en limonène, polyphénols, acide pétrosélinique, polysaccharides

PRINCIPALES VERTUS

★ Carminatif
★ Contre l'aérophagie
★ Galactogène
★ Stimulant et diurétique

PARTIES UTILISÉES

★ Semences

Au XVIIe siècle, on proposait le carvi contre les refroidissements et les flatulences, ainsi que pour provoquer « les émissions d'urine ». Le carvi entrait avec le cumin, l'anis et le fenouil dans les « quatre semences chaudes ».

Très bon digestif

• Bon carminatif, le carvi est très utile pour **aider les voies digestives en difficulté**, dans les cas de paresse d'estomac et de flatulences. Il semble être **spécialement recommandé contre l'aérophagie**, car il débarrasse fort bien l'estomac de ses gaz.
• Les grains sont stimulants, **diurétiques, emménagogues**, vermifuges et **galactogènes**.

AUTRES USAGES : Souvent confondu avec le cumin (*Cuminum cyminum*), également digestif, le carvi est un condiment typique du nord de l'Europe. Il aromatise la choucroute, le pain (*Pumpernickel*), le munster et le gouda. On le vend souvent sous l'appellation de « carvi de Hollande ». En allemand, c'est le *Kümmel,* et on le distille en un alcool du même nom. Habituellement, les grains s'emploient secs, mais frais, leur saveur dégage de belles notes d'agrumes. Certains cuisiniers créatifs les emploient avec succès. Le carvi peut être donné aux chevaux, notamment comme stimulant, ainsi qu'aux chiens.

LE SAVIEZ-VOUS ? Les Hollandais prétendent que manger du carvi aiguise la mémoire et aide à passer les examens. Ses grains aideraient les artistes à trouver l'inspiration.

COMMENT L'UTILISER

• **INTERNE : En infusion.** 10 g de semences par litre d'eau. Laisser infuser 10 minutes et prendre une tasse après chaque repas. Pour faciliter la digestion.
Quelques graines mâchées à la fin du repas aident aussi à bien digérer, tout en rafraîchissant l'haleine.

Très aromatiques, les grains de carvi sont couramment utilisés pour aromatiser les fromages, notamment le fameux gouda dit « au cumin ».

Description

Plante vivace de 30 à 80 cm de hauteur, abondante dans les prairies de montagne. Elle se rencontre en Europe et en Asie. Le carvi ressemble beaucoup à la carotte avec ses feuilles finement divisées en segments linéaires brusquement terminés par une petite pointe, mais il n'est pas velu. Les fleurs blanches se groupent au sommet des tiges en ombelles composées à rayons inégaux. Les petits fruits, mûrs à la fin de l'été, sont très parfumés. Leur saveur est fortement aromatique, avec une légère âcreté.

Châtaignier

Castanea sativa

FAMILLE DES FAGACÉES

Ses composés actifs :
Tanins

PRINCIPALES VERTUS

★ Antidiarrhéique
★ Antipyrétique
★ Calme la toux

PARTIES UTILISÉES

★ Écorce, feuilles, chatons

Ce sont les Romains qui développèrent la culture de ce véritable « arbre à pain » des pays tempérés, qui a fourni pendant des siècles la nourriture de base de nombreux peuples des régions d'Europe aux sols trop acides pour que les céréales y poussent bien.

Riche en tanins

• Le châtaignier (écorce, feuilles et chatons) est un **bon astringent qu'on utilisait contre la dysenterie**.
• L'écorce était aussi utilisée autrefois, dans les campagnes, comme **fébrifuge**.
• En Amérique du Nord, les feuilles de châtaignier sont préconisées comme **sédatif de la toux**, dans la bronchite et surtout la coqueluche.

AUTRES USAGES : La faculté qu'ont les tanins de former avec les protéines des composés très stables leur confère le pouvoir de tanner les peaux en les rendant imputrescibles.
Les variétés de châtaignes non cloisonnées (quand la bogue épineuse libère une seule grosse châtaigne au lieu de 3 moins grosses) sont appelées « marron ». Pourtant, il n'y a aucune parenté entre le châtaignier et le marronnier d'Inde (p. 24). Chez ce dernier d'ailleurs, le « marron » est la graine, logée à l'intérieur du fruit (la « bogue »), et non le fruit lui-même.

LE SAVIEZ-VOUS ? Si l'on en croit un poète italien du XVIe siècle, le nom du châtaignier lui viendrait de celui de la chaste Nea (Casta-Nea), nymphe de Diane, que Jupiter poursuivait de ses assiduités et qui fut victime de cette passion, un jour qu'elle s'était, par malheur, éloignée de ses compagnes. De désespoir, Nea se tua et Jupiter la transforma en châtaignier.

COMMENT L'UTILISER

• **INTERNE : Décoction de chatons** (15 à 20 g par litre d'eau), contre la diarrhée. Mettre les chatons dans l'eau froide et porter à ébullition 2 minutes. Laisser ensuite infuser un quart d'heure et boire dans la journée.
En infusion. 30 g de feuilles par litre d'eau. Contre la coqueluche.
Teinture. Contre la bronchite des adultes, faire macérer des feuilles pendant 15 jours dans le même volume d'eau-de-vie blanche. Prendre par cuillerée à café au moment des accès de toux.
Les marrons en purée ou braisés, en dehors du fait qu'ils constituent un excellent aliment très nourrissant, sont aussi fort bien tolérés par les estomacs délicats, et remédient à la diarrhée bénigne.

Description

Le châtaignier peut atteindre 30 m de hauteur. Natif des montagnes siliceuses de l'Europe méridionale, du Portugal au Caucase, il se reconnaît aisément à l'écorce grise et lisse de ses jeunes troncs, à ses grandes feuilles bordées de dents aiguës, à ses longs chatons pendants et à ses fruits caractérisques formés d'une bogue épineuse renfermant de grosses graines brunes.

À glacer, rôtir ou cuire en légume, la châtaigne est sans doute le seul fruit qui se récolte toujours dans son cadre sauvage.

Petite Centaurée

Centaurium erythraea

FAMILLE DES GENTIANACÉES

Composés actifs :
Acides-phénols, flavonoïdes, xanthanes et hétérosides (centauroside, gentiopicroside, sweroside et swertiamarine)

PRINCIPALES VERTUS

★ Contre les troubles hépatiques et biliaires
★ Tonique et amère

PARTIES UTILISÉES

★ Sommités fleuries

Connue depuis l'Antiquité, la petite centaurée était l'antidote préféré des druides, qui l'utilisaient contre les piqûres de serpent et de scorpion. Ils lui reconnaissaient aussi des propriétés fébrifuges, d'où son nom, en bas latin, de *febrefugium*. Ce pouvoir fébrifuge, presque égal à celui du quinquina, l'a fait longtemps utiliser contre les fièvres intermittentes et les accès paludéens. La petite centaurée ne doit pas être confondue avec la centaurée (*Centaurea jacea*), qui n'appartient pas à la même famille et ne possède pas les mêmes propriétés médicinales.

Fortifiante et protectrice du foie

• La petite centaurée est un **excellent tonique**. Grâce à son amertume, elle donne de l'appétit et stimule la sécrétion de la bile. Précieuse dans les convalescences, elle s'utilise contre l'anémie, la faiblesse générale et les troubles hépatiques.

• On l'emploie **contre les aigreurs d'estomac et la paresse du tube digestif**. Elle est efficace contre les douleurs à l'estomac des goutteux. Ces propriétés sont proches de celles de la gentiane, mais sont moins puissantes.

• La petite centaurée possède aussi un **effet antipyrétique** confirmé.

• On lui attribue également une action **anti-inflammatoire** et **antibactérienne**, et son infusion est antioxydante.

COMMENT L'UTILISER

• **INTERNE : En infusion.** 10 à 30 g par litre d'eau. Prendre 3 tasses par jour, avant ou entre les repas. Très amer. Comme tonique général et stimulant de la digestion.
Vin. 50 à 60 g par litre d'eau. Laisser infuser 48 heures, puis filtrer. Prendre l'équivalent de 2 petits verres par jour, comme apéritif, avant chaque repas.

• **EXTERNE : En décoction.** 50 à 60 g par litre d'eau. Elle est employée en lotions pour soigner les plaies, les contusions, les ulcères scrofuleux. Elle donne, paraît-il, de bons résultats contre la chute des cheveux.

Description

C'est une petite plante bisannuelle de 20 à 30 cm de hauteur, qui pousse dans les prairies humides, les terrains sablonneux et les bois de toute la France. Elle est native en Europe, en Asie, en Afrique du Nord et en Amérique du Nord. Ses feuilles allongées, obtuses, forment une rosette à la base de la plante et sont opposées sur la tige unique. Les jolies fleurs roses, qui apparaissent en juillet-août, sont groupées en un corymbe dense. Toutes les parties de la plante sont très amères.

La petite centaurée est reconnaissable à ses fleurs roses.

Caroubier

Ceratonia siliqua

FAMILLE DES FABACÉES

Ses composés actifs :

Gousse : 40 à 50 % de sucres solubles, cyclitol, environ 20 % de tanins. Graines : gomme composée presque entièrement d'un sucre complexe, le galactomannane.

Les caroubes sont consommées depuis la plus haute Antiquité dans le monde méditerranéen, et ses vertus antidiarrhéiques ont toujours été remarquées. Les Arabes considéraient la caroube comme un excellent adoucissant pectoral à conseiller aux malades atteints de bronchite chronique.

Un antidiarrhéique à la saveur cacaotée

• La farine de pulpe de caroube est administrée **contre les diarrhées**, du nourrisson, de l'enfant ou de l'adulte. Elle a, d'une façon générale, des effets positifs sur les troubles digestifs.

AUTRES USAGES : Les gousses, très sucrées, sont délicieuses à manger telles quelles. Certaines variétés cultivées laissent s'écouler lorsqu'on les brise un jus épais comme du miel. La saveur des caroubes rappelle le chocolat, au point qu'aux États-Unis, la poudre de caroube est un succédané courant du cacao. En Grèce, on prépare un pain chocolaté avec moitié de caroube moulue et moitié de farine de blé. On en fait aussi des liqueurs. Les graines de caroube, réduites en farine, sont utilisées dans l'industrie agroalimentaire, sous l'appellation d'E410, comme épaississant pour les glaces, les pâtisseries ou le lait en poudre pour bébés. La farine de caroube entre également dans la composition d'aliments diététiques car, contrairement à la farine de blé, elle est dépourvue de gluten.
La gomme de caroube issue des graines est aussi employée dans la fabrication de papier, de textiles, de médicaments et de produits cosmétiques.

PRINCIPALES VERTUS

★ Antidiarrhéique pour les enfants
★ Soulage les troubles digestifs

PARTIES UTILISÉES

★ Farine de pulpe

LE SAVIEZ-VOUS ? La caroube doit son surnom de « pain de Saint Jean-Baptiste » à une légende selon laquelle ce prophète s'en serait nourri pendant sa vie d'ascèse dans le désert.
Les graines ont été les premiers « carats » des joailliers de l'Antiquité, à qui elles servaient d'étalon car elles ont un poids très uniforme (un carat = 0,2 gramme).

COMMENT L'UTILISER

• **INTERNE : Farine de caroube.** Mélanger la farine à un liquide (thé, lait, eau), à raison de 30 g maximum par jour chez l'adulte.
Chez l'enfant, ne pas dépasser 10 g par jour. Chez le nourrisson, préparer des biberons (dans de l'eau ou du lait) à raison de 1,5 g de farine par kilo et par jour.

Description

Arbuste de belle taille poussant à l'état sauvage dans les parties les plus chaudes de la région méditerranéenne. On l'y cultive abondamment, principalement en Espagne. Il se reconnaît facilement à ses grandes feuilles divisées en nombreuses folioles coriaces, de forme un peu carrée. Ses minuscules fleurs verdâtres donnent de longues gousses coriaces, vertes puis brunes, épaisses et aplaties, qui pendent en grappes le long des branches. Elles renferment des graines brun clair, très dures.

Chélidoine

Chelidonium majus

FAMILLE DES PAPAVÉRACÉES

Ses composés actifs :
Alcaloïdes, dont la chélidonine, la sanguinarine, la berbérine et la coptisine.

Les auteurs antiques affirment que les hirondelles brisaient un rameau de chélidoine pour déposer une goutte de suc orange au coin de l'œil de leurs petits pour aider à les ouvrir. C'est pour cela qu'on la nomme parfois « grande éclaire » et qu'on lui attribuait la propriété, non avérée, d'augmenter l'acuité visuelle. Un médecin russe, Denisenko, tenta d'utiliser un extrait de chélidoine contre les tumeurs cancéreuses. H. Leclerc, au début du XXe siècle, conclut que la plante ne pouvait pas guérir le cancer, mais qu'elle pouvait retarder momentanément la prolifération tumorale. Comme la plante est toxique et dangereuse, il la recommanda pour l'usage interne sous forme d'extrait ou de teinture pharmaceutique. F.-J. Cazin, quant à lui, ne la conseillait que sèche et à des doses strictement limitées.

Adieu verrues et callosités

- La chélidoine (plante entière) est considérée comme un **puissant cholérétique**, qui quintuplerait le volume de la bile. C'est aussi un sédatif de la vésicule et un calmant des douleurs hépatiques.
- On la préconise **contre les spasmes abdominaux**, les crampes digestives et les problèmes vésiculaires.
- Elle relaxe les muscles des bronches et des intestins, possède **une action dépurative** et **stimulerait le système immunitaire**.
- On emploie surtout la plante pour l'usage externe, car son suc frais est **très efficace contre les verrues, les cors et les durillons**, qu'il détruit au bout d'applications répétées.

PRINCIPALES VERTUS

★ Stimule la production de bile
★ Antispasmodique
★ Contre les verrues, cors et durillons

PARTIES UTILISÉES

★ Feuilles, racines, suc, jus

TOXICITÉ

L'ingestion des feuilles fraîches et du latex a parfois produit de graves troubles digestifs, nerveux et cardiaques. L'usage de la chélidoine est déconseillé pendant la grossesse.

COMMENT L'UTILISER

- **INTERNE :** Observer la plus grande prudence. N'employer que la plante sèche et sans jamais dépasser les doses suivantes :

En infusion. 15 g de feuilles sèches par litre d'eau. Ou **en décoction** de 10 g de racine sèche pendant 10 minutes. Prendre 1 ou 2 tasses en 24 heures pour stimuler la sécrétion de bile et contre les troubles digestifs.

Vin. 15 g de racine sèche, sur laquelle on verse un litre de vin blanc bouillant. Prendre un demi-verre à moutarde ou un verre entier chaque matin. Pour les mêmes usages.

- **EXTERNE : Suc de la plante fraîche.** Il est obtenu en cassant une tige. Faire 3 applications par jour sur les verrues, cors et durillons. Prendre garde de ne pas le mettre sur une plaie.

On peut encore exprimer le **jus de la plante** en la broyant, et le mêler à une quantité égale de glycérine, de façon à le conserver pour la durée du traitement.

Description

C'est une plante vivace de 30 à 60 cm de hauteur, commune dans les décombres et au pied des murs. Elle est répandue dans tout l'hémisphère Nord. Ses grandes feuilles bleutées, molles, découpées en larges lobes profondément découpées, forment une ample rosette. La tige porte des fleurs jaunes à quatre pétales vite caducs. Les fruits allongés sont remplis de petites graines noires munies d'un appendice blanc, charnu, apprécié des fourmis qui transportent les graines et les disséminent. La cassure de la tige fait sourdre un liquide âcre et jaune orangé.

Chicorée

Cichorium intybus

FAMILLE DES ASTÉRACÉES

Ses composés actifs :

Racines : très riche en inuline. Feuilles : vitamines et sels minéraux. L'amertume de la plante est due à des lactones sesquiterpéniques.

PRINCIPALES VERTUS

★ Tonique du foie et du système digestif
★ Diurétique

PARTIES UTILISÉES

★ Feuilles, racines, jus, plante entière

AUTRES USAGES : On cultive la chicorée pour ses racines, classique succédané du café, bien préférable, au quotidien, à l'excitant usuel. Elles sont découpées en « cossettes » puis torréfiées. D'autres variétés sont plantées pour leurs feuilles qui donnent les endives ou « chicons », la barbe de capucin et les chicorées rouges telle la 'Trévise'. La chicorée intybe est l'une des salades sauvages les plus couramment récoltées dans la région méditerranéenne.

Déjà mentionnée 4 000 ans av. J.-C. dans le papyrus égyptien d'Ebers, la chicorée a toujours été utilisée depuis, soit pour ses indéniables vertus curatives, soit comme plante potagère. Les témoignages en sa faveur abondent : Dioscoride la recommandait pour fortifier l'estomac. Pline lui attribuait des propriétés rafraîchissantes et sainte Hildegarde en faisait, au Moyen Âge, un excellent digestif. Galien l'appelait l'« amie du foie », et tous les auteurs anciens s'accordaient pour lui reconnaître les qualités apéritives, digestives, cholagogues, diurétiques, dépuratives, qui la font encore employer de nos jours.

L'amie du foie

- La racine et les feuilles de chicorée sont cholérétiques et cholagogues, diurétiques et stomachiques. Elles **tonifient le foie et le système digestif**.
- On préconise également la chicorée **en cas de rhumatismes ou de goutte**.
- L'infusion de chicorée **calme la soif des diabétiques**, sans provoquer de transpiration secondaire, et elle régularise aussi la diurèse (élimination des urines).

COMMENT L'UTILISER

- **INTERNE : Salade de jeunes feuilles.** Prise au début du repas, elle est apéritive, diurétique et déconstipante. Sa saveur amère est loin d'être désagréable.

En infusion. 8 à 15 g de feuilles sèches par litre d'eau ou 15 à 40 g de racine sèche, non torréfiée, par litre d'eau. Pour tonifier le foie et le système digestif. Également comme boisson désaltérante.

En décoction. 100 g de plante fraîche, racine et feuilles. Faire bouillir dans un litre d'eau. Pour les mêmes usages.

Sirop. Exprimer la plante, feuilles et racine, de façon à obtenir un demi-litre de jus, auquel on mélange 500 g de sucre. Laisser réduire à feu doux, sans bouillir, jusqu'à l'obtention d'un sirop. Recommandé pour les enfants, comme laxatif et dépuratif. En donner 2 à 4 cuillerées à café le matin, à jeûn, selon l'âge.

Description

Cette plante annuelle, bisannuelle ou vivace atteint jusqu'à 1 m de hauteur. Très commune dans les prés, les lieux incultes et les bords des chemins, elle est répandue dans tout l'hémisphère Nord. On la cultive pour ses racines et la production de salades ou d'endives. Ses feuilles en rosette, d'aspect semblable à celles du pissenlit, sont profondément divisées en lobes écartés ou renversés. La tige porte de maigres rameaux rigides qui forment avec elle un angle obtus. Elle s'illumine à la fin de l'été d'élégants capitules composés de fleurs toutes en languette, d'un tendre bleu pâle. La plante laisse s'écouler à la coupure un latex blanc très amer.

Noisetier

Corylus avellana

FAMILLE DES BÉTULACÉES

Ses composés actifs :

Feuilles : tanins, proanthocyanidols et un flavonoïde, la myricitrine. Graines : protides et une huile grasse contenant surtout de l'acide oléique, de l'acide linoléique et de l'acide palmitique.

L'utilisation alimentaire des noisettes remonte à la nuit des temps. On en a découvert les restes fossilisés dans des sites archéologiques datés de plus de dix mille ans. On leur attribuait jadis, infusées dans du vin blanc, des vertus diurétiques. Certains auteurs prétendaient que le pollen des fleurs et le gui cueilli sur ses branches étaient des remèdes contre l'épilepsie. L'écorce de la racine a été utilisée dans les cas de règles excessives et, selon Cazin, dans les fièvres intermittentes du paludisme.

PRINCIPALES VERTUS

★ Contre les problèmes circulatoires
★ Vasoconstricteur
★ Anti-inflammatoire

PARTIES UTILISÉES

★ Feuilles, écorce, noisettes, huile de noisette

COMMENT L'UTILISER

• **INTERNE : En décoction.** 30 g de feuilles par litre d'eau. Laisser bouillir un quart d'heure. Contre les troubles veineux et les diarrhées.

• **EXTERNE : En décoction.** 30 g d'écorce par litre d'eau. Laisser bouillir un quart d'heure. Contre les hémorroïdes. On peut lui ajouter un demi-litre d'alcool à 40 % vol et on imbibe des compresses avec cette solution.

Décoction vineuse. Faire bouillir 50 g d'écorce dans un mélange d'un demi-litre de vin et d'un demi-litre d'eau, contre les ulcères variqueux. On lotionne et on panse avec cette décoction.

Tonique du système veineux

• Les feuilles de noisetier possèdent des propriétés **vasoconstrictrices et anti-inflammatoires** semblables à celles de l'hamamélis. On les prescrit **dans les affections du système veineux** tels les varices, les hémorroïdes, les séquelles de phlébite, etc.

• Astringentes, elles sont parfois mises à profit **contre les diarrhées**.

• L'huile de noisette peut servir de **vermifuge doux** chez les enfants.

• En usage externe, l'écorce des rameaux est un excellent **sédatif local des hémorroïdes et un cicatrisant** des ulcères variqueux.

AUTRES USAGES : Très nutritives, les noisettes sont les plus riches en protides et en lipides de tous les fruits oléagineux. Elles se consomment nature ou grillées, réduites en purée, dans des gâteaux, etc. On en extrait une huile très fine.

LE SAVIEZ-VOUS ? Autrefois, le noisetier était appelé plus souvent « coudrier ». Ce nom est une transformation du latin *corylus*, lui-même dérivé du grec *korys*, « casque », par allusion à la forme du fruit.

La noisette est riche en vitamine E, fibres, minéraux et oligo-éléments.

Description

C'est un arbrisseau bien connu de 2 à 5 m de hauteur, courant dans les haies et les lisières des bois dans toutes nos régions. Les rejets droits et flexibles du noisetier ont offert à des générations d'enfants le plaisir de jouer à l'arc, aux flèches et aux sagaies. Les feuilles sont larges et doublement dentées. Les fleurs, naissant longtemps avant le feuillage, sont de deux genres. Les mâles pendent en chatons jaunâtres, cylindriques, dès la fin de l'hiver. Les fleurs femelles, sur les mêmes pieds, s'enflent lentement en noisettes protégées par leur coque, nichée dans une collerette de bractées vert clair.

Bleuet

Cyanus segetum

FAMILLE DES ASTÉRACÉES

Ses composés actifs :
Anthocyanosides (responsables de la couleur des pétales), flavonoïdes, composés acétyléniques, polyines

PRINCIPALES VERTUS

★ Calmant pour les yeux
★ Soins de la peau
★ Légèrement diurétique

PARTIES UTILISÉES

★ Fleurs

Hildegarde de Bingen, au XIIe siècle, fut l'une des premières à mentionner les vertus du bleuet. D'après la « théorie des signatures », qui voyait des analogies dans toute chose, la couleur de sa fleur évoquait celle d'yeux clairs en bonne santé, ce qui en confirmait l'usage pour les soins oculaires. Matthiole, un médecin du XVIe siècle, les employait dans ce but. Les fleurs de bleuet étaient appréciées comme diurétique et antirhumatismal : on préparait naguère dans le Nord un breuvage antirhumatismal avec 25 g de bleuets macérés dans un litre de bière.

Pour les yeux et la peau

• Les fleurs de bleuet sont surtout utilisées comme calmant **dans les affections inflammatoires des yeux**. Mais leur réputation de guérir la conjonctivite, l'irritation et la rougeur des paupières, les orgelets, etc., ne paraît pas justifiée par les études récentes.
• Les fleurs de bleuet sont également **légèrement diurétiques et toniques**.
• En usage externe, l'infusion ou à l'hydrolat de fleurs sont bénéfiques pour la peau, du fait de leurs propriétés **adoucissantes, astringentes et anti-inflammatoires**. Ils resserrent les capillaires et sont donc efficaces pour atténuer la couperose.

LE SAVIEZ-VOUS ? Si le mot « bleuet » désigne, chez nous, une centaurée bleue, il s'emploie, au Québec, pour une espèce d'airelle proche de notre myrtille, *Vaccinium angustifolium*, qui possède les mêmes vertus que cette dernière. Ceci peut entraîner une certaine confusion dans la mesure où les deux plantes ont une action médicinale !

COMMENT L'UTILISER

• **EXTERNE : En infusion.** 2 cuillerées à café de fleurs de bleuet par tasse d'eau bouillante. Laisser tiédir et baigner abondamment les paupières. La même infusion coupée d'eau de rose, utilisée en compresses, donne après 10 minutes d'application un regard brillant et des paupières reposées.
L'eau de bleuet resserre les pores des peaux grasses, rafraîchit les épidermes sensibles. En vaporisation sur les parties du corps exposées au soleil, c'est un bon soin après-soleil. En application sur le cuir chevelu, c'est un soin tonique et vivifiant pour les cheveux, qui prévient l'apparition des pellicules.

Description

Le bleuet abondait jadis en été dans les moissons. Mais l'emploi des pesticides l'a impitoyablement éliminé, au point d'en faire une espèce peu commune, voire rare dans certaines régions.
La tige de cette plante annuelle peut atteindre 60 cm de hauteur. Elle porte des feuilles très fines recouvertes d'un duvet et d'élégants capitules de fleurs en forme de tubes élargis, d'un beau bleu tendre.

Autrefois très commun, le bleuet tend malheureusement à se raréfier.

Carotte

Daucus carota

FAMILLE DES APIACÉES

Ses composés actifs :

Racine : glucides, pectine, minéraux, vitamines (dont provitamine A), asparagine. Feuilles : falcarinol. Fruits : flavonoïdes et une essence aromatique riche en asarone, en carotol, en pinène et en limonène.

La carotte était, au temps des Gaulois, notre légume national, puisque Pline l'appelait *pastinaca gallica*, c'est-à-dire « nourriture de Gaulois ». Mais il faudra vraiment attendre le Moyen Âge pour que la carotte soit sur toutes les tables. Dioscoride recommandait les fruits pour faciliter les règles et comme diurétique.

TOXICITÉ

Les graines sont déconseillées pendant la grossesse. Le jus de carotte doit être d'origine biologique, car les herbicides et les insecticides se concentrent dans la racine.

Bonne digestion et jolie peau

• La carotte est indiquée pour **accélérer la croissance, élever la résistance aux infections et atténuer les troubles visuels**. Remède populaire de la jaunisse, elle renforce l'action du foie.

• Elle **régularise les fonctions intestinales**, dans la constipation comme dans la diarrhée (spécialement la diarrhée du nourrisson).

• Elle est aussi **diurétique** (elle augmente de 10 % le volume de l'urine et la quantité d'acide urique éliminé !) : on recommande son jus contre les rhumatismes, la goutte, l'arthrite.

• Elle **stimule la régénération de la peau** et soigne les affections cutanées, l'impétigo des enfants, les brûlures, etc.

• Elle rajeunit la peau et **atténue les taches** de vieillesse.

• Les feuilles ont des **vertus diurétiques**.

• Les graines de carotte sont **apéritives, digestives, carminatives et galactogènes**.

• On les utilise aussi contre les vers et pour **favoriser la venue des règles**.

PRINCIPALES VERTUS

★ Renforce le foie
★ Régule le transit
★ Soigne les affections cutanées
★ Anti-âge cutané

PARTIES UTILISÉES

★ Racine, graines, feuilles

COMMENT L'UTILISER

• **INTERNE :** Il est indispensable de mettre souvent la carotte au menu, soit crue soit cuite.

Jus de carotte passé au mixeur. Boire le jus de 100 g de carotte le matin à jeun, comme diurétique, dépuratif, antianémique, etc.

Soupe de carotte contre la diarrhée des nourrissons. Cuire 500 g de carottes coupées finement dans un litre d'eau pendant une bonne heure. Les passer dans une passoire fine pour obtenir une bouillie, complétée avec de l'eau bouillie pour avoir un litre de liquide. Donner au biberon uniquement avec jusqu'au retour des selles normales.

Infusion de semences. Une cuillerée à café par tasse. Pour favoriser la digestion et la lactation.

• **EXTERNE : Cataplasme de pulpe** fraîchement et finement râpée sur les brûlures, pour apaiser la douleur.

La lotion de jus est souveraine contre les dartres. Pour les soins esthétiques, utiliser soit des masques de pulpe râpée, soit des lotions journalières de jus de carotte.

Description

C'est par la sélection, en Europe, de formes à racines rouges de la carotte sauvage (page de droite) que l'on a obtenu, au fil des siècles, la carotte de nos potagers. La sauvage ne diffère de la cultivée que par sa racine, mince et blanche. Toutes deux ont des feuilles velues, finement découpées, et de petites fleurs réunies en ombelles blanches à l'exception de la fleur centrale, et entourées d'une collerette de bractées divisées. À la fin de la saison, les petits fruits crochus se réunissent en une sorte de « nid d'oiseau » caractéristique. Lorsqu'on les froisse entre les doigts, ils dégagent une forte odeur de… poire.

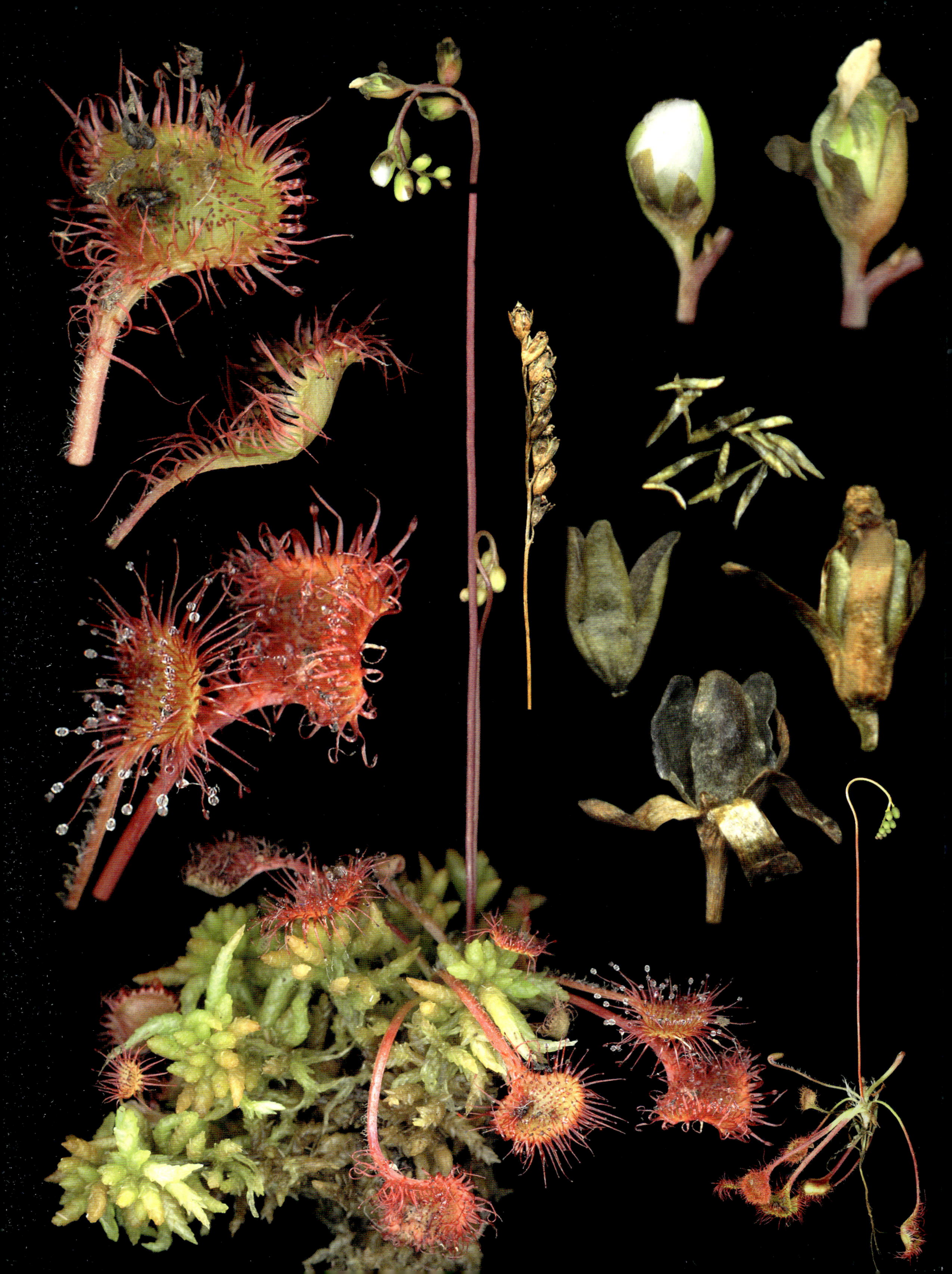

Drosera

Drosera rotundifolia

FAMILLE DES DROSÉRACÉES

Ses composés actifs :
Une naphtoquinone (la plumbagone), flavonoïdes, mucilage

PRINCIPALES VERTUS

- ★ Antispasmodique
- ★ Adoucissante
- ★ Antiseptique
- ★ Contre la toux

PARTIES UTILISÉES

- ★ Plante entière

Décrite à la Renaissance par Clusius et Dodoens, cette plante curieuse attira l'attention de Darwin. La plante fraîche renferme un principe possédant des propriétés rubéfiantes, mais qui ne sont pas retenues par la médecine.

Rosée du soleil

- Le drosera est **antispasmodique et adoucissante**. Il s'emploie contre la toux, l'asthme et la coqueluche
- La plumbagone **détruit les bactéries** ainsi que certains champignons pathogènes et divers protozoaires parasites.

LE SAVIEZ-VOUS ? Au contact d'un insecte, la feuille ouverte se referme en emprisonnant sa proie par ses poils. L'insecte est digéré ensuite par le liquide acide riche en pepsine que sécrètent ses glandes, et qui a valu à cette tueuse le nom poétique d'« herbe à la rosée ». Après la digestion de la victime, le piège se rouvre, prêt à fonctionner à nouveau. Drosera vient du grec *droseros*, « humide ». On nomme aussi la plante « rossolis », du latin *ros*, « rosée », et *sol, solis*, « soleil » : « rosée du soleil » évoque les gouttes de colle sur les feuilles.

ATTENTION : Les espèces de nos régions sont des plantes naines, rares et officiellement protégées. Certains indélicats les ramassent néanmoins. D'autres, pour se donner bonne conscience, importent diverses espèces des pays du Tiers-Monde, en particulier de Madagascar : tout le monde y trouve son compte… sauf la nature, car ces plantes des tourbières ne peuvent être cultivées et sont récoltées bien plus rapidement qu'elles ne parviennent à se renouveler. La suite est facile à imaginer…

COMMENT L'UTILISER

- **INTERNE : Teinture** antispasmodique contre la coqueluche, préparée à partir de la plante entière (5 à 20 gouttes, 3 à 5 fois dans les 24 heures) pour calmer les quintes de toux, diminuer leur fréquence et la durée des paroxysmes. Le remède exerce aussi une action sédative sur les vomissements de la coqueluche. L'homéopathie utilise *Drosera* contre la tuberculose pulmonaire.

Description

Petite plante insectivore habitant les tourbières de l'Europe tempérée, de l'Asie boréale et de l'Amérique du Nord. Ses feuilles à limbe orbiculaire sont disposées par six à dix en rosette étalée sur le sol et portent à leur face supérieure et sur leurs bords des poils glanduleux de couleur rouge, à long pédicelle. Du centre de cette rosette partent une ou deux tiges florifères rougeâtres portant des fleurs blanches, disposées en grappes unilatérales.

Les gouttelettes gluantes qui recouvrent les poils du drosera, formant un redoutable piège à insectes, ont valu à la plante son autre nom d'« herbe à la rosée ».

Eucalyptus

Eucalyptus Sp.

FAMILLE DES ROSACÉES

Composés actifs :

Polyphénols, triterpènes, essence aromatique riche en cinéole (ou eucalyptol) et autres terpènes, variables selon l'espèce : alpha-pinène et globulol (Eucalyptus globuleux), alpha terpinéol et citrals (E. radié), citronellal (E. citronné).

PRINCIPALES VERTUS

★ Contre la bronchite aiguë
★ Diurétique
★ Anti-inflammatoire
★ Soins de la peau

PARTIES UTILISÉES

★ Feuilles

Les aborigènes d'Australie utilisaient l'eucalyptus contre les infections et les fièvres. Il fut introduit en France en 1856. On le considérait autrefois comme un fébrifuge très appréciable : c'est ainsi que Jules Verne constatait que la présence seule des eucalyptus dans une région « suffit à neutraliser les miasmes paludéens ». En Espagne, on l'employait aussi contre la tuberculose pulmonaire. Ses propriétés désinfectantes le faisaient recommander, de plus, dans les affections purulentes de l'urètre et du vagin, les pertes blanches, voire les blennorragies. On lui trouva aussi des propriétés hypoglycémiantes accentuées ; par son emploi, le taux de sucre dans les urines baisse de façon notable.

Pour libérer le nez et les bronches

• L'eucalyptus est avant tout un **puissant remède des maladies des voies respiratoires**. Excellent antiseptique des bronches, il entre d'ailleurs dans la composition de nombreux sirops et suppositoires spécialisés en pharmacie. On l'emploie dans les bronchites aiguës ou chroniques et, plus généralement, dans toutes les affections respiratoires (irritation de la gorge, des muqueuses nasales), les rhumes, les grippes et les maux de gorge.

• À la fois **apéritif et digestif**, il rend de précieux services aux malades dont le système digestif est souvent perturbé par leurs ennuis respiratoires.

• L'huile essentielle des feuilles de l'eucalyptus citronné, diluée dans de l'huile d'amande douce, en frictions sur le corps, **soulage les rhumatismes et les névralgies** aussi bien que les maladies respiratoires.

• Les **vertus antiseptiques** des vapeurs d'eucalyptus sont mises à profit sous forme d'inhalations pour dégager le nez, contre les rhumes, les grippes, etc.

COMMENT L'UTILISER

• **INTERNE** : En infusion. 20 à 30 g de feuilles par litre d'eau. Laisser infuser 20 minutes. Prendre 4 ou 5 tasses par jour. Contre les affections respiratoires.
Sirop. Préparer l'infusion comme ci-dessus, mais avec 20 g d'eucalyptus pour 300 g d'eau. Passer, ajouter 300 g de sucre et cuire jusqu'à consistance d'un sirop.

• **EXTERNE** : Gargarismes avec une infusion forte. Contre les irritations de la gorge. Inhalations des vapeurs de la même infusion pour faire avorter un rhume ou désinfecter totalement les voies respiratoires.

Description

Ce grand arbre, originaire d'Australie, peut atteindre dans nos pays jusqu'à 35 m de hauteur. Il est acclimaté dans la plupart des régions chaudes et sèches du globe. L'écorce de son tronc blanchâtre s'exfolie en longs lambeaux. Ses feuilles, coriaces et persistantes, sont d'un beau vert glauque. Jeunes, elles sont courtes et larges ; adulte, recourbées en forme de faux. Les fleurs, en coupe garnie de nombreuses étamines, naissent à l'aisselle des feuilles. Les fruits évoquent de petites urnes munies d'un couvercle. Toutes les parties vertes de la plante dégagent une puissante odeur balsamique.

Eupatoire

Eupatorium cannabinum

FAMILLE DES ASTÉRACÉES

Ses composés actifs :
Polysaccharides, flavonoïdes, benzofuranes, lactones sesquiterpéniques (dont l'eupatiopicrine), une essence aromatique renfermant de l'alphaterpinène, du p-cymène et du thymol, ainsi que des alcaloïdes pyrrolizidiniques.

PRINCIPALES VERTUS

- ★ Digestive
- ★ Protectrice du foie
- ★ Stimulante du système immunitaire
- ★ Antivirale

PARTIES UTILISÉES

- ★ Feuilles, racine

Mithridate Eupator, roi du Pont, laissa son nom à l'eupatoire, qu'il avait découverte. C'était une des plantes du jardin médicinal d'Olivier de Serres, agronome français du XVIe siècle, dont il disait qu'elle « *est bonne contre la dysenterie, morsures des serpents et désopile le foie* ». La plante a été utilisée contre les rhumes et les fièvres, et particulièrement recommandée contre les obstructions du foie et la constipation occasionnée par l'insuffisance hépatique et l'atonie des organes internes. En usage externe, elle eut grande réputation comme résolutif des tumeurs du fondement ou du scrotum.

COMMENT L'UTILISER

- **INTERNE : L'infusion de feuilles.** 30 g par litre d'eau. Pour le foie.
En décoction. 30 g de racine coupée par litre d'eau, bouillie 2 minutes. Comme stimulant du système immunitaire.
Macération. 40 g de racine coupée, durant une nuit, dans 1 litre de vin blanc ou de bière, au choix. Pour les mêmes usages.
- **EXTERNE :** Contre les tumeurs, on utilise soit le **cataplasme** de feuilles pilées, soit des compresses chaudes imbibées de décoction concentrée de racine.

Stimulante de la bile et de l'immunité

- L'eupatoire possède des propriétés **cholagogues** (elle stimule la libération de la bile dans le circuit digestif) et **protectrices du foie**.
- On la considère propre à **stimuler le système immunitaire** et à combatte les affections d'origine virale.

AUTRES ESPÈCES : En Amérique du Nord, des espèces voisines, en particulier *Eupatorium perfoliatum*, ont été utilisées pour soigner les rhumes, les fièvres, l'arthrite et les rhumatismes et stimuleraient le système immunitaire.

TOXICITÉ

Si la plante elle-même n'a jamais provoqué de troubles répertoriés, les alcaloïdes pyrrolizidiniques induisent expérimentalement des tumeurs hépatiques.

Description

C'est une grande plante vivace de plus de 1 m, commune dans les lieux humides et ombragés, au bord des ruisseaux et dans les marais de toutes nos régions. Elle est native en Europe, en Asie et en Afrique du Nord. Sa haute tige dressée, de teinte rougeâtre, porte des feuilles opposées, divisées en trois segments allongés et dentés. Les jolies fleurs rose foncé, en petits capitules, sont groupées au sommet de chaque tige terminale. La racine est grise et fibreuse.

Figuier

Ficus carica

FAMILLE DES MORACÉES

Ses composés actifs :
Figue : sucres (environ 50 %), flavonoïdes, enzymes et furano-coumarines.

PRINCIPALES VERTUS
★ Laxative
★ Contre les affections respiratoires et buccales
★ Émolliente, adoucissante

PARTIES UTILISÉES
★ Fruits, suc laiteux

Connue depuis la plus haute antiquité, la figue aurait, selon Horace, donné son nom au foie, à cause d'Apicius, qui se servait de figues pour engraisser les oies et obtenir du foie gras. Les auteurs de la Renaissance estimaient que la figue « *faisait bon ventre et engendrait bon et louable sang* ».

La figue, fraîche ou sèche

• Très nourrissante, la figue est également **facile à digérer et laxative**, donc intéressante en cas de constipation.
• **Émolliente et adoucissante**, la figue sèche fait partie, avec le raisin sec, le jujube et la datte, des « quatre fruits pectoraux », mais on peut tout aussi bien l'employer seule dans les rhumes opiniâtres, les bronchites, la coqueluche, la pneumonie.
• En usage externe, la décoction de figue est excellente en gargarismes **contre les irritations de la gorge**, la toux, l'enrouement et contre les fluxions dentaires (inflammation douloureuse des gencives ou de la joue, due à un foyer infectieux dentaire).
• Une figue chaude sur un abcès dentaire est d'ailleurs un excellent **cataplasme maturatif**.
• Le suc laiteux sécrété par le figuier contient une enzyme très active **contre les cors et les verrues**.

TOXICITÉ
Le suc laiteux du figuier, voire les feuilles, peuvent être cause d'allergies.

AUTRES USAGES : Le latex peut servir de présure pour faire cailler le lait dans la préparation des fromages.

COMMENT L'UTILISER

• **INTERNE : Décoction pectorale.** 80 à 100 g de figues sèches par litre d'eau.
Sirop. Faire bouillir 500 g de figues par litre d'eau jusqu'à réduction de moitié. Après avoir passé, on mêle 250 g de miel. Agiter et prendre par cuillerées à soupe. Contre les irritations de la gorge.
Café de figues. Il est pectoral et se prépare par infusion, comme le café véritable, avec de la poudre de figues torréfiées.
• **EXTERNE : En décoction.** À utiliser en gargarismes très adoucissants. Contre les abcès dentaires, appliquer une moitié de figue chaude entre la joue et la gencive.
Les **cataplasmes** de figues cuites dans de l'eau ou du lait font mûrir abcès et furoncles.
Suc de figuier. Appliquer deux fois par jour contre cors et verrues.

Description

Arbuste de 2 à 5 m de hauteur natif du bassin méditerranéen, où il croît dans les endroits rocailleux. Cultivé bien en-dehors de son aire d'origine, il ne mûrit que sous un climat assez chaud. Le tronc, gris et tortueux, porte de larges feuilles lobées, épaisses et rudes au toucher. À la coupure sourd un abondant latex blanc, très caustique en cas de contact avec les muqueuses. Les fleurs sont réunies en grand nombre à l'intérieur d'un réceptacle charnu. Celui-ci, appelé improprement « fruit », donne la figue après fécondation. Les figues, de couleur violette ou verte (« figues blanches ») à maturité, se consomment fraîches ou séchées.

Reine-des-prés

Filipendula ulmaria

FAMILLE DES ROSACÉES

Ses composés actifs :

Tanins, hétérosides flavoniques (dont le spiréoside, le rutoside et l'hypéroside), hétérosides d'acides-phénols. Huile essentielle riche en salicylate de méthyle et en aldéhyde salicylique.

COMMENT L'UTILISER

• **INTERNE : En infusion.** 10 à 30 g par litre. Prendre 3 ou 4 tasses par jour. Il ne faut jamais faire bouillir la plante, ce qui détruirait les salicylates. **Ou bien :** 50 g de fleurs par litre d'eau bouillante (fraîches ou séchées depuis moins d'un an). Laisser infuser 7 à 10 minutes et prendre 3 ou 4 tasses par jour. Contre les diverses affections précédemment citées.

Alcoolature. Laisser 12 heures en contact 50 g de fleurs fraîches et 50 g d'alcool à 40 % vol. Filtrer et prendre 1 ou 2 cuillerées à café par jour. Elle permet de suivre le traitement toute l'année.

• **EXTERNE :** L'infusion concentrée est excellente **en compresses** contre les plaies, les ulcères, les douleurs rhumatismales. Contre ces dernières, on peut aussi appliquer des **cataplasmes** chauds de fleurs infusées.

PRINCIPALES VERTUS

★ Anti-inflammatoire
★ Antirhumatismale
★ Diurétique
★ Antispasmodique

PARTIES UTILISÉES

★ Fleurs, plante entière

À la Renaissance, le Flamand Dodoens cite la reine-des prés comme remède de la dysenterie. Selon l'antique « théorie des signatures », on lui attribuait aussi d'autres vertus : puisque la plante poussait dans l'eau, elle devait, pensait-on, soigner les maux attrapés en restant trop longtemps dans un lieu humide ! Les chimistes du XIXe siècle ont étudié la composition de la reine-des-prés et de plusieurs plantes douées de propriétés similaires. Ainsi, on isola de l'écorce du saule, en 1829 la salicine, souveraine contre les fièvres. En 1844, on découvrit du salicylate de méthyle dans la gaulthérie, une cousine américaine très odorante de la myrtille. La reine-des-prés doit son odeur caractéristique à la présence du même composé chimique. À partir de l'acide salicylique, Félix Hoffmann élabora en 1897 l'acide acétylsalicylique, moins caustique. Les laboratoires pharmaceutiques Bayer le commercialisèrent sous le nom d'« aspirine » (« spirée », inspiré de la forme spiralée des fruits, était l'ancien nom de la reine-des-prés).

Contre les douleurs urinaires, la goutte, les rhumatismes…

• La reine-des-prés est **anti-inflammatoire et antirhumatismale**.

• Les fleurs fraîches (ou séchées depuis moins d'un an) ont **d'indéniables propriétés diurétiques**. Elles éliminent puissamment l'acide urique. Antispasmodiques et sédatives des douleurs urinaires, elles sont aussi recommandées contre la goutte, les douleurs rhumatismales, la cellulite, l'artériosclérose, toutes ces maladies dues à une surcharge de l'organisme en produits de déchet.

• La reine-des-prés diminue l'acidité gastrique et contribuerait à réduire le niveau d'acidité de l'ensemble de l'organisme, ce qui **soulagerait les problèmes articulaires**.

• La richesse en tanin des feuilles de reine-des-prés rend ces dernières **efficaces contre les diarrhées**.

Description

C'est une grande plante vivace de plus de 1 m de hauteur, qui forme de belles colonies dans les lieux humides de toutes nos régions. Sa tige, dressée, rougeâtre, porte des feuilles divisées en folioles dentées, avec une foliole terminale beaucoup plus grande, profondément divisée en trois lobes aigus. Les fleurs blanc crème, délicieusement parfumées, sont disposées en grappes composées s'évasant vers le haut. Les fruits sont de petites boules vertes spiralées, particulièrement odorantes au froissement.

TOXICITÉ

La plante est contre-indiquée en cas d'hypersensibilité aux salicylates.

Fenouil

Fœniculum vulgare

FAMILLE DES APIACÉES

Ses composés actifs :
Une essence aromatique riche en anéthol, en méthyl-chavicol ou estragole et en fenchone. Flavonoïdes, stérols et furano-coumarines, en particulier l'impératorine et le bergaptène.

PRINCIPALES VERTUS

★ Favorise la digestion
★ Stimule la lactation

PARTIES UTILISÉES

★ Feuilles, fleurs, graines, tiges, racines

Le fenouil était employé par les Assyriens et les Babyloniens pour calmer les maux d'estomac. Plus tard, on lui trouva des vertus diurétiques et on le jugea bon contre les calculs et les douleurs de la vessie. L'école de Salerne, au Moyen Âge, le considérait comme un carminatif puissant.

Un excellent digestif, également galactogène

• Le fenouil est **digestif, carminatif et galactogène** (il active la montée de lait) ; il fait partie des « quatre semences chaudes », avec l'anis, la coriandre et le carvi. Il favorise les contractions et active la sécrétion des glandes du tube digestif, et lutte efficacement contre les flatulences.
• La médecine populaire préconise l'emploi des graines de fenouil pour **favoriser la lactation chez les mères qui donnent le sein**.
• Les feuilles, en cataplasme, sont employées **contre les engorgements des seins** chez les femmes qui allaitent.
• La racine est réputée en tant que **diurétique**. Elle lutte contre les rétentions d'eau de l'organisme, quelles que soient leur origine et leur localisation : enflure des chevilles, des pieds et des jambes, enflure du ventre, enflure des paupières.
• De plus, la racine **stimule l'appétit**.

AUTRES USAGES : Les jeunes pousses rendent divine la salade la plus mièvre. Les feuilles développées se dégustent comme un légume aromatique. Les tiges se mangent aussi, du moins lorsqu'elles sont jeunes et tendres. Les fleurs ont une saveur aromatique, chaude et sucrée. Elles aromatisent remarquablement les plats et l'on en fait d'excellentes tisanes aux vertus digestives.
Les grains de fenouil sont un incontournable condiment. Des grains de fenouil sont souvent servis à la fin des repas dans les restaurants indiens, pour l'haleine et la digestion.

LE SAVIEZ-VOUS ? La variété que l'on consomme en salade est le fenouil de Florence. Originaire d'Italie, où il est apparu au XVIe siècle, ce fenouil bulbeux est apprécié pour ses feuilles imbriquées, dont on consomme les bases charnues, au délicat goût anisé.

COMMENT L'UTILISER

• **INTERNE** : La Provence connaît bien cette herbe aromatique qui parfume délicieusement les poissons, les olives ou les escargots. Semées en fin hachis sur les plats de digestion difficile, les feuilles aident agréablement à leur assimilation.
En décoction. 20 à 30 g de racine par litre d'eau, comme diurétique ou pour ouvrir l'appétit.
En infusion. 15 à 30 g de semences par litre d'eau bouillante. Prendre une tasse après chaque repas. Mais on peut aussi préparer un vin stimulant en faisant macérer 30 à 50 g de semences par litre. Consommer, au bout de 15 jours, un verre au moment des grands repas pour faciliter la digestion et favoriser la lactation.
• **EXTERNE** : Pour résoudre l'engorgement des seins, appliquer soit un cataplasme de feuilles broyées, soit des compresses imbibées de décoction concentrée de feuilles.

Description

C'est une grande plante vivace de 1 à 2 m, commune dans les lieux secs et les bords des chemins dans le Midi et dans l'Ouest. On la rencontre dans tout le bassin méditerranéen et elle est fréquemment cultivée. Ses feuilles vert foncé, découpées en fines lanières, s'insèrent sur les hautes tiges tenues dressées par une large gaine. Les petites fleurs jaunes, sont disposées en ombelles. Le fruit, vert jaunâtre, est marqué de cinq côtes. Toute la plante dégage au froissement une odeur douce et aromatique.

Fraisier

Fragaria vesca

FAMILLE DES ROSACÉES

Ses composés actifs :

Tanins. Flavonoïdes et quantité de vitamine C (dans les feuilles), sucres et vitamines variées (dans les fruits).

PRINCIPALES VERTUS

★ Diurétique
★ Astringent
★ Beauté du teint

PARTIES UTILISÉES

★ Feuilles, fruits, racines

LE SAVIEZ-VOUS ? Les fraises ne sont pas des fruits au sens botanique du terme, c'est-à-dire des ovaires parvenus à maturité. Il s'agit en fait de faux-fruits formés par la croissance de l'extrémité du pédoncule et couverts de « grains » qui sont, eux, les véritables fruits.

Les Romains appréciaient déjà la saveur délicate du fraisier sauvage. De même en France, jusqu'au XVIe siècle, on ne connaissait encore que la fraise des bois. Au XIVe siècle, si Charles V fit planter 1 200 fraisiers sauvages dans les parterres du Louvre, ce n'était que pour la valeur décorative des pieds fleuris, et il fallut attendre Jean de La Quintinye, jardinier de Louis XIV, pour « domestiquer » le fruit succulent.

Protecteur des reins et de la vessie

- **Diurétiques**, les racines et les feuilles sont depuis longtemps utilisées **dans les affections du rein et de la vessie**. Elles se montrent aussi efficaces contre le rhumatisme et la goutte.
- **Astringentes**, elles sont excellentes **contre les diarrhées**, les entérites, et en gargarismes **contre l'angine**.
- Grâce à son effet à la fois **diurétique et laxatif**, la fraise elle-même est recommandée contre l'arthrite, les rhumatismes, les calculs, les affections du foie. Attention toutefois : sa consommation peut entraîner une urticaire chez les personnes prédisposées. On peut tenter une désensibilisation en prenant chaque jour, pendant une semaine, une petite parcelle de fraise écrasée.
- Pour l'usage externe, la fraise est renommée pour **ses propriétés embellissantes pour le teint**.

COMMENT L'UTILISER

• **INTERNE : Décoction de racines concassées et feuilles.** 25 g par litre d'eau. Faire bouillir 10 minutes et boire à volonté dans la journée. Contre les troubles urinaires et les diarrhées.

Infusion de feuilles seules (mêmes proportions), cueillies au printemps et séchées. Excellent succédané du thé, doué de propriétés diurétiques.

• **EXTERNE : Décoction concentrée** (30 à 50 g par litre) de racines et de feuilles. S'emploie en gargarismes contre l'angine ou en lavements contre la diarrhée.

Masque de beauté aux fraises. On peut appliquer des fraises simplement écrasées sur le visage démaquillé et maintenir la bouillie avec de la gaze. Garder 10 minutes et rincer à l'eau de rose. Pour les peaux grasses, on ajoute un blanc d'œuf battu à la purée de fraises. Pour les peaux sèches, on ajoute une cuillerée à café d'huile d'amandes douce.

Lait aux fraises. Astringent et désincrustant, il se prépare avec le jus de fraises passé, auquel on ajoute une même quantité de lait frais et quelques gouttes d'eau de Cologne.

Description

C'est une petite plante vivace qui vient à l'état sauvage en lisière de bois et sur les talus ensoleillés de la plupart de nos régions. On le rencontre dans presque tout l'hémisphère nord. L'hybride entre un fraisier nord-américain et un fraisier chilien est couramment cultivé pour ses grosses fraises, toujours moins parfumées que les sauvageonnes.

Fumeterre

Fumaria officinalis

FAMILLE DES PAPAVÉRACÉES

Ses composés actifs :

Alcaloïdes (dont la protopine), acides organiques (dont l'acide fumarique)

PRINCIPALES VERTUS

★ Dépurative
★ Contre les problèmes de peau
★ Apéritif et tonique
★ Calmant et somnifère

PARTIES UTILISÉES

★ Plante entière

Dans son *Théâtre d'agriculture* (1600), l'agronome Olivier de Serres rappelle les vertus de la fumeterre, « *qui désopile le foye, nettoie les humeurs adustes et est bonne contre gravelle* ».

Tonique en cure courte, calmante en cure longue

TOXICITÉ

On signale que de très fortes doses de fumeterre seraient toxiques.

• La plante entière possède des propriétés **dépuratives**. Elle fait merveille **dans les affections cutanées** (eczéma, psoriasis…), contre les dartres, les démangeaisons, et pour favoriser la cicatrisation de la peau.

• En cure, elle est **apéritive et tonique** durant les 8 à 10 premiers jours du traitement. Ensuite, l'effet **devient calmant et légèrement somnifère**. Pour cette indication, on peut en faire des cures de 20 jours.

• C'est aussi un excellent **médicament des voies biliaires**, capable de normaliser la sécrétion biliaire et de détoxifier l'organisme. La plante est recommandée en cas de constipation et de spasmes biliaires douloureux.

• On l'emploie aussi pour **atténuer les souffrances dues à la lithiase biliaire** (calculs biliaires) et les migraines d'origine hépatique.

LE SAVIEZ-VOUS ? On croyait autrefois que la fumeterre naissait non d'une graine, mais des vapeurs de la terre. C'est également à cette croyance qu'elle doit sont autre nom de « fleur de terre ».

COMMENT L'UTILISER

• **INTERNE : En infusion.** 30 à 40 g de plante entière dans un litre d'eau bouillante. Prendre 2 ou 3 tasses par jour, avant les repas. Très amer. Comme dépuratif, apéritif et pour réguler la sécrétion biliaire.

Vin. Faire une décoction avec 30 à 60 g de plante par litre de vin blanc (ne pas utiliser d'ustensiles en fer, ni de vin rouge, les sels de fer et le tanin étant des substances incompatibles avec la fumeterre). Absorber une petite tasse à café avant chaque repas.

Sirop. Piler de la fumeterre fraîche. Peser le jus obtenu et lui ajouter son poids de sucre. Cuire à consistance de sirop. Prendre 2 ou 3 cuillerées à soupe par jour. Vin et sirop s'emploient pour les mêmes problèmes que l'infusion, mais sont plus agréables.

La fumeterre est une excellente plante dépurative.

Description

C'est une petite plante annuelle très commune dans les lieux cultivés et les terres remuées dans toutes nos régions. Elle est native en Europe, en Asie tempérée et en Afrique du Nord. Ses feuilles ténues, glauques, sont très découpées. Les petites fleurs rosées à la base et pourpres au sommet, fleurissent de mai à septembre. On utilise la plante entière, sans les racines.

Gentiane

Gentiana lutea

FAMILLE DES GENTIANACÉES

Ses composés actifs :
Principes amers (dont le gentiopicroside et l'amarogentioside), oligosaccharides, pectine, phytostérols, acides-phénols, xanthones (des colorants jaunes, parmi lesquels la gentisine).

PRINCIPALES VERTUS

★ Amère
★ Tonique
★ Stimulante du système immunitaire
★ Pour les digestions légères

PARTIES UTILISÉES

★ Racine

La gentiane doit son nom à Gentius, roi d'Illyrie, qui, le premier, loua ses qualités. Après l'invasion de la Gaule, les Romains prônent les mérites de cette jolie plante. Olivier de Serres, à la Renaissance, vante ses qualités de tonique et de vermifuge et signale aussi qu'elle « *aide à l'enfantement* ». La gentiane était employée contre les fièvres de toute nature et contre le paludisme. La drogue nommée « fébrifuge français » est un mélange à part égale de gentiane, de camomille et d'écorce de chêne.

Le plus parfait des amers

• La gentiane est le plus parfait des amers. Elle stimule les sécrétions salivaires et gastriques. On la préconise en cas de douleurs gastriques et de perte de l'appétit. Elle est **dépourvue de toute action irritante sur l'estomac**.
• C'est un **tonique général et un stimulant** qui contribue à accroître les défenses de l'organisme en augmentant le nombre des globules blancs.
• Une rondelle de racine, fraîche ou séchée, sucée **à la fin d'un repas trop copieux**, permet d'en atténuer les effets.
• Enfin, la médecine populaire l'emploie parfois contre les oxyures.

AUTRES USAGES : En Auvergne, la racine de gentiane sert à préparer des liqueurs amères. Le Jura et la Savoie préfèrent distiller les rhizomes fermentés en un alcool limpide à la puissante saveur de terre et de fleurs. L'une et l'autre formules sont appréciées pour leurs vertus apéritives et digestives.

LE SAVIEZ-VOUS ? La gentiopicrine issue du gentiopicroside est tellement amère que les papilles parviennent à la déceler à une dilution d'un millionième dans de l'eau !

COMMENT L'UTILISER

• **INTERNE : En macération.** Verser une tasse d'eau bouillante sur 3 g de racine sèche. Laisser en contact 4 heures. Prendre une tasse avant chaque repas comme tonique, après le repas comme digestif. Poudre de racine (1 à 4 g par jour), mélangée à un peu de miel. Peut remplacer la tisane, qui est vraiment très amère.
Vin (mode d'administration le plus utilisé). Faire macérer, pendant 10 jours, 40 g de racine dans un litre de vin blanc. Prendre une petite tasse à café avant chaque repas.
• **EXTERNE : Décoction forte**, suivie de macération, de 40 g de racine par litre d'eau. Contre les oxyures. Employer en lavements.

Description

Plante vivace de plus de 1 m, commune dans les pâturages subalpins des montagnes de l'Est, du Centre et du Midi. Elle est native en Europe centrale et méridionale, et en Asie occidentale. Ses tiges cylindriques portent de larges feuilles opposées d'un vert bleuté, caoutchouteuses au toucher. En été, les grandes fleurs jaune vif en étoile de 5 à 9 pétales étroits et allongés, naissent en bouquets denses à l'aisselle des feuilles et au sommet de la tige. La grosse racine (jusqu'à 1 m de longueur et plusieurs centimètres d'épaisseur), brune à l'extérieur, jaune à l'intérieur, est charnue et ridée.

La racine de gentiane est un remarquable tonique.

Géranium Robert

Geranium robertianum

FAMILLE DES GÉRANIACÉES

Ses composés actifs :

Tanins, principe amer, essence aromatique.

PRINCIPALES VERTUS

- ★ Antidiarrhérique
- ★ Antidiabétique
- ★ Inflammations de la bouche et de la gorge

PARTIES UTILISÉES

- ★ Sommités fleuries, plante séchée

Daniel Sennert, un médecin allemand du premier tiers du XVIIe siècle, vanta, dans sa *Médecine pratique,* le géranium Robert contre le cancer.

Surtout en gargarismes et en lotion

• **Astringent et antispasmodique,** le géranium Robert est parfois utilisé contre la diarrhée et les hémorragies utérines.

• Plusieurs auteurs lui reconnaissent aussi des propriétés **antidiabétiques** : il diminue la glycosurie (présence de glucose dans les urines).

• On l'emploie surtout pour l'usage externe en **gargarismes** dans les angines et les inflammations des amygdales, ou en lotion pour les maux des yeux, parfois en cataplasmes dans l'engorgement laiteux des seins et pour favoriser la cicatrisation des blessures.

LE SAVIEZ-VOUS ? Le nom de la plante, appelée aussi « herbe à Robert », ne provient pas d'un hypothétique Robert mais du latin *ruber,* « rouge », car les feuilles de ce délicat géranium prennent cette teinte en fin de saison. Son odeur plutôt déplaisante lui vaut, en Grande-Bretagne, le surnom de *stinking Bob* (« Bob-qui-pue », Bob étant le diminutif de Robert) ! Quant au nom du genre, il provient du grec *geranos,* « grue », les fruits de ces plantes évoquant le long bec de l'oiseau. Les géraniums de nos balcons sont en réalité des pélargoniums, du grec *pelargos,* « cigogne », pour la même raison.

AUTRE ESPÈCE : Le géranium américain (*G. maculatum*) était traditionnellement utilisé par les Amérindiens pour traiter les maux de gorge, les aphtes et les inflammations des gencives. Aujourd'hui encore, il reste plus utilisé en phytothérapie que son cousin d'Europe. On le prescrit contre les irritations du côlon, les hémorroïdes et pour arrêter les petites hémorragies externes.

COMMENT L'UTILISER

• **INTERNE : En infusion.** 20 g de sommités fleuries ou 50 g de plante séchée par litre d'eau bouillie. Laisser en contact 20 minutes et prendre 3 ou 4 tasses par jour. En cas de diarrhée ou comme antidiabétique.

• **EXTERNE :** Utiliser la même infusion (ou une décoction un peu plus concentrée) en gargarisme contre les angines.

Contre les plaies, appliquer le suc ou des **cataplasmes** de plante broyée.

Description

Petite plante de 30 cm de haut environ, commune dans les endroits ombragés, les haies, les sous-bois et au pied des murs. On la rencontre dans tout l'hémisphère Nord (native en Europe et en Asie, acclimatée en Amérique du Nord). Ses tiges, grêles et velues, sont souvent teintées de rouge. Ses feuilles, découpées en trois ou cinq segments eux-mêmes profondément divisés, dégagent au froissement une odeur d'encre de Chine. Ses fleurs roses, à cinq pétales, donnent des fruits munis d'un long bec.

Benoîte

Geum urbanum

FAMILLE DES ROSACÉES

Ses composés actifs :

Tanins, hétérosides phénoliques (telle la géine) et une essence aromatique riche en eugénol (le composant principal de l'huile essentielle distillée du clou de girofle).

La benoîte était utilisée au XVIIe siècle, en Angleterre, contre les maux de poitrine, et pour vidanger l'estomac. Par la suite, elle fut employée comme astringent, tonique et fébrifuge (antipyrétique). Leclerc la recommanda surtout contre les douleurs d'estomac accompagnées d'aérophagie et contre les diarrhées. Elle a été utilisée aussi contre les hémorragies, l'hémoptysie, les pertes séminales.

Extraordinaire benoîte

- Les vertus **astringentes** de la benoîte, dues à ses tanins, sont mises à profit pour **combattre les diarrhées et la dysenterie**.
- Le rhizome et les racines **soulagent les ulcères** gastriques.
- On les emploie aussi en **bains de bouche** contre les aphtes et pour raffermir les gencives ; en **gargarismes** contre les maux de gorge ; et en **lavements** contre les pertes vaginales.
- **Antiseptiques et anesthésiantes**, grâce à l'essence riche en eugénol (substance qui entre dans la composition des pansements dentaires), les racines sont, tout comme le clou de girofle, efficaces pour apaiser les maux de dents.

AUTRES USAGES : La racine de benoîte est un condiment extraordinaire, avec lequel on prépare des sauces pour les céréales, le poisson ou la volaille. Elle parfume les légumes et aromatise des sirops, des sorbets ou des boissons. Dans le nord de l'Europe, ses racines étaient utilisées pour parfumer la bière, ou mises à macérer dans du vin avec un zeste d'orange. Seules les petites racines s'emploient, et non l'épais rhizome, très astringent.

PRINCIPALES VERTUS

- ★ Antidiarrhéique
- ★ Antiseptique
- ★ Anesthésiante
- ★ Soulage les ulcères de l'estomac
- ★ Contre les maux de bouche et de gorge

PARTIES UTILISÉES

- ★ Rhizome, racines

COMMENT L'UTILISER

- **INTERNE : En infusion.** 30 à 40 g de racines par litre d'eau. Boire un demi-litre par jour entre les repas. Contre les diarrhées.

Vin. Faire infuser 50 g par litre de vin. Prendre 3 verres à moutarde par jour. Pour les mêmes problèmes.

- **EXTERNE : En décoction.** 50 g de racines par litre d'eau. Bouillir dix minutes. En bains de bouche, en gargarismes ou en lavements, pour les affections précédemment décrites.

Les principes actifs de la benoîte sont concentrés dans les racines.

Description

Cette plante vivace (hauteur : 40 cm) est commune dans les bois frais, les lisières et les haies. Ses feuilles découpées portent de petites folioles intercalées entre de plus grandes, et se terminent par un grand lobe denté. Ses fleurs jaunes rappellent, hormis la couleur, celles du fraisier. Les fruits, formant de petites têtes hérissées, se séparent en fins aiguillons crochus qui se prennent aux poils des animaux et se collent aux habits. Le rhizome court et épais est revêtu d'un chevelu de racines brun clair qui, froissées entre les doigts, exhalent une forte odeur de clou de girofle mêlée de fumée, avec de belles notes florales.

Lierre

Hedera helix

FAMILLE DES ARALIACÉES

Ses composés actifs :

Flavonoïdes, saponosides triterpéniques (dont l'hédérine), polyines (dont le falcarinol et la falcarinone), stérols. Une essence aromatique.

PRINCIPALES VERTUS

- ★ Anticellulite
- ★ Antirhumatismal
- ★ Contre les affections respiratoires

PARTIES UTILISÉES

- ★ Feuilles

Plante consacrée à Osiris chez les anciens Égyptiens, le lierre était dédié à Dyonysos / Bacchus, dieu du vin chez les Grecs et les Romains, car il préservait de l'ivresse. Il symbolisait aussi la victoire du guerrier. Le bois du lierre était renommé, en médecine populaire, contre la toux et la coqueluche. Certains paysans utilisaient un gobelet creusé dans le tronc d'un vieux lierre et y mettaient à macérer du vin destiné au malade.

Un bon anticellulitique

• Les feuilles de lierre sont utilisées comme **antispasmodique des voies respiratoires** (efficace contre la bronchite chronique, la laryngite sévère, la trachéite, la coqueluche) sous forme de préparations à base d'extrait sec : comprimés, suppositoires et gouttes alcoolisées.

• Mais l'usage classique du lierre **demeure la cellulite**. Beaucoup de pommades anticellulitiques du commerce sont à base de lierre grimpant. Il réduit les tensions de la peau et, surtout, calme les douleurs provoquées par la cellulite. Il diminue l'empâtement de façon notable et assouplit les régions envahies par les placards. Le lierre agit aussi efficacement sur les vergetures.

• On met également à profit le lierre **contre les crevasses, les gerçures et les piqûres** d'insectes.

• C'est, de plus, un excellent **remède des douleurs rhumatismales,** des névralgies, du lumbago, de la sciatique.

COMMENT L'UTILISER

• **INTERNE : Alcoolature** de feuilles de lierre. Faire macérer 10 g de feuilles fraîches dans 100 g d'alcool. Prendre, en 5 prises, de 10 à 40 gouttes par jour. Ne pas dépasser la dose. Contre les problèmes respiratoires.

• **EXTERNE : En décoction.** 200 g de feuilles à bouillir pendant 3 heures dans un litre d'eau. Contre la cellulite et les douleurs, imbiber des compresses de cette décoction chaude.

Cataplasmes de feuilles fraîches broyées, qu'on renouvellera dans le même dessein toutes les deux heures, sur les endroits douloureux.

Frictions. Avec le **vinaigre de lierre** obtenu en faisant macérer une bonne poignée de feuilles fraîches hachées dans un litre de vinaigre bouillant pendant 6 heures. Filtrer. Les feuilles ainsi macérées appliquées sur un cor douloureux sont très efficaces.

Huile de lierre. Composée de 10 g d'alcoolature pour 30 g d'huile de camomille. En massage contre les douleurs.

TOXICITÉ

Les fruits sont purgatifs et provoquent des vomissements. Très irritants, ils peuvent déclencher des troubles digestifs, nerveux et respiratoires. Par ailleurs, le contact avec les feuilles peut déclencher des dermites, probablement dues au falcarinol. Les préparations à base de lierre peuvent occasionnellement provoquer des allergies.

Description

Cette plante grimpante, commune sur les rochers, les vieux murs et les arbres, se rencontre en Europe, en Asie et en Afrique du Nord. Ses tiges, qui peuvent atteindre parfois plus de 50 m, rampent sur le sol des sous-bois, puis grimpent à l'aide de leurs courtes racines modifiées en crampons. Ses feuilles, coriaces, sont de deux types. Celles des rameaux sans fleurs se divisent en lobes triangulaires vert foncé, marbré ; celles des rameaux fleuris, ovales ou en losange, sont d'un vert plus vif, luisant. Les petites fleurs jaune verdâtre sont réunies en ombelles globuleuses. Les fruits sont des billes noires et charnues, cerclées au sommet.

Immortelle

Helichrysum sp.

FAMILLE DES ASTÉRACÉES

Ses composés actifs :
Flavonoïdes, phtalides, coumarines, dérivés de pyranone, phytostérols, tanins, composés amers (dont lactone sesquiterpénique). Hélichryse italienne : huile essentielle (dont acétate de néryle, diones et curcumènes).

Symboles d'immortalité, les immortelles sont ainsi nommées car leurs fleurs sèchent sans faner et se conservent très longtemps. Elles coiffaient Apollon, dieu des Arts, de la Beauté masculine et des Guérisons. Leurs propriétés médicinales sont cependant restées largement ignorées au cours des siècles. Si, pendant la Première Guerre mondiale et la grande épidémie de grippe de 1918, l'hélichryse italienne, brûlée, servit à purifier l'air des hôpitaux, ce n'est qu'au cours de la seconde partie du XXe siècle que l'on s'intéressa réellement aux vertus des immortelles.

Souveraine pour la digestion et contre les bleus

- Les fleurs d'immortelle sont utilisées pour **stimuler la production et l'évacuation de la bile**. On l'emploie aussi pour **protéger le foie et détoxifier l'organisme.**
- **Amer stimulant** les sécrétions de l'estomac et du pancréas, l'immortelle est aussi intéressante **en cas de digestion difficile** et douloureuse. Elle est également **diurétique**.
- Tout comme l'arnica, **l'huile essentielle d'hélichryse italienne** est souveraine pour résorber les bleus, les hématomes, les œdèmes et les traumatismes. En soin de peau, elle lutte **contre l'acné**, la couperose ou les varicosités.

AUTRES USAGES : L'immortelle parfume les plats de légumes ou de riz d'un léger goût de curry (retirer la plante avant de servir). Traditionnellement, en Corse, on utilise une torche d'immortelle (ou de fougère) pour brûler les soies du sanglier avant de le passer à la broche.

PRINCIPALES VERTUS

- ★ Pour la vésicule biliaire et le foie
- ★ Détoxifiant
- ★ Digestif
- ★ Contre les coups et les bleus (hélichryse italienne)

PARTIES UTILISÉES

- ★ Fleurs, parties aériennes fleuries

LE SAVIEZ-VOUS ? : Il faut de 700 kg à 1 t de fleurs d'hélichryse italienne pour obtenir un litre d'huile essentielle, soit de 3,5 à 5 kg de fleurs pour un petit flacon de 5 ml ! D'où le coût de cette huile essentielle…

TOXICITÉ

N'utilisez pas l'immortelle si vos voies biliaires sont obstruées. En cas de calculs biliaires, un avis médical est nécessaire au préalable.

COMMENT L'UTILISER ?

INTERNE : **En infusion.** 1 petite cuillère à café (soit environ 1g) pendant 5 à 10 minutes dans 150 ml d'eau frémissante. Boire 1 à 3 tasses par jour.
Huile essentielle d'hélichryse italienne. L'usage par voie orale, uniquement chez l'adulte, nécessite un avis médical.
EXTERNE : Huile essentielle d'hélichryse italienne. Chez l'adulte, en usage local, à raison de 2 à 5 gouttes 3 fois par jour, pures ou diluées dans une huile végétale.

Description

Pouvant atteindre 20 à 50 cm de hauteur, les immortelles arborent des capitules floraux composés de petites fleurs jaunes disposées en grappe et très parfumées. Il en existe diverses espèces, telles que Helichrysum stoechas, l'immortelle commune ou immortelle des dunes (planche), l'immortelle des sables (*Helichrysum arenarium*), très employée en phytothérapie, et l'hélichryse italienne (*Helichrysum italicum*), qui donne une huile essentielle précieuse en aromathérapie. Attention à ne pas confondre les immortelles avec le pied de chat dioïque (*Antennaria dioica*), une autre astéracée, dont les fleurs sont blanches ou roses.

Berce

Heracleum sphondylium

FAMILLE DES APIACÉES

Ses composés actifs :
Essence aromatique, furanocoumarines (dont le bergaptène, la pimpinelline et la xanthotoxine).

Dans les campagnes, on se servait des feuilles fraîches de berce pour guérir les abcès, les furoncles et les piqûres.

TOXICITÉ

À cause de ses furanocoumarines, la berce provoque parfois des inflammations de la peau chez les personnes sensibles.

Tout est bon dans la berce

• Les racines et les feuilles sont **toniques et digestives.**

• Elles ont aussi des propriétés **calmantes** qui les firent employer, jadis, contre les crises d'épilepsie.

• Leclerc recommandait la berce comme **aphrodisiaque**, l'ayant utilisée avec succès dans « l'asthénie génitale ».

• En application locale, elle **soigne les furoncles**, les abcès ou encore l'acné.

• En **homéopathie**, la berce est prescrite, sous le nom de *Branca ursina*, contre les céphalées, les douleurs ovariennes et les dermites de contact.

AUTRES USAGES : Les jeunes feuilles, douces et tendres, font de bonnes salades. Les feuilles développées forment un excellent légume. Les jeunes tiges exhalent lorsqu'on les coupe un parfum de mandarine et de noix de coco. Elles sont croquantes et délicieusement sucrées. Les inflorescences en bouton, cachées au creux des pétioles élargis, semblables à de petits brocolis, se dégustent simplement cuites à la vapeur et servies avec une sauce à la façon des asperges. Les fruits aplatis dégagent au froissement un fort parfum d'agrumes. Leur saveur aromatique et piquante évoque le gingembre. C'est un condiment puissant qui relève à merveille les plats salés ou les desserts.

PRINCIPALES VERTUS

★ Tonique
★ Digestive
★ Calmante
★ Aphrodisiaque

PARTIES UTILISÉES

★ Racines, feuilles, tiges, boutons floraux, fruits

AUTRE ESPÈCE : La berce du Caucase (*Heracleum mantegazzianum*) est souvent incriminée dans l'apparition de graves dermatites. Cette plante imposante, atteignant 3 m de hauteur, est connue pour son action photosensibilisante. Si une personne atteinte par le suc de la plante s'expose au soleil, elle peut être brûlée au second degré.

COMMENT L'UTILISER

• **INTERNE : En infusion.** Une cuillerée à café de racines et de feuilles par tasse d'eau bouillante. Laisser infuser 10 minutes. Prendre 3 tasses par jour entre les repas, pour tonifier l'organisme, ou après les repas pour stimuler la digestion.

• **EXTERNE : En décoction.** 30 g de racine pour un litre d'eau. En lavages et compresses sur les furoncles, boutons, abcès.

Description

Grande plante vivace (taille : 1 m ou plus), répandue au bord des chemins et dans les prés. Ses grandes feuilles, divisées en larges folioles anguleuses, forment une touffe dense à la base de la plante. Sa tige, robuste et velue, porte aussi quelques feuilles dont le pétiole épais se dilate à sa base en une large gaine rougeâtre enfermant la jeune inflorescence. Les fleurs blanches sont réunies en grandes ombelles aplaties. Les fruits sont de larges diakènes ailés. La plante dégage au froissement une odeur aromatique, spécialement la racine et les fruits.

Piloselle

Hieracium pilosella

FAMILLE DES ASTÉRACÉES

Ses composés actifs :
Flavonoïdes, acides-phénols (dont l'acide caféique et l'acide chlorogénique), inuline (sucre), et un glucoside du groupe des coumarines, l'ombelliférone.

Sainte Hildegarde, au XIIe siècle, fut la première à signaler la piloselle, appelée aussi épervière piloselle, comme « tonique du cœur ». La médecine populaire l'utilisait comme astringent, à la fois contre les hémorragies (celles du nez et de l'utérus) et contre les diarrhées chroniques. La piloselle faisait partie de la pharmacopée empirique des paysans landais : ils avaient pressenti que la plante éliminait l'urée et l'utilisaient dans le traitement des urémies.

PRINCIPALES VERTUS

★ Diurétique
★ Tonique du foie et détoxifiante
★ Contre les affections respiratoires
★ Cicatrisante

PARTIES UTILISÉES

★ Feuilles

Adieu toxines

• La piloselle possède une valeur certaine comme **diurétique**, favorisant l'élimination de l'urée. Son action, due aux flavonoïdes, est recherchée chaque fois que l'urée sanguine est trop élevée, soit que le rein soit malade, soit qu'il s'agisse d'une insuffisance cardiaque. Elle donne d'excellents résultats dans les albuminuries et les œdèmes des membres inférieurs.
• On reconnaît en outre à la plante une action **cholérétique et cholagogue** qui favorise aussi le rôle détoxifiant du foie, ainsi qu'une action anti-infectieuse.
• Elle s'emploie également **dans les troubles respiratoires** tels que l'asthme, la bronchite ou la coqueluche.
• En usage externe, on l'applique sur les blessures pour en favoriser la **cicatrisation**.
• L'ombelliférone contenue dans le suc frais de la piloselle a montré d'intéressantes **propriétés antibiotiques**, notamment contre les bactéries du genre *Brucella*, responsables de plusieurs maladies du bétail (ovins et bovins), dont certaines, comme la fièvre de Malte, se transmettent à l'homme.

AUTRES ESPÈCES : De nombreuses autres épervières européennes possèdent les mêmes vertus thérapeutiques que la piloselle, notamment l'épervière des prairies (*H. cæspitosum*), reconnaissable à ses capitules jaunes regroupés en bouquets au sommet des tiges, et l'épervière orange (*H. aurantiacum*), aux capitules jaune orangé. Plusieurs de ces épervières, introduites accidentellement en Amérique du Nord ou en Nouvelle-Zélande, y sont devenues de telles pestes végétales que leur éventuel intérêt médicinal est totalement passé au second plan.

LE SAVIEZ-VOUS ? La plante doit son nom populaire d'épervière et son nom latin (*Hieracium* est dérivé du grec *Hierax*, épervier) à une vieille croyance populaire selon laquelle ces oiseaux de proie buvaient le suc de piloselle pour fortifier leur vue. Au Moyen Âge, on utilisait la piloselle pour prédire la guérison ou la mort des malades.

COMMENT L'UTILISER

• **INTERNE : En infusion.** 50 g de feuilles par litre d'eau bouillante. Prendre 2 ou 3 tasses par jour. Comme diurétique et pour soulager le foie.
• **EXTERNE :** La médecine populaire utilisait autrefois la **poudre de feuilles sèches**, en prises nasales, pour arrêter les saignements de nez, et, parfois, l'**infusion** en gargarismes astringents contre les maux de gorge.
Application de feuilles fraîches écrasées sur les blessures, pour en hâter la cicatrisation.

Description

C'est une plante vivace de 10 à 30 cm de hauteur, à rejets rampants, commune dans les lieux secs. On la rencontre dans les régions tempérées de l'hémisphère nord. Ses feuilles allongées, hérissées de soies blanches sur les deux faces, forment une rosette. Leur forme a valu à la plante son surnom populaire d'« oreille-de-souris ». Le pédoncule ne porte pas de feuilles, mais un capitule unique composé de fleurs jaune pâle toutes en languette.

Houblon

Humulus lupulus

FAMILLE DES CANNABACÉES

Ses composés actifs :
Lupulin (poudre tirée des cônes) : flavonoïdes, tanins, essence aromatique riche en sesquiterpènes et principes amers (dont le lupulone, l'humulone et l'acide valérianique). Il contiendrait également des composés œstrogéniques.

COMMENT L'UTILISER

• **INTERNE : En infusion.** 10 à 15 g de cônes par litre d'eau. Tonique, stimule l'appétit et la digestion. Comme sédatif, augmenter la dose de cônes jusqu'à 40 g par litre.

Poudre de lupulin. 1 g comme calmant, 2 g comme hypnotique.

Teinture de lupulin. 10 g de lupulin dissous par trituration dans 90 g d'alcool à 90 % vol. Prendre 2 à 4 g par jour, selon l'effet désiré.

• **EXTERNE : Oreiller de houblon.** Les cônes mis dans un sac en toile placé sous la tête aident à trouver rapidement le sommeil.

Il semble que les Anciens n'aient pas attaché grande importance au houblon. Pline le signale, tout au plus, comme légume délicat. Sainte Hildegarde, au XIIe siècle, fut la première, sans doute, à attribuer au houblon des vertus médicinales. Les médecins de la Renaissance, avec Matthiole, mirent à profit ses propriétés apéritives, dépuratives, fébrifuges et diurétiques. R. Dodoens et N. Lémery le considèrent bon dans « *les maladies du foye, de la ratte, pour purifier le sang, pour exciter l'urine* ». De nos jours, les phytothérapeutes modernes ont reconnu toutes ces propriétés et en ont ajouté d'autres.

PRINCIPALES VERTUS

★ Stimulant
★ Fébrifuge
★ Diurétique puissant
★ Contre les troubles du sommeil
★ Soulage les règles douloureuses
★ Aphrodisiaque

PARTIES UTILISÉES

★ Lupulin (poudre produite par les cônes femelles)

Digestif, mais aussi sédatif et anaphrodisiaque

• **Tonique et stimulant de la digestion** par ses principes amers, le houblon est utilisé avec succès pour traiter l'anémie, le rachitisme, le manque d'appétit.

• C'est aussi un fébrifuge et un **antiparasitaire** efficace.

• Le houblon est également un **diurétique** puissant qui élimine l'acide urique.

• Son essence aromatique lui confère des propriétés **sédatives, voire hypnotiques**. On conseille l'emploi du houblon en cas d'insomnie, d'états anxieux et de nervosité.

• **Sédatif de l'appareil génital**, le houblon est précieux dans les règles douloureuses, ainsi que dans les migraines et troubles nerveux qui les accompagnent. Il aurait aussi un effet œstrogénique.

• Les **propriétés anaphrodisiaques** du houblon sont reconnues. Certains praticiens l'ont préconisé dans le traitement de certains troubles sexuels d'origine nerveuse chez l'homme (éjaculation précoce, éréthisme génital, priapisme douloureux de la blennorragie, etc.).

AUTRES USAGES : C'est vers le IXe siècle que l'on aurait commencé à utiliser le houblon dans la préparation de la bière. Le lupulin lui transmet son arôme prononcé, son amertume et ses propriétés sédatives. Les jeunes pousses, ou « jets de houblon », légèrement amères et très aromatiques, se préparent comme les asperges. Consommées crues, en salade, ou cuites, elles constituent un légume délicieux, à la fois tonique, rafraîchissant, diurétique et antiscorbutique (du fait de leur richesse en vitamine C).

Description

Liane pouvant grimper jusqu'au sommet des plus grands arbres grâce à ses interminables tiges volubiles. Commune dans les haies et les lisières des bois frais et humides, en Europe, en Asie tempérée et en Afrique du Nord. Le houblon possède de larges feuilles lobées, opposées, rappelant celles de la vigne. Les fleurs mâles et femelles sont sur des plants séparés. Les pieds mâles produisent de minuscules fleurs ; les pieds femelles portent, à la fin de l'été, des petits cônes, ou « strobiles », composés d'écailles molles qui recèlent une poussière jaune et odorante, de saveur amère, le lupulin.

Millepertuis

Hypericum perforatum

FAMILLE DES HYPÉRICACÉES

Ses composés actifs :

Essence aromatique riche en carbures terpéniques, stérols, acide chlorogénique, proanthocyanidols, flavonoïdes (dont l'hypéroside et le rutoside), biflavonoïde, amentoflavone, et un phloroglucinol, l'hyperforine. Huile rouge : naphtodianthrones (hypéricine, pseudohypéricine).

À l'époque druidique, le millepertuis était considéré comme une plante bénie, dont l'odeur seule suffisait à chasser les mauvais esprits. F.-J. Cazin l'utilisait, au XIXe siècle, contre les maladies de poitrine : asthme et catarrhe bronchique. Le millepertuis est un merveilleux vulnéraire, que les chirurgiens de Montpellier, au XIIIe siècle, estimaient déjà sans équivalent. On l'utilisait en interne comme cordial et, en externe, pour les pansements.

Antidépresseur et merveilleux vulnéraire

• On a mis en évidence **l'effet antidépresseur** du millepertuis. Il est préconisé pour les dépressions légères à modérées. On peut l'employer contre divers troubles nerveux provoquant tension et insomnie. Pour disposer de doses suffisantes de principe actif, on utilise l'extrait ou la teinture diluée.

• Le millepertuis est un **tonique hépatique et biliaire**. On le recommande en infusion contre les troubles digestifs. Il aurait une action positive dans les syndromes prémenstruels et les troubles liés à la ménopause.

• Les propriétés **antiseptiques et cicatrisantes** du millepertuis sont mises à profit dans la célèbre « huile rouge » qui cicatrise et aseptise les plaies, et guérit les brûlures, les érythèmes et les coups de soleil (attention en revanche à ne jamais l'utiliser comme crème solaire, car elle sensibilise la peau au soleil).

• En massage, l'huile rouge soulage les crampes et les névralgies.

PRINCIPALES VERTUS

★ Dans la dépression et les troubles nerveux
★ Contre les troubles digestifs
★ Antiseptique
★ Cicatrisant

PARTIES UTILISÉES

★ Sommités fleuries, fleurs

COMMENT L'UTILISER

• **INTERNE : En infusion.** 15 à 30 g de sommités fleuries par litre d'eau (3 tasses par jour entre les repas) comme tonique du foie.

• **EXTERNE : En décoction concentrée.** Elle peut servir en injections ou pour le lavage des plaies. En lotions tièdes, elle apaise l'irritation des peaux fines et hypersensibles. Pour tonifier la peau, ajouter à l'eau du bain 4 à 5 litres de cette décoction.

Huile rouge. Faire macérer pendant 3 semaines une livre de fleurs fraîches dans un litre d'huile d'olive. Filtrer, puis répartir dans de petits flacons l'huile obtenue, d'un beau rouge. En application sur les coups de soleil, ou en massage contre les douleurs.

TOXICITÉ

L'AFSSAPS met en garde contre l'usage du millepertuis, qui diminuerait l'effet de certains médicaments cardiotoniques, antirétroviraux, antiasthmatiques ou contraceptifs oraux pris simultanément. L'hypéricine du millepertuis peut provoquer une photosensibilisation, entraînant des inflammations de la peau exposée au soleil. Ce phénomène n'a toutefois pas été constaté aux doses habituelles de tisane, car l'hypéricine est très peu soluble dans l'eau.

Description

C'est une plante vivace commune dans les lieux secs, au bord des chemins. Sa tige dressée, ramifiée, est parcourue dans sa longueur par deux lignes saillantes. Les feuilles arrondies, opposées, sont bordées de petits points noirs. Les fleurs, groupées au sommet des tiges, épanouissent tout l'été cinq grands pétales jaune d'or. En pressant fortement les fleurs sourdent quelques gouttes d'un liquide pourpre.

Hysope

Hyssopus officinalis

FAMILLE DES LAMIACÉES

Ses composés actifs :
Flavonoïdes, composés phénoliques, principe amer (marrubiine), et une essence aromatique riche en cétones (dont le pinocamphone et l'isopinocamphone).

« *Lave-moi avec l'hysope et je serai net* », dit le roi Salomon, qui employait cette plante sacrée avec le bois de cèdre contre la lèpre. Au Moyen Âge, sainte Hildegarde l'utilisait, associée à la réglisse et à la cannelle, comme « *puissant remède des affections du foie et du poumon* », et, unie à la tisane des quatre fleurs pectorales, « *pour soulager les nonnes chez lesquelles le chant a provoqué de l'enrouement* ». De son côté, Trotula, la « Sage Matrone », une des gloires de la fameuse école de Salerne, la recommandait pour purger le poumon de son phlegme, surtout unie à la figue : « *pour froide toux, vault le vin ou ysope et figues sèches auront cuits* ».

PRINCIPALES VERTUS

- ★ Contre les affections des bronches et de la gorge
- ★ Stimulante
- ★ Digestive
- ★ Résolutive des blessures, bleus, entorses

PARTIES UTILISÉES

- ★ Feuilles, sommités fleuries

COMMENT L'UTILISER

• **INTERNE : Infusion.** Faire infuser 20 g de feuilles et sommités fleuries par litre d'eau. 2 ou 3 tasses par jour, pour stimuler la digestion et contre les affections du système respiratoire.
Sirop. Se prépare avec une infusion concentrée, à raison de 100 g de plante par litre d'eau. Laisser infuser plusieurs minutes. Passer, ajouter 1,5 kg de sucre et laisser cuire jusqu'à l'obtention d'un sirop. Prendre 5 cuillerées à soupe par jour. Contre la toux.

• **EXTERNE : Infusion** concentrée : en **gargarismes** ou en **compresses** chaudes.

Contre l'oppression bronchique

• On utilise l'hysope **contre les affections des bronches**. Grâce à sa marrubiine, c'est un excellent expectorant, puis asséchant, qui favorise la respiration par action sur les centres nerveux. On le préconise contre la toux et l'oppression, les maladies des bronches avec essoufflement, contre l'asthme.

• **Stimulant**, il relève le tonus amoindri par la toux, mais les sujets nerveux, toutefois, ne doivent l'utiliser qu'à petites doses.

• L'hysope possède également des **vertus digestives**. C'est un amer qui stimule l'appétit et facilite la digestion.

• Pour l'usage externe, la plante est **résolutive et soigne les plaies**. Elle entre d'ailleurs dans la composition de l'« alcoolat vulnéraire » officinal. On l'utilise en gargarismes dans les affections de la gorge et en cataplasmes **contre les blessures, les ecchymoses, les entorses**.

• Toujours en externe, l'hysope aurait la propriété de **déboucher le nez** en cas de rhume.

AUTRES USAGES : L'hysope est un très bon condiment à utiliser dans les salades et dans divers plats chauds. Il assaisonne agréablement les céréales, les légumes et les viandes. La plante sert aussi à parfumer des liqueurs.

Description

Plante vivace de 20 à 60 cm de hauteur, poussant çà et là dans les lieux arides et les pierrailles, parfois sur les vieux murs, dans le Centre et le Midi de la France. Elle est native dans le sud de l'Europe, en Asie occidentale et au Maroc. On cultive l'hysope pour ses vertus condimentaires et médicinales. Ses tiges ligneuses à la base projettent une touffe de rameaux dressés densément couverts de feuilles opposées, étroites et allongées, portant à leur aisselle des faisceaux de feuilles plus petites. Au sommet s'épanouissent durant l'été de longs épis compacts de fleurs à deux lèvres d'un bleu violacé intense. Feuilles et sommités fleuries dégagent l'arôme épicé d'un miel poivré.

Jasmin

Jasminum officinale

FAMILLE DES OLÉACÉES

Ses composés actifs :
Essence aromatique très odorante riche en acétate de linalol et en jasmone

Originaire du pied de l'Himalaya, le jasmin a été introduit en Espagne au XVIe siècle, avant de conquérir l'ensemble du bassin méditerranéen. Ses fleurs étaient recommandées par Cazin, au XIXe siècle, contre les maux de tête.

TOXICITÉ

Attention, l'huile essentielle de jasmin ne doit pas être utilisée pendant la grossesse, l'allaitement et chez les enfants de moins de 6 ans.

Un calmant à l'enivrant parfum

• Les fleurs de jasmin **calment la tension nerveuse**, favorise le sommeil et apaisent la toux spasmodique.

• La macération très parfumée des fleurs dans l'huile est excellente en frictions **contre les douleurs des paralysies nerveuses.**

AUTRES USAGES : L'essence aromatique extraite par enfleurage est très appréciée en parfumerie, mais extrêmement coûteuse. Il ne faut pas moins de 1 000 kg de fleurs pour obtenir 1 kg de cette essence absolue.

AUTRE ESPÈCE : Le Jasmin d'Arabie (*Jasminum sambac*) est utilisé de façon traditionnelle, au Moyen-Orient et en Inde, pour calmer les angoisses, améliorer l'humeur et redonner confiance en soi. En médecine ayurvédique, sa fleur est utilisée pour traiter les troubles dépressifs, l'insomnie, la toux et les infections respiratoires, tandis que ses feuilles servent à soigner les maladies de peau, les ulcères et les plaies. En Chine, ses fleurs sont employées pour parfumer le thé et le riz.

PRINCIPALES VERTUS

★ Calmant
★ Contre les insomnies
★ Antitussif
★ Antidouleur

PARTIES UTILISÉES

★ Fleurs

COMMENT L'UTILISER

INTERNE : En infusion. 20 g de fleurs par litre d'eau. Prendre 2 tasses par jour et une le soir au coucher. C'est délicieux.

EXTERNE : Recouvrir les fleurs tassées de deux fois leur volume d'huile d'olive. N'employer qu'après un mois au moins de macération, en frictions.

Huile essentielle : **En massage.** Diluée dans une huile végétale, sur le plexus solaire, le dos et les poignets, pour ses propriétés calmantes.

En diffusion. Pour une atmosphère apaisante.

En soin des cheveux et de la peau. Quelques gouttes dans le shampoing ou une crème hydratante.

Les fleurs de Jasmin, au parfum suave et entêtant, comptent parmi les fleurs les plus utilisées en parfumerie.

Description

Plante grimpante vivace que l'on cultive communément dans les pays au climat doux, et subspontanée dans les haies et les lieux rocailleux du sud de la France et de l'Europe. Ses longues tiges souples portent des feuilles persistantes, opposées, composées de folioles pointues. Ses grandes fleurs blanches, tubuleuses, disposées en panicules lâches, apparaissent de juin à octobre et répandent, surtout le soir, une odeur d'une suavité exceptionnelle. Le fruit est une baie globuleuse noire.

Noyer

Juglans regia

FAMILLE DES JUGLANDACÉES

Ses composés actifs :

Feuilles : naphtoquinones (en particulier juglone), tanins, flavonoïdes, vitamine C, essence aromatique.
Noix : huile grasse riche en acides gras polyinsaturés (principalement en acides linoléique, oléique et linolénique).
Brou : naphtoquinones.

PRINCIPALES VERTUS

- ★ Tonique digestif et antidiarrhéique
- ★ Allège les jambes lourdes
- ★ Transpiration excessive
- ★ Affections cutanées
- ★ Beauté de la peau

PARTIES UTILISÉES

- ★ Feuilles, noix, huile de noix

Les feuilles sont utilisées depuis toujours pour leurs propriétés toniques, stimulantes, stomachiques et dépuratives. Leur action est très nette sur l'appareil digestif et le tonus musculaire. Elles stimulent le foie et la circulation, tout en épurant le sang. Leurs propriétés antibiotiques étaient reconnues depuis bien longtemps dans les campagnes, où on les utilisait pour traiter les malades atteints du charbon (ou anthrax). On les appréciait également dans le traitement du diabète, car elles font baisser la glycémie et diminuent la soif et les mictions fréquentes des diabétiques. Pour les soins externes, la décoction des feuilles de noyer était traditionnellement utilisée contre la leucorrhée, l'eczéma, les croûtes de lait, les ulcères, l'irritation des paupières, les pellicules et la chute des cheveux. Le brou de noix, tonique, stomachique et dépuratif comme les feuilles, est en plus un bon vermifuge. L'huile de noix était jadis fort employée contre le ver solitaire, les coliques néphrétiques et les calculs de la vessie.

COMMENT L'UTILISER

- **INTERNE : En infusion.** 20 g de feuilles par litre d'eau. Prendre 3 ou 4 tasses par jour contre les diarrhées et les troubles gastriques.

Sirop dépuratif, excellent pour l'estomac. Faire macérer 15 jours dans le même volume d'eau-de-vie des feuilles fraîches tassées. Filtrer et ajouter un sirop de sucre à raison de 180 g de sirop pour 100 g d'alcoolature.

Vin de noix. Laisser macérer durant 3 mois 30 noix vertes récemment formées et pilées grossièrement, dans 3 litres de vin rouge et un litre d'alcool, avec cannelle, muscade et girofle. Filtrer et ajouter 300 g de sucre. Laisser vieillir. C'est un excellent apéritif tonique.

- **EXTERNE : En décoction.** 50 g de feuilles par litre d'eau. S'emploie en lotions, compresses, injections dans les cas précédemment indiqués.

Allié d'une belle peau

- Les feuilles, astringentes, sont employées **contre les diarrhées légères** et les inflammations gastro-intestinales.
- On les indique aussi pour **soulager les symptômes des jambes lourdes** et pour soigner les hémorroïdes.
- En usage externe, on les préconise **contre les inflammations de la peau** (y compris l'érythème fesssier du nourrisson), les irritations, les démangeaisons.
- On s'en sert aussi, en lotion, sur **les crevasses, les gerçures, les piqûres, les coups de soleil** et les brûlures légères. Leur usage contre les pellicules est spécifique.
- Pour les soins de beauté : un bain de feuilles de noyer permet de rendre la peau élastique et **douce au toucher**.
- Elles aident aussi à assécher la transpiration excessive des pieds et des mains.

AUTRES USAGES : Les noix, bien sûr, sont de délicieux fruits oléagineux. L'huile que l'on en tire (qui rancit très rapidement) est employée dans la fabrication des peintures et de savons. Autrefois très employé pour le tannage des peaux, le brou, riche en tanins, est surtout utilisé aujourd'hui pour teinter le bois (en brun très foncé).

Description

Arbre au port majestueux, sans doute originaire du sud-est de l'Europe et d'Asie occidentale, qui peut atteindre 18 m de hauteur. Couramment cultivé dans tous les pays tempérés pour ses noix et l'huile que l'on en tire. Le noyer se reconnaît facilement à l'écorce lisse et claire de son tronc et à ses grandes feuilles composées de cinq à neuf folioles allongées. Il possède deux sortes de fleurs : les femelles, axillaires, et les mâles, en chatons retombants. Son fruit est recouvert d'une écorce verte, le « brou ».

Genévrier commun

Juniperus communis

FAMILLE DES CUPRESSACÉES

Ses composés actifs :

Cônes : tanins, sucres, résine, principe amer (junipérine), diterpènes, essence aromatique riche en carbures (pinènes, myrcène, sabinène, limonène, terpinéol).

Matthiole, au XVIe siècle, recommandait le bois de genièvre en bains contre la goutte. Les feuilles et les sommités étaient réputées purgatives, et leurs cendres encore plus. La deuxième écorce (ou écorce blanche) est encore utilisée dans certaines campagnes comme un remède de la furonculose. Mais ce sont surtout les baies qui possèdent de précieuses vertus. Caton l'Ancien, il y a de cela quelque vingt siècles, recommandait déjà le vin diurétique à base de baies de genièvre. Déjà considéré au Moyen Âge comme une panacée, le genièvre n'a cessé depuis d'être loué par les autorités médicales, et les propriétés qu'on lui reconnaissait aux XVIIIe et XIXe siècles sont toujours admises aujourd'hui.

Agréable odeur de violette

- Les baies de genièvre sont un **diurétique efficace**, qui communique aux urines une odeur de violette. Elles sont employées **dans l'œdème** généralisé, les calculs biliaires ou rénaux et l'inflammation de la vessie, ainsi qu'en cas de **goutte, d'arthrite et de rhumatismes.**
- **Antiseptiques**, elles ne sont pas à dédaigner dans la leucorrhée et la blennorragie.
- Elles sont efficaces **comme digestif**, notamment en cas de flatulences et d'éructations.

PRINCIPALES VERTUS

★ Diurétique
★ Antirhumatismal
★ Antiseptique
★ Digestif

PARTIES UTILISÉES

★ Écorce, bois, baies

AUTRES USAGES : Indissociables de la choucroute, les baies parfument de nombreux autres plats. On en prépare des liqueurs, elles sont distillées en un alcool goûteux, le « genièvre », et elles contribuent aux arômes du gin.

AUTRE ESPÈCE : Le genévrier oxycèdre (*J. oxycedrus*), ou cade, est un arbuste des régions méditerranéennes. Par combustion incomplète de son bois, on obtient l'« huile de cade », noirâtre et fortement odorante. Très utilisée en dermatologie, elle est employée avec succès dans l'eczéma, l'acné, le psoriasis, l'impétigo et la teigne.

COMMENT L'UTILISER

- **INTERNE : Décoction d'écorce blanche.** 20 à 30 g par litre à boire dans la journée, en dépuratif contre la furonculose.

Décoction. Prendre du bois en copeaux à la dose de 30 à 60 g par litre, comme sudorifique.

Infusion de baies. 20 à 30 g par litre, comme diurétique, tonique et stimulant de l'estomac et de l'appétit.

Vin diurétique. Broyer 60 g de baies dans un mortier. Les ajouter à un litre de vin, que l'on met à chauffer jusqu'à ébullition. Laisser macérer 3 jours. Mettre en bouteille et prendre un verre le matin à jeun.

Cure (recommandée par l'abbé Kneipp). Prendre d'abord 4 baies par jour, puis augmenter d'une baie par jour, pour arriver à 15 baies. Descendre ensuite jusqu'à une baie.

- **EXTERNE : Bains** de genièvre. Faire bouillir dans de l'eau 2 kg de jeunes branches avec une bonne poignée de baies, puis ajouter au bain. Contre les rhumatismes, la goutte et les éruptions cutanées.

Description

Arbuste atteignant 3 à 6 m de hauteur, commun sur les coteaux secs, dans les landes et les bois clairs. Il est natif dans tout l'hémisphère nord et n'hésite pas à escalader les montagnes jusqu'à 3 000 m, où se rencontre une forme naine, rampante. Le tronc dont l'écorce, souvent rougeâtre, s'exfolie, porte des aiguilles acérées d'un vert bleuâtre, verticillées par trois, qu'une bande blanche parcourt dans la longueur. Les « baies » de genièvre sont en fait des cônes miniatures, analogues aux pommes de pin, nommés « galbules ». Deux ans leur sont nécessaires pour arriver à maturité et prendre leur couleur bleu foncé caractéristique, éclaircie par la présence d'une pruine blanchâtre. Leur saveur est aromatique et sucrée, avec un parfum résineux.

Lamier blanc

Lamium album

FAMILLE DES LAMIACÉES

Ses composés actifs :
Tanins, mucilage, acide chlorogénique, flavonoïdes, iridoïdes, saponosides.

PRINCIPALES VERTUS

* ★ Astringent
* ★ Adoucissant
* ★ Régule les règles
* ★ Antidiarrhéique
* ★ Expectorant

PARTIES UTILISÉES

* ★ Feuilles, jeunes pousses, sommités fleuries, plante entière

Depuis longtemps, le lamier blanc est un remède populaire réputé contre les pertes blanches. Au XVIe siècle déjà, Dodoens le signalait pour cette vertu. D'autres s'en servait contre les hémorragies. Leclerc, après l'avoir étudié, le recommandait à la fois contre la leucorrhée et les pertes utérines.

Bonne ogresse

• Les sommités fleuries sont à la fois **astringentes et adoucissantes**. Leur emploi est traditionnel en injections vaginales contre les pertes blanches.

• En usage interne, on les recommande **contre les règles trop abondantes** des jeunes femmes anémiées, la diarrhée et les crachements de sang.

• Leurs propriétés expectorantes sont mises à profit en cas de **problèmes respiratoires**.

• En gargarisme, le lamier est efficace contre les **inflammations de la gorge** et des muqueuses de la bouche.

• On s'en lotionne le cuir chevelu en cas de **desquamation, de démangeaisons ou de pellicules**.

AUTRES USAGES : Les jeunes pousses de lamier peuvent être ajoutées crues aux salades. Les feuilles forment de bons légumes cuits.

LE SAVIEZ-VOUS ? Le nom de « lamier » provient du grec *lamia*, « ogresse », car pour les Anciens, les fleurs évoquaient une gueule largement ouverte. Le lamier blanc est aussi couramment appelé « ortie blanche » en raison de la forme de ses feuilles, mais il n'est pas urticant.

AUTRES ESPÈCES : Plusieurs autres espèces de lamiers sont courantes. Le lamier tacheté (*Lamium maculatum*), de même habitat que le lamier blanc, se distingue par ses fleurs roses munies d'une lèvre inférieure tachetée de blanc et de pourpre. C'est en forêt que l'on rencontre le lamier jaune ou lamier galéobdolon (*L. galeobdolon*), aux belles fleurs jaunes, qui sent… fort comme la belette (*galea* en grec) ! Le lamier pourpre (*L. purpureum*, ci-dessous, à gauche) vient, lui, dans les champs, les jardins et les terres remuées. Ses petites fleurs pourpres s'offrent aux regards dès la fin de l'hiver.

COMMENT L'UTILISER

• **INTERNE : En infusion.** 10 à 30 g de sommités fleuries par litre d'eau. Prendre une tasse le matin à jeûn et une avant les deux grands repas, pour régulariser le flux menstruel.

• **EXTERNE : En décoction.** 50 g de plante entière coupée par litre d'eau. Laisser bouillir 10 minutes. Utiliser en injection chaude ou en gargarismes.

Description

Plante vivace d'une hauteur de 20 à 60 cm, commune au bord des chemins, dans les haies et les lisières de la plupart de nos régions. Elle se rencontre presque partout en Europe et en Asie tempérée. Le lamier blanc ressemble à l'ortie par son port et ses feuilles, mais il n'est pas urticant. Ses tiges dressées, à quatre angles, portent de larges feuilles opposées aux bordures en dents de scie. Ses grandes fleurs à deux lèvres se groupent en verticilles à l'aisselle des feuilles.

Laurier

Laurus nobilis

FAMILLE DES LAURACÉES

Ses composés actifs :
Essence aromatique riche en cinéole, lactones sesquiterpéniques, alcaloïdes isoquinoléiques. La pulpe du fruit contient une importante proportion de lipides.

Les médecins grecs utilisaient beaucoup les feuilles et les baies du laurier, vantées pour leurs effets tonifiants sur l'estomac et la vessie. Dioscoride en employait l'écorce pour briser les pierres des reins et soulager les affections du foie. À la Renaissance, le laurier était considéré par Thibault Lespleigney comme une véritable panacée.

Fameux laurier

• Le laurier possède des vertus digestives. Il **stimule les estomacs paresseux**, réveille l'appétit et combat les fermentations. Son action **antiseptique** justifie son emploi dans les marinades.
• On le recommande également comme expectorant, précieux **dans les rhumes et les bronchites**.
• La poudre de feuilles de laurier jouit de **propriétés fébrifuges** (elle fait tomber la fièvre).
• En usage externe, le laurier est apprécié **contre les douleurs rhumatismales**. On peut en préparer une pommade ou utiliser l'huile essentielle distillée des feuilles, diluée dans de l'huile d'olive ou d'amande douce.

PRINCIPALES VERTUS
★ Digestif
★ Antiseptique
★ Expectorant
★ Combat la fièvre
★ Antirhumatismal

PARTIES UTILISÉES
★ Feuilles, baies

AUTRES USAGES : L'usage condimentaire des feuilles de laurier est classique pour parfumer les sauces, les ragoûts, le poisson et les marinades. Elles sont indispensables aux courts-bouillons et aux bouquets garnis. Quelques idées plus étonnantes viennent d'Italie, avec l'omelette ou la polenta au laurier. Les Bédouins d'Afrique du Nord s'en servent pour aromatiser le café.

LE SAVIEZ-VOUS ? : Beaucoup d'autres plantes sont appelées « *lauriers* » : laurier-rose, laurier-cerise, laurier-tin, laurier d'Alexandrie, etc. Pas une n'appartient au genre *Laurus*, et la plupart ne sont même pas des Lauracées. Seul notre laurier sauce est comestible. Le magnifique laurier-rose (*Nerium oleander*) est même l'une des plantes les plus toxiques de nos contrées !

Description

Petit arbre pouvant atteindre 10 m, originaire du bassin méditerranéen, où il se rencontre à l'état naturel dans les bois ou sur les rochers, généralement non loin du littoral. Son tronc à l'écorce sombre porte des feuilles persistantes en forme de fer de lance, coriaces et légèrement ondulées sur les bords, qui dégagent lorsqu'on les brise un arôme balsamique. Ses fleurs d'un blanc teinté de jaune s'épanouissent de février à avril en petits bouquets à l'aisselle des feuilles. Les fleurs femelles, portées sur des pieds séparés, donnent des fruits noirâtres ovoïdes de la grosseur d'une petite cerise, à pulpe verte et grasse, très aromatique.

COMMENT L'UTILISER

• **INTERNE : « Bouquet garni »**. Le laurier en est le roi. Il doit être largement utilisé, surtout dans les sauces et marinades, pour ses vertus antiseptiques et digestives.
En infusion. 16 à 30 g de feuilles par litre d'eau. Favorise la digestion.
• **EXTERNE : Huile de feuilles de laurier** contre les rhumatismes. Faire macérer 100 g de feuilles sèches dans 100 g d'alcool en pot bien bouché pendant 24 heures. Ajouter alors un litre d'huile d'olive et faire cuire au bain-marie pendant 6 heures (le bain-marie ne doit jamais bouillir). Passer et conserver en endroit frais.
Pommade antirhumatismale, à l'« huile grasse » de baies de laurier. Piler les baies et les faire bouillir un quart d'heure. Exprimer le jus dans un torchon. Laisser refroidir. L'huile brune et d'odeur forte surnage à la surface. La recueillir soigneusement et la garder en petits flacons bien bouchés. Mélanger 2 parts d'huile de baies et une part de saindoux pour obtenir la pommade.

Lavande

Lavandula angustifolia

FAMILLE DES LAMIACÉES

Ses composés actifs :
Essence aromatique particulièrement riche en acétate de lynale et en linalol.

PRINCIPALES VERTUS

- ★ Calmante
- ★ Stimulante et digestive
- ★ Antiseptique
- ★ Antirhumatismale
- ★ Anti-démangeaisons

PARTIES UTILISÉES

- ★ Sommités fleuries, feuilles

Au début du siècle dernier, Leclerc reconnaissait à la lavande le pouvoir d'« *émousser la sensibilité douloureuse* » et de combattre la fièvre. Tonique et cordiale à dose élevée, la lavande était préconisée dans les cas d'inflammation des ganglions due à la tuberculose, d'anémie liée à une carence en fer et de pertes blanches.

Calmante, digestive, antiseptique et parfumée

• Les vetus calmantes de la lavande sont appréciées **en cas d'insomnies ou d'irritabilité**. Elle apaise maux de têtes, migraines et vertiges.

• Stimulante et aromatique, elle **facilite la digestion**. Elle combat les coliques, les ballonnements et les flatulences.

• De par des propriétés **diurétiques** et sudorifiques, elle peut soulager en partie les douleurs rhumatismales.

• La lavande est **antiseptique** et modifie les sécrétions bronchiques. Les applications externes sur la poitrine sont excellentes **contre la congestion pulmonaire** ou la pneumonie.

• L'huile essentielle distillée des fleurs est également antiseptique et antibactérienne. On l'applique sur **les plaies, les brûlures, les piqûres d'insectes** et contre les démangeaisons. En massage sur les tempes, elle soulage les maux de tête et détend suffisamment pour favoriser le sommeil.

AUTRES USAGES : Largement utilisée pour son parfum rafraîchissant, la lavande est également ornementale. En outre, son essence aromatique est un **puissant répulsif contre les insectes et les mites**. Enfin, la lavande sert à aromatiser des plats, surtout les desserts, et les sirops.

AUTRES ESPÈCES : Il existe de nombreuses espèces et variétés de lavandes, qui présentent des propriétés différentes. L'huile essentielle de lavande aspic (*L. spica*), anti-infectieuse et fluidifiante, est utilisée dans les affections de la sphère ORL, tout comme celle de lavande papillon (*L. stoechas*) – attention aux posologies toutefois, car ces huiles essentielles deviennent neurotoxiques à forte dose. L'huile essentielle de lavandin (*L. hybrida*) est calmante, antispasmodique et répulsive contre les poux.

Description

Sous-arbrisseau vivace de 40 à 80 cm de hauteur, abondant sur les coteaux calcaires des montagnes du Midi, entre 400 et 2 000 m d'altitude. La lavande est originaire de l'ouest du bassin méditerranéen. Ses tiges simples, non ramifiées, portent des feuilles opposées, étroites et allongées, de couleur grisâtre, et de petites fleurs d'un bleu violacé, à deux lèvres, réunies en denses épis terminaux. Toute la plante, mais surtout les inflorescences, dégagent au froissement une délicieuse odeur aromatique.

COMMENT L'UTILISER

• **INTERNE : En infusion.** 15 à 30 g de fleurs par litre d'eau. 3 ou 4 tasses par jour. Pour calmer les maux de têtes et favoriser le sommeil.

Vin digestif. Faire macérer 15 à 30 g de sommités fleuries, 15 jours, dans un litre de bon vin rouge. Prendre 2 verres à liqueur par jour.

• **EXTERNE : En infusion.** Peut servir en injections (leucorrhée), en inhalations (affections des bronches), en compresses (coupures et contusions).

Teinture alcoolique. Faire macérer 100 g de fleurs pendant un mois dans 500 g d'alcool. Multiples usages : en frictions contre bronchites et névralgies ; pour désinfecter plaies et blessures ; pour dissiper la migraine ; comme antispasmodique, sur un morceau de sucre, contre le hoquet et les spasmes d'estomac ; comme dentifrice antiseptique ; comme eau de toilette.

Huile de lavande. Faire macérer 3 jours au soleil une poignée de fleurs dans un litre d'huile d'olive. Contre les douleurs, pour guérir les blessures et l'eczéma sec, et résorber l'enflure après une chute.

Contre les piqûres d'insectes, **froisser quelques feuilles** et appliquer le suc sur la plaie.

Un **sachet de lavande**, sous l'oreiller, pour calmer les migraines et procurer un sommeil réparateur.

Lin

Linum usitatissimum

FAMILLE DES LINACÉES

Ses composés actifs :

Graines : 40 % d'huile riche en acides gras essentiels (acide linolénique [oméga-3] et acide linoléique [oméga-6]), près de 25 % de protéines, environ 10 % de mucilage, traces d'hétérosides cyanogénétiques

Déjà filé à l'âge de pierre, le lin est signalé dans toutes les civilisations antiques, de l'Égypte à la Mésopotamie. Dans son *Histoire des plantes*, Théophraste signale déjà l'usage de ses graines comme remède contre la toux. Dioscoride leur reconnaît même des propriétés anti-inflammatoires généralisées. Au XVIe siècle, l'usage de l'huile de lin supplante celui de la graine. Durant l'Empire, un remède prôné pour traiter la goutte fit tellement fureur que sa formule (de la farine de lin simplement additionnée d'eau de chaux et de décoction de salsepareille) fut achetée une fortune... Plus tard, certains phytothérapeutes recommandèrent la graine de lin dans les inflammations des voies urinaires ou contre les ulcères de l'appareil digestif.

PRINCIPALES VERTUS

- ★ Laxatif
- ★ Adoucissant
- ★ Émollient
- ★ Anticholestérol

PARTIES UTILISÉES

- ★ Graines

COMMENT L'UTILISER

• **INTERNE :** Comme laxatif, 2 cuillerées à soupe par jour de graines gonflées dans un verre d'eau, à prendre entre les repas.
En infusion. 20 g par litre d'eau, contre les inflammations des voies urinaires.
Macération (même but). Mettre la même quantité de graines dans de l'eau chaude et laisser macérer toute la nuit. Prendre 3 ou 4 tasses par jour de ces préparations.
• **EXTERNE : En décoction.** 50 g de graines dans un litre d'eau en lavement contre la constipation ou en lotion contre les irritations de la peau.
Cataplasme de farine de lin. Il doit être préparé avec de la farine récente et de l'eau non calcaire. Il doit être posé chaud et maintenu avec de la flanelle afin de garder sa chaleur le plus longtemps possible. On l'emploie dans les maladies pulmonaires, pour amollir la peau en cas de furoncles ou d'abcès et pour combattre l'enflure des entorses.

Un laxatif doux mais efficace

• Les graines de lin sont **surtout employées comme laxatif,** dans le traitement de la constipation chronique. Au contact de liquides, leur mucilage gonfle, formant une masse gélatineuse qui augmente le volume des selles et favorise leur expulsion.
• Adoucissantes, les graines **apaisent les irritations du système digestif**, et leur infusion calme les inflammations des voies urinaires.
• Réduites en farine, les graines servent à préparer des cataplasmes **émollients et maturatifs.**
• Particulièrement riche en acides gras oméga-3, similaires à ceux que l'on trouve dans les huiles de poisson, l'huile de lin serait **bénéfique contre le cancer** de l'endomètre et le cancer du sein.
• Des études ont montré que les graines de lin entières broyées **diminuent le taux de cholestérol sanguin**, jouant ainsi un rôle dans la prévention des maladies cardiovasculaires. Elles sont également bénéfiques en cas d'hypertension, d'hyperactivité et pour soulager les troubles liés à la ménopause.

PRÉCAUTIONS D'EMPLOI

Attention ! Il ne faut pas consommer de graines de lin en cas d'occlusion intestinale ou de rétrécissement de l'œsophage et du tube digestif. Les graines de lin doivent être prises à distance des autres médicaments (au moins ½ à 1 heure). Leur consommation rend indispensable de boire de 1,5 à 2 litres d'eau par jour.

Description

Plante annuelle probablement originaire d'Asie mineure. Elle est cultivée ça et là pour ses fibres, en particulier dans le nord de la France, et se rencontre occasionnellement à l'état subspontané. Ses fleurs sont d'un bleu d'azur pâle très particulier. Elles donnent de petites capsules emplies de graines brun clair, oblongues, aplaties et luisantes. Ces dernières sont utilisées pour leurs vertus médicinales, tandis que les tiges nous donnent des toiles fines et luxueuses.

Salicaire

Lythrum salicaria

FAMILLE DES LYTHRACÉES

Ses composés actifs :
Tanins, glucosides de flavones (dont la vitexine), anthocyanosides, phytostérols, mucilage, essence aromatique

PRINCIPALES VERTUS

★ Astringente
★ Antidiarrhéique
★ Apaisante pour le système digestif
★ Cicatrisante

PARTIES UTILISÉES

★ Plante entière, suc

Pendant la période antique, la salicaire est reconnue pour ses propriétés astringentes, mais confondue avec la lysimaque (*Lysimachia* sp.), également astrigente. Les siècles suivants l'oublient quelque peu, mais à partir du milieu du XVIIIe siècle, elle devient le remède par excellence des inflammations gastro-intestinales et des diarrhées. On la préconisait aussi dans le traitement des ulcères variqueux, de la vaginite aiguë, du prurit vulvaire et de certaines dermatoses (eczéma, intertrigo).

Antidiarrhéique efficace

• La salicaire, **très astringente**, est efficace rapidement en cas **de diarrhées** : diarrhée des nourrissons, grippe intestinale, etc. Utilisée chez les jeunes enfants, il faut lui associer un régime alimentaire convenable (carotte, caroube, pomme râpée, etc., formant un pansement intestinal).
• La plante est utile aussi **contre l'inflammation de l'estomac et de l'intestin**, la leucorrhée, le sang dans les urines et les règles trop abondantes.
• La salicaire fraîche **arrête les saignements de nez ou des gencives** et **favorise la cicatrisation** des plaies.
•De façon traditionnelle, elle est employée (par voie interne ou en application locale) **dans l'insuffisance veineuse**, pour soulager les jambes lourdes, les varices ou les hémorroïdes.
• En usage local, elle est aussi utilisée **comme antalgique** dans les affections de la bouche et/ou du pharynx. Elle sert également aux soins des problèmes de peau, en cas d'ulcère variqueux ou d'eczéma.

LE SAVIEZ-VOUS ? Le nom botanique de la salicaire, *Lythrum*, reprend le mot grec *lythron*, « sang mêlé de poussière », qui évoque la couleur de la corolle.

COMMENT L'UTILISER

• **INTERNE : En infusion.** 20 g à 30 g par litre d'eau. Prendre un demi-litre par jour. Contre la diarrhée et les inflammations de l'estomac.
Poudre de plante séchée. 3 à 5 g par jour (prendre 1 g à la fois). Pour les mêmes usages.
Sirop. Faire infuser 150 g de poudre dans un litre d'eau bouillante. Laisser 24 heures en contact. Passer et mêler à un litre de sirop de sucre. Prendre de 50 g à 100 g de sirop par jour. Contre le sang dans les urines et les règles excessives.
• **EXTERNE : En infusion concentrée.** 50 g de plante par litre d'eau. Laisser infuser 20 minutes et employer en injections, lavements, compresses.
Suc des feuilles fraîches. Appliqué sur les plaies, il resserre les tissus et aide la cicatrisation.
Macération. 50 g de plante dans un litre de vin pendant 8 jours. On l'utilise pour laver les ulcères variqueux.

Description

Plante vivace de 50 cm à 1 m de hauteur, courante au bord des eaux et dans les lieux humides. On la rencontre dans la plus grande partie de l'hémisphère Nord. Sa tige à quatre angles, fièrement dressée, porte des feuilles opposées en forme de fer de lance qui rappellent celles du saule, en latin *salix*. Du printemps à la fin de l'été, les fleurs violacées à six pétales, densément groupées, forment de longs épis spectaculaires.

La salicaire peut être récoltée au bord des étangs et des rivières.

Mauve sylvestre

Malva sylvestris

FAMILLE DES MALVACÉES

Ses composés actifs :
Flavonoïdes, mucilage. Les fleurs sont riches en anthocyanosides.

Depuis l'Antiquité, les qualités laxatives de la mauve sont connues. Cicéron nous révèle qu'il fut copieusement purgé par un ragoût de mauve et de bette. Dioscoride, Celse ou Pythagore rendent hommage à ses vertus déconstipantes. Hippocrate la recommande pour les digestions difficiles. Pline vante sa décoction dans du lait pour guérir la toux en quelques jours… mais l'accuse, par ailleurs, de nuire à la chasteté ! Pendant longtemps, la mauve fut mangée en légume. Au Moyen Âge, on considérait la salade de ses feuilles comme très saine « *pour ce que amollist le ventre, guérist la gravelle et rompt la pierre* ».

Les fleurs et les feuilles de mauve sont émollientes.

Apaisant anti-inflammatoire

• Feuilles et fleurs de mauve sont émollientes. Apaisant l'irritation des muqueuses, elles sont recommandées **contre la bronchite, la toux sèche et l'inflammation de la gorge**. La mauve est une des sept espèces adoucissantes et béchiques entrant dans la composition des « quatre fleurs pectorales ».

• Elle atténue l'inflammation de l'intestin et se montre laxative.

• Pour l'usage externe, les qualités calmantes et adoucissantes de la mauve font merveille **contre toutes les irritations et inflammations**. On utilise la décoction en gargarismes, en lavements, en bains de siège, en injections, en bains de bouche contre les aphtes, en lotions contre la couperose et les irritations du visage. Sous forme de cataplasme ou de bain, elle **adoucit la peau, calme les démangeaisons et favorise la cicatrisation**.

PRINCIPALES VERTUS

Dans les affections respiratoires

- ★ Calmante
- ★ Adoucissante
- ★ Anti-inflammatoire
- ★ Anti-irritations
- ★ Maturative sur les furoncles

PARTIES UTILISÉES

- ★ Fleurs, feuilles

AUTRES USAGES : Les feuilles, tendres, peuvent servir de base aux salades. Cuites, elles forment un bon légume, mais leur texture mucilagineuse n'est pas du goût de tous. On en fait d'excellentes soupes ou des « fondues végétales ». Les fleurs décorent magnifiquement les plats. Lorsqu'ils sont jeunes et tendres, les fruits peuvent être grignotés. On peut aussi les débarrasser de leur calice et les ajouter aux salades.

COMMENT L'UTILISER

• **INTERNE :** On utilise plutôt les fleurs, bien que les feuilles ou un mélange de feuilles et de fleurs puissent être utilisés aussi.
En décoction. 15 à 20 g par litre d'eau, à boire à volonté. Contre la toux et les irritations.

• **EXTERNE : Décoction concentrée** de feuilles. 30 à 50 g par litre d'eau. Laisser réduire. On peut aussi, pour l'usage externe, utiliser la racine en décoction à la même dose. Pour soulager les inflammations.
Cataplasmes chauds de feuilles cuites. Ils sont excellents sur les douleurs ou pour faire mûrir des furoncles.

Description

Belle plante vivace commune dans les décombres, les champs et les bords de chemins. Sa tige dressée porte des feuilles arrondies, plus ou moins divisées en cinq lobes. Les grandes fleurs présentent trois enveloppes florales : un calicule à trois languettes libres entre elles, un calice à cinq sépales, et une corolle à ses cinq pétales d'un rose pourpré en forme de cœur. Les filets des étamines sont soudés entre eux sur toute leur longueur, formant un tube d'où sortent les nombreux styles.
Les petits fruits circulaires, composés de nombreux carpelles, sont connus des enfants sous le nom de « fromages ». Les fleurs deviennent bleutées en séchant.

Marrube

Marrubium vulgare

FAMILLE DES LAMIACÉES

Ses composés actifs :
Flavonoïdes, lactones diterpéniques (dont la marrubiine), mucilage, essence aromatique.

PRINCIPALES VERTUS

Dans les affections respiratoires
★ Antiseptique
★ Apéritif
★ Soulage les douleurs stomacales

PARTIES UTILISÉES

★ Plante entière

Déjà, les anciens Égyptiens utilisaient le marrube dans les maladies des voies respiratoires. Il en était de même des Grecs : Dioscoride, au Ier siècle, le recommandait pour soigner l'asthme, la toux et la uberculose. Depuis, la plante n'a jamais cessé d'être considérée comme un excellent médicament des affections pulmonaires.

Précieux pour les voies respiratoires

• Le marrube **calme la toux** et possède un effet positif lors de difficultés respiratoires, notamment en cas d'inflammation non chronique des bronches et des voies respiratoires. Il stimule en même temps la résistance du cœur.
• **Fluidifiant, expectorant et antiseptique** de premier ordre des sécrétions bronchiques, il possède, de plus, **un principe fébrifuge**.
• On a également relevé l'action **cholérétique** (stimulant de la sécrétion biliaire par le foie) de la marrubiine.
• Autre qualité de la plante : **son amertume excite l'appétit**, ce qui est fort précieux en cas de grippe ou de bronchite, alors que l'appétit est déficient.
• Le marrube est un bon **tonique de l'estomac**, dont il soulage les lourdeurs. Il a aussi un rôle bénéfique sur les troubles de la digestion ; il soulage les ballonnements en favorisant l'évacuation des gaz.
• Ses propriétés **antiseptiques** le font utiliser, en usage externe, **pour assainir la peau** en cas d'ulcérations, de plaies avec œdème, de mycoses.

AUTRES ESPÈCES : Le marrube blanchâtre (*Marrubium incanum*), sauvage, est traditionnellement utilisé comme plante médicinale sur le pourtour méditerranéen, de façon équivalente au marrube blanc. Il est, en outre, utilisé comme agent anti-arythmique, pour réguler le rythme cardiaque. D'autres marrubes sont employés de par le monde pour leurs vertus. C'est le cas par exemple du marrube voyageur (*Marrubium peregrinum*), originaire d'Asie mineure, préconisé en cas de maladies vasculaires.

COMMENT L'UTILISER

• **INTERNE : En infusion.** 15 à 30 g de plante sèche par litre d'eau, infusée 15 minutes. Prendre 3 tasses à café par jour avant chaque repas. Pour exciter l'appétit et stimuler le travail du foie.
Vin. 60 g de plante sèche par litre de vin rouge ou blanc ou, mieux, de vin de liqueur (malaga, muscat). Laisser macérer 8 jours. Prendre 2 verres à madère par jour, aux grands repas.
• **EXTERNE : En décoction.** 30 à 60 g de plante par litre d'eau, à utiliser en lotions ou applications chaudes sur les plaies et les ulcères.

Description

Plante vivace de 30 à 80 cm de hauteur, commune dans les lieux incultes et au bord des chemins de toutes nos régions. On la rencontre en Europe, en Asie et en Afrique, ainsi qu'en Amérique, où elle a été introduite. Sa tige dressée, de section carrée, porte des feuilles opposées, arrondies, cotonneuses et blanchâtres, et de petites fleurs blanches, groupées en verticilles à l'aisselle des feuilles, qui s'épanouissent de mai à septembre. La plante dégage lorsqu'on la froisse une odeur prononcée, peu agréable.

TOXICITÉ

Se limiter aux doses prescrites, car, à dose par trop élevée, le marrube pourrait provoquer des troubles du rythme cardiaque.

Mélilot

Melilotus officinalis

FAMILLE DES FABACÉES

Ses composés actifs :

Flavonoïdes, acides-phénols, saponosides triterpéniques, mélilotoside (qui donne, par hydrolyse, de la coumarine).

C'est à Galien, au IIe siècle de notre ère, que l'on doit l'introduction du mélilot dans la thérapeutique, comme antispasmodique et aussi comme anesthésique dans les vertiges et les vomissements. En usage externe, il est depuis longtemps recommandé en bains, en Europe centrale, pour lutter contre les rhumatismes et la goutte. On l'employait couramment, à la Renaissance, contre les inflammations des yeux (conjonctivites, orgelets, etc.).

Un tonique veineux reconnu

- Le mélilot s'emploie surtout comme tonique veineux **pour traiter l'insuffisance veineuse chronique**. Il est efficace contre les varices et les hémorroïdes. Il diminue les risques de phlébite et de thrombose. On le préconise dans la fragilité capillaire cutanée, par exemple contre les ecchymoses et les pétéchies.
- Le mélilot est **antispasmodique** grâce à sa coumarine, **calmant et somnifère**. Il est utile en cas de stress ou d'anxiété ; on l'emploie aussi **dans les cas d'excitation nerveuse et d'insomnie légère**, et comme sédatif des névralgies.
- Il rend aussi de bons services contre **les quintes de toux et les inflammations intestinales** et stomacales avec fermentations.
- La coumarine lui confère aussi des vertus **diurétiques**, et c'est un bon **antiseptique** des voies urinaires.
- Le mélilot est utilisé en Allemagne, en usage externe, **sur les foulures et les plaies** superficielles.
- On l'emploie aussi **sur les hématomes,** et les contusions.
- Appréciée en cas d'inflammations , **d'irritations des yeux**, l'eau distillée de mélilot est à la base de certains collyres vendus en pharmacie.

AUTRES USAGES : Condiment puissant et sauvage, le mélilot séché aromatise crèmes, sorbets, sauces et boissons. Les graines ont jadis servi d'épice, en particulier pour aromatiser les fromages.

LE SAVIEZ-VOUS ? Son nom vient du latin *mel*, « miel », car ses fleurs regorgent de nectar que les abeilles butinent avec avidité.

PRINCIPALES VERTUS

★ Tonique veineux
★ Antispasmodique
★ Calmant
★ Somnifère
★ Diurétique
★ Soulage les inflammations des yeux

PARTIES UTILISÉES

★ Sommités fleuries

COMMENT L'UTILISER

- **INTERNE : En infusion.** 15 à 30 g par litre d'eau. Prendre une tasse après chaque repas et une le soir au coucher. Contre les spasmes et l'insomnie et comme tonique veineux.
- **EXTERNE : En infusion forte.** Prendre 30 à 50 g par litre d'eau, jusqu'à ce que la couleur obtenue soit cognac foncé. Lotionner avec l'infusion aussi chaude que possible contre les inflammations et pour tous les soins des yeux en général.

TOXICITÉ

Si le mélilot est attaqué par des moisissures, la coumarine se transforme en dicoumarol. Il s'agit de l'un des composants de la mort-aux-rats, qui tue les rongeurs en provoquant chez eux des hémorragies internes.

Description

Plante bisannuelle de 40 à 80 cm de hauteur, très commune dans les lieux incultes et le long des chemins. On la rencontre en Europe et en Asie occidentale. Ses tiges dégingandées aux nombreux rameaux portent des feuilles divisées en trois folioles à la façon de celles du trèfle ou de la luzerne. Ses petites fleurs jaunes se réunissent en grappes posées comme des chandelles à l'extrémité de minces pédoncules. Malgré son aspect négligé, le mélilot recèle des merveilles car il dégage lorsqu'on le fait sécher, tout comme l'aspérule*, un suave parfum vanillé.

Mélisse

Melissa officinalis

FAMILLE DES LAMIACÉES

Ses composés actifs :
Triterpènes, acides-phénols, flavonoïdes, essence aromatique riche en citral, en citronellal, en caryophyllène et en acétate de géranyle.

PRINCIPALES VERTUS

★ Digestive
★ Antispasmodique
★ Calmante (anxiété, nervosité, dépression légère, insomnies)
★ Antivirale

PARTIES UTILISÉES

★ Plante entière, sommités fleuries

Les médecins arabes ont vanté les vertus de cette plante antispasmodique de grande réputation. Avicenne lui attribuait la propriété de rendre le cœur joyeux. Au XVIIe siècle, elle était l'arme des médecins pour lutter contre la dépression nerveuse - qui apparaît donc ne pas être seulement une maladie de notre siècle. La mélisse est la base de la célèbre « eau des Carmes » qui, au XVIIe siècle, était le véritable « or potable » du frère Ange.

Pour tous les troubles nerveux

• On recommande la mélisse dans **les digestions pénibles**, les troubles digestifs avec palpitations, les vertiges et les syncopes.
• On la prescrit **contre l'anxiété, la nervosité et les dépressions légères**. Elle se montre intéressante contre les **troubles du sommeil**.
• Elle est efficace aussi contre les crises de nerfs et contre les tensions nerveuses pouvant précéder ou accompagner les règles.
• En excitant le flux biliaire, ses fleurs agissent sur les troubles nerveux liés à une insuffisance hépatobiliaire.
• La mélisse possède une action **antivirale**, sans doute due aux acides-phénols. Sous forme de pommade à base d'extrait, elle combat efficacement l'herpès et **diminue la fréquence des éruptions**. On l'emploie également contre la varicelle et le zona.
• Par ailleurs, elle équilibrerait le fonctionnement de la glande thyroïde.

AUTRES USAGES : Les jeunes pousses de mélisse peuvent être ajoutées aux salades, auxquelles elles apportent une note citronnée. Le poisson ou les légumes cuits à la vapeur sur un lit de mélisse acquièrent sa saveur. On en aromatise des desserts et elle parfume délicieusement les boissons.

LE SAVIEZ-VOUS ? La mélisse est souvent dite, à tort, « citronnelle ». Or la véritable plante de ce nom est une grande graminée tropicale, *Cymbopogon citratus*, aux feuilles allongées et coupantes, puissamment parfumées. « Mélisse » évoque le miel, et ses fleurs riches en nectar sont mellifères par excellence. *Melissa*, le nom botanique de la plante – et un joli prénom -, signifie « abeille » en grec.

Description

Plante vivace de 30 à 70 cm de hauteur, originaire de l'est du bassin méditerranéen. On la cultive fréquemment dans les jardins et elle se rencontre parfois à l'état subspontané le long des haies ou des sentiers forestiers. Ses nombreuses tiges de section carrée portent de larges feuilles opposées, ovales et dentées, d'aspect gaufré. Les fleurs blanches à deux lèvres, qui s'épanouissent de juin à septembre, sont groupées en verticilles à l'aisselle des feuilles. Feuilles et fleurs dégagent une odeur très fraîche rappelant le citron.

COMMENT L'UTILISER

• **INTERNE : En infusion.** 25 à 50 g de feuilles et de sommités fleuries par litre d'eau. Laisser infuser 10 minutes. Prendre 3 ou 4 tasses par jour. Pour faciliter la digestion, calmer la nervosité et favoriser le sommeil.
Il est toujours préférable d'utiliser la **plante fraîche**, car elle perd tout son arôme à la dessication. En avoir un pied dans son jardin ou sur son balcon est chose facile. Mais il peut s'avérer utile, pour parer à toute éventualité, d'avoir le remède prêt d'avance dans la pharmacie familiale, sous forme de vin ou d'eau de mélisse.
Vin. Laisser macérer 50 g de plante fraîche pendant 48 heures dans un litre de vin blanc. Prendre 2 cuillerées à soupe en cas de besoin.
Eau de mélisse familiale. Faire macérer 15 jours dans un litre d'eau-de-vie blanche 50 g de mélisse fraîche, 5 g de cannelle, 15 g de zeste de citron frais, 10 g d'angélique, 15 g de coriandre, 10 g de clous de girofle et 15 g de muscade. Filtrer en pressant et conserver en bouteille. Une cuillerée à café en cas de malaise.

Menthe

Mentha sp.

FAMILLE DES LAMIACÉES

Ses composés actifs :

Flavonoïdes, acides-phénols, triterpènes, caroténoïdes, essence aromatique (beaucoup de menthol, de la menthone et de l'acétate de menthyle.

La menthe était appréciée des Anciens. Les Assyriens et les Babyloniens s'en servaient pour combattre la paresse d'estomac, et les Hébreux comme stimulant. Dioscoride l'utilisait dans la faiblesse d'estomac. Au XIXe siècle, Trousseau la préconisait contre les vomissements, mais aussi contre les toux quinteuses incoercibles. Au siècle dernier, Leclerc, avec d'autres, considéraient que la menthe était un stimulant *« fort propre aux jeux de l'amour »*. La menthe pouliot était employée autrefois pour éloigner les puces du corps – d'où son nom, du latin *pulex*, puce.

Excellente alliée de la digestion et de l'haleine

• La menthe poivrée (*M. piperata*) est un **remarquable stimulant de l'appareil digestif**. Elle est aussi antiseptique, antispasmodique et analgésique, et augmente la production de bile.

• On la recommande **dans les digestions pénibles**, les douleurs d'estomac et d'intestin, l'aérophagie et les ballonnements.

• La menthe aide à **soulager les migraines** et les névralgies faciales, et elle est indiquée dans le traitement de la gingivite ou de la stomatite.

• La menthe poivrée, mais aussi la menthe aquatique (*M.aquatica*), apportent une sensation de fraîcheur et **combattent la mauvaise haleine**.

• La menthe pouliot (*M. pulegium*) est **stimulante du système nerveux**. Elle **favorise l'expectoration**, ce qui la fait recommander dans l'asthme, la toux quinteuse et l'enrouement.

PRINCIPALES VERTUS

★ Excellent digestif
★ Rafraîchissante pour l'haleine
★ Antispasmodique
★ Contre les affections respiratoires
★ Tonique
★ Antimigraineuse

PARTIES UTILISÉES

★ Feuilles, sommités fleuries

TOXICITÉ

Attention aux huiles essentielles de menthes. Celle de menthe poivrée ne doit être utilisée par voie interne qu'avec précaution. Celle de menthe pouliot, abortive et délétère pour le foie, doit être considérée comme toxique.

AUTRES USAGES : La menthe est un excellent condiment utilisé de multiples façons, et sert à préparer le thé à la menthe. L'huile essentielle et le menthol sont très utilisés en pharmacie, en parfumerie, en confiserie et dans l'industrie des liqueurs.

COMMENT L'UTILISER

• **INTERNE** : **En infusion.** 20 à 30 g de feuilles et sommités fleuries par litre d'eau bouillante. Une tasse après les repas comme digestif et contre l'ensommeillement succédant au repas de midi.
Avec 20 g de menthe et 20 g de fleurs de lavande par litre d'eau, on lutte contre la toux. La menthe améliore aussi le goût des tisanes fades ou écœurantes.
Thé solaire. Faire macérer quelques heures dans un bocal plein d'eau exposé au soleil. Avec la menthe à feuilles rondes *(M. rotundifolia)* et la menthe à longues feuilles *(M. longifolia)*, qui ne réussissent pas bien en infusion.
Fraîche – mâcher une feuille pour rafraîchir l'haleine, ou comme digestif. En friction, pour apaiser les démangeaisons et les douleurs musculaires.

• **EXTERNE** : **En infusion très concentrée**, 50 g par litre, pour les compresses, les gargarismes et les lotions à l'usage des peaux grasses et des pores dilatés.
En lavement. 5 g de menthe et 5 g de tanaisie, infusées dans un demi-litre d'eau salée.
Avec d'autres plantes (romarin, thym, sauge...), dans des **bains aromatiques, fortifiants ou antirhumatismaux**.

Description

Plante vivace de 20 cm à 1 m de hauteur, aux tiges de section carrée, rougeâtres chez certaines espèces, et se multipliant par des stolons. Les feuilles sont dentées et les fleurs, blanches ou rosées, groupées en épis ou en glomérules (« pompons ») terminaux. La menthe poivrée (*M. piperata*) est un hybride entre la menthe verte (*M. spicata*) et la menthe aquatique (*M. aquatica*). Son odeur est pénétrante, et possède une saveur d'abord chaude et poivrée, à laquelle succède une agréable sensation de fraîcheur.

Ménynthe

Menyanthes trifoliata

FAMILLE DES MÉNYANTHACÉES

Ses composés actifs :
Tanins, flavonoïdes, acides-phénols, phytostérols, iridoïdes (ce sont eux qui sont responsables de l'amertume du ményanthe).

PRINCIPALES VERTUS

- ★ Apéritif
- ★ Digestif
- ★ Dépuratif
- ★ Emménagogue

PARTIES UTILISÉES

- ★ Feuilles

Au XVIIe siècle, Simon Paulli guérissait le scorbut avec cette plante riche en vitamine C. Liégeois et Leclerc la recommandaient aussi pour cet usage. Elle était encore considérée comme fébrifuge, ainsi que son ancien surnom populaire de « trèfle à la fièvre » en témoigne (le ményanthe est encore utilisé contre la fièvre dans certaines régions). Cazin l'utilisait contre le rachitisme, la scrofule, la paresse d'estomac, les maladies de peau et même la goutte, le rhumatisme et l'arthrite. Dans la médecine traditionnelle suédoise, on l'emploie dans les maladies inflammatoires du rein et au Royaume-Uni, comme anti-rhumatismal. Au XIXe siècle, le botaniste Ferdinand Otto Wolf rapporte que selon une croyance ancestrale, « *une tasse de thé de Ményanthe, prise chaque jour,* [peut] *prolonger la vie* ».

COMMENT L'UTILISER

- **INTERNE** : **En infusion.** 20 à 30 g de feuilles séchées par litre d'eau. Elle est extrêmement amère et difficile à boire. Comme tonique et dépuratif.
Poudre de feuilles séchées. Prendre 2 à 3 g par jour.
Vin. Laisser macérer 30 g de feuilles séchées, pendant 10 jours, dans un litre de vin rouge (prendre un verre à madère avant chaque repas) ou verser un litre de vin rouge bouillant sur 100 g de feuilles. Laisser en contact une demi-heure. Filtrer, boucher et prendre une cuillerée à soupe avant chaque repas. Comme apéritif.
- **EXTERNE** : D'après Cazin, les cigarettes faites avec des feuilles de ményanthe soulagent les asthmatiques.

Un amer apéritif et digestif

- De façon générale, les propriétés du ményanthe diffèrent peu de celles de la gentiane. Comme elle, c'est un **tonique amer aux vertus apéritives** (il stimule les sécrétions salivaires et gastriques), qui est également bénéfique dans les troubles dyspepsiques (digestions lentes et difficiles). De ce fait, il aide à lutter **contre les céphalées liées aux mauvaises digestions**. En facilitant la digestion, il a aussi un effet tonique sur l'organisme.
- Le ményanthe est aussi **dépuratif** (il contribue à « nettoyer » l'organisme de ses toxines), ce qui explique qu'il soit utilisé dans **le traitement des problèmes de peau** comme l'eczéma ou l'acné. Il est aussi vermifuge et emménagogue (il facilite la venue et l'écoulement des règles).
- Des études ont montré que le ményanthe a des **propriétés anti-inflammatoires.** En outre, il stimule le système immunitaire, participant à la défense de l'organisme contre les infections. *In vitro,* le ményanthe a fait montre de propriétés anticancéreuses sur plusieurs lignées de cellules tumorales.

AUTRES USAGES : Le ményanthe a été utilisé pour aromatiser la bière à la place du houblon.

Description

Plante vivace aquatique vivant dans les marais et les tourbières. On la rencontre dans le nord et les montagnes de l'Europe, de l'Asie et de l'Amérique. Elle est occasionnellement cultivée pour décorer les pièces d'eau. La souche est un rhizome épais et charnu d'où partent, munies d'un long pétiole engainant, des feuilles formées de trois larges folioles évoquant celles du trèfle. Ses jolies fleurs d'un blanc rosé, disposées en grappe à l'extrémité d'une hampe longue et nue, apparaissent d'avril à juin. La plante entière est très amère.

Myrte

Myrtus communis

FAMILLE DES MYRTACÉES

Ses composés actifs :

Feuilles : tanins, flavonoïdes, essence aromatique (dont acétate de myrtényle, alphapinène, cinéole, myrténol et linalol)

Mentionné dans l'Ancien Testament et par les auteurs arabes, le myrte était, chez les Grecs, le symbole de la jeunesse et de l'amour, dédié à Aphrodite. Pline le recommandait pour stimuler les organes digestifs et comme astringent énergique, contre la diarrhée, la leucorrhée ou les hémorragies, ce qui se conçoit fort bien étant donné la grande richesse en tanin des fruits et des feuilles. On préparait, avec ses rameaux chargés de fruits, un vin appelé *myrtadum*. Plus tard, sous le nom d'« eau d'Ange », on prépara, avec les fleurs et les feuilles, une eau distillée fort renommée pour les soins de beauté.

Un excellent antibactérien

- Le myrte est un **balsamique** (il apaise comme un baume) et un **désinfectant** de tout premier ordre. On le recommande **contre les affections des voies respiratoires**, dans les bronchites d'irritation des fumeurs comme dans les catarrhes aigus.
- En usage externe, il **soigne les blessures**.
- L'huile essentielle des feuilles est **puissamment bactéricide**.
- Le myrte est parfois aussi préconisé comme **décongestionnant veineux et lymphatique.** Les massages des jambes avec l'huile essentielle donnent de bons résultats.

AUTRES USAGES : Jadis, on brûlait les rameaux feuillés secs comme encens. Il se consument en effet en dégageant une abondante fumée odorante. Les fruits servent à préparer de bonnes confitures, à condition de les passer au moulin à légumes pour éliminer les nombreux petits grains. Surtout, ils donnent par macération une excellente liqueur de couleur profonde, rouge noir, la célèbre « myrte » corse et sarde. Une autre variété de liqueur, incolore (la « myrte blanche »), est distillée à partir des baies ou des feuilles. Dans la région méditerranéenne, les baies de myrte fraîches ou séchées s'emploient traditionnellement comme épice, en particulier avec le gibier.

PRINCIPALES VERTUS

★ Anti-bactérien
★ Désinfectant
★ Balmasique
★ digestif

PARTIES UTILISÉES

★ Feuilles, baies

COMMENT L'UTILISER

- **INTERNE : En infusion.** 25 g de feuilles par litre d'eau bouillante, dont on prend 2 tasses par jour. Cette infusion, bonne pour les bronches, convient aussi chaque fois que ce sont des propriétés d'astringence qui sont recherchées.
Sirop. Verser un litre d'eau bouillante sur 70 g de feuilles de myrte. Laisser macérer 6 heures à couvert. Passer, ajouter 1,200 kg de sucre et cuire au sirop. Contre les irritations des voies respiratoires.
- **EXTERNE : Bain de myrte.** Il est encore en usage dans les pays méridionaux contre les contusions, les entorses, les ecchymoses à la suite d'une chute.

Description

Arbrisseau de 1 à 3 m de haut que l'on rencontre sur tout le pourtour méditerranéen, et très commun dans le maquis. Ses nombreux rameaux sont couverts de petites feuilles vert clair, pointues, coriaces et comme vernissées. Elles dégagent au froissement un extraordinaire parfum d'encens. Au printemps, il se couvre de jolies fleurs blanches au centre desquelles jaillissent de nombreuses étamines, comme des feux d'artifice miniatures. Les fruits, petites boules bleu foncé, persistent longtemps sur les rameaux.

TOXICITÉ

L'huile essentielle de myrte doit être utilisée avec prudence par voie interne. Elle est interdite aux femmes enceintes (notamment les 3 premiers mois), à celles qui allaitent et aux enfants de moins de 6 ans.

Cresson

Nasturtium officinale

FAMILLE DES BRASSICACÉES

Ses composés actifs :
Minéraux, vitamines (dont beaucoup de vitamine C), hétérosides sulfurés, dont le phénylglucosinolate (qui donne, entre autres dérivés, la gluconasturtine)

PRINCIPALES VERTUS

★ Détox
★ Diurétique
★ Expectorant

PARTIES UTILISÉES

★ Suc, plante entière

Considéré dans l'Antiquité comme un stimulant, le cresson était employé par Hippocrate comme expectorant et par Dioscoride comme aphrodisiaque. À la Renaissance, on lui attribuait, à juste titre, de nombreuses vertus dont celle de guérir la sciatique et le mal de tête. Récamier, illustre médecin du XIXe siècle, soignait ses malades atteints de tuberculose pulmonaire avec deux bottes de cresson à prendre chaque matin, et complétait ce petit déjeuner étrange par une bonne tasse de lait. Utilisé contre le diabète par Constantin Paul, il l'était par Leclerc dans les affections du poumon et les catarrhes chroniques des bronches. Cazin combattait par son usage l'atonie générale, l'employait contre toutes les maladies des viscères (foie, rate, vésicule, reins et voies urinaires) et le prescrivait aussi contre la goutte et les rhumatismes.

TOXICITÉ

L'abus de cresson cru peut entraîner de douloureuses cystites dues à l'essence sulfurée, irritante, qu'il contient.

Apéritif et dépuratif

- Le cresson **stimule l'appétit** et est conseillé aux lymphatiques, aux rachitiques ou aux convalescents.
- On le recommande comme **dépuratif dans les maladies de peau.**
- **Diurétique,** il est précieux pour les reins et la vessie, et se montre utile pour combattre l'œdème généralisé et les calculs urinaires.
- Ses **vertus expectorantes** le font recommander aux personnes souffrant de bronchite ou de coqueluche.
- En usage externe, le cresson pilé est parfois employé comme **résolutif sur les ulcères** et les fluxions dentaires. Ses feuilles mâchées crues sont excellentes pour raffermir les gencives.
- Il est estimé en lotion capillaire pour **ralentir la chute des cheveux**.

REMARQUE : Comme la chaleur entraîne l'évaporation de son principe actif, très volatil, le cresson doit toujours être employé cru si l'on veut profiter de ses vertus. Mais attention, il faut bien déterminer l'origine de la plante : ne jamais consommer de cresson sauvage cru (de façon générale aucune plante aquatique sauvage crue), car il peut être contaminé par les larves d'un dangereux parasite, la douve du foie. Les conditions contrôlées de la culture du cresson dit « de fontaine » permettent d'éliminer ce risque. Il est à noter que la cuisson tue les larves contaminantes de la douve mais ainsi, on perd les propriétés recherchées !

Description

Plante vivace de 20 à 50 cm de hauteur, commune dans les eaux courantes et les fossés de toutes nos régions. Il est parfois cultivé par les maraîchers dans des « cressonnières » alimentées par des eaux de source. Les tiges aquatiques se redressent et portent des feuilles découpées en segments arrondis, le terminal plus grand que les autres, et de petites fleurs blanches à quatre pétales en croix donnant des siliques allongées. Toute la plante possède une forte saveur piquante.

COMMENT L'UTILISER

- **INTERNE : Suc de cresson.** Piler la plante au mortier ou au mixeur. Filtrer et absorber entre 60 à 150 g par jour de ce suc comme apéritif et dépuratif.
- **EXTERNE :** Frictions chaque matin du cuir chevelu avec du **suc de cresson,** soit pur, soit mêlé à partie égale avec du rhum, pour prévenir la chute des cheveux et les faire repousser.

Cataplasme de cresson, résolutif. S'emploie en pilant une botte de cresson, à laquelle on ajoute un blanc d'œuf battu en neige, de façon à obtenir une pâte consistante.

Nigelle cultivée

Nigella sativa

FAMILLE DES RENONCULACÉES

Ses composés actifs :
Graines : environ 40 % d'huile grasse, un saponoside (la mélantine), essence aromatique.

La nigelle semble avoir été appréciée depuis la plus haute Antiquité, puisqu'on en a retrouvé des graines dans le tombeau de Toutankhamon. Le médecin grec Dioscoride en vantait les vertus contre les maux de tête et de dents. Elle est très utilisée en Afrique, au Moyen-Orient, en Asie. Ses usages traditionnels, qui l'associent au traitement de nombreux troubles, sont souvent validés par les recherches scientifiques.

COMMENT L'UTILISER

La nigelle est le plus souvent utilisée sous la forme de l'huile tirée de ses graines. Celle-ci se trouve également sous forme de capsules (suivre la posologie indiquée sur la boîte).

- **INTERNE :** 1 à 3 cuillères à café par repas. Ou bien 1 cuillère à soupe le soir. Pour les enfants, ½ à 1 c. à café par jour.
- **EXTERNE** : pure en application locale, pour nourrir la peau et pour la beauté du teint.

PRINCIPALES VERTUS
★ Digestive
★ Anti-vers
★ Galactogène

PARTIES UTILISÉES
★ Graines

Huile merveilleuse

- Les graines de nigelle **favorisent la digestion** et expulsent les gaz de l'intestin.
- Antihelmintique réputé, elles éliminent les vers intestinaux.
- Les graines de nigelle **apaisent aussi les inflammations des voies respiratoires** et soulagent les douleurs menstruelles.
- En Inde, on les prescrit aux nourrices pour **augmenter la sécrétion lactée.**
- On en extrait par pression une **huile aromatique** de couleur ambrée qui passe pour une panacée en Afrique du Nord. Elle est notamment employée, en application locale, pour **soigner les problèmes de peau** (irritations, eczéma, acné, etc.), les douleurs des rhumatismes et l'asthme.
- La nigelle a fait et fait toujours l'objet de nombreuses études visant à confirmer ses propriétés. Il a ainsi été montré que la nigelle est **antibactérienne et antimycosique**. En outre, elle **stimule le système immunitaire.** L'huile de nigelle a quant à elle montré une activité antitumorale *in vitro,* mais l'on ne sait pas si elle pourrait réellement être mise à profit dans le traitement ou la prévention des cancers.

AUTRE ESPÈCE : Une proche parente, la nigelle de Damas (*Nigella damascena*), originaire du bassin méditerranéen, est cultivée dans les jardins d'ornement pour ses jolies fleurs bleues ou blanches et son feuillage gracieusement découpé. Ses petites graines noires ont une curieuse odeur rappelant l'arôme de fraise synthétique. On les apprécia comme épice en Europe jusqu'au XVIIe siècle.

AUTRES USAGES : Appelées également « cumin noir », les graines de nigelle sont utilisées dans les légumes et les légumineuses. Elles entrent en Inde dans la composition de différents mélanges d'épices, tel le *panch phoron*, avec le cumin, le fenouil, la moutarde et le fénugrec. On en saupoudre des pains tels que les *nan*.

Description

Petite plante annuelle de 10 à 50 cm de hauteur, qui pousse spontanément en Afrique du Nord et en Asie occidentale. On la cultive depuis longtemps en jardins et en champs dans le bassin méditerranéen.
Ses tiges dressées portent des feuilles finement découpées et des fleurs bleu pâle à étamines nombreuses. Les fruits sont des capsules renfermant une multitude de petites graines noires, aromatiques.

TOXICITÉ

L'usage de la nigelle pendant la grossesse est formellement déconseillé. En effet, une prise de 20 g peut déclencher un avortement.

Olivier

Olea europæa

FAMILLE DES OLÉACÉES

Ses composés actifs :

Feuilles : séco-iridoïdes (dont l'oleuropéoside, l'oléoside et le ligustroside), triterpènes, flavonoïdes (dont le rutoside). Fruits : huile grasse riche en acides gras oléique, linoléique et palmitique, stérols, tocophérols, triterpènes, pigments, principe amer (l'oléoropine)

PRINCIPALES VERTUS

★ Hypotenseur et hypoglycémiant
★ Bénéfique pour le système circulatoire
★ Diurétique
★ Laxatif, doux pour le foie
★ Contre les coups de soleil, cicatrisant

PARTIES UTILISÉES

★ Feuilles, fruits, huile tirée des fruits

Dans l'Antiquité, la feuille d'olivier servait à soigner les blessures. Très longtemps, elle fut utilisée comme tonique et pour faire tomber la fièvre. On l'employait en remplacement du quinquina dans les fièvres intermittentes. Mais ces qualités, bien réelles au demeurant, sont maintenant éclipsées par la découverte de vertus bien plus importantes. Dans les années 1930, on démontra ainsi que la feuille d'olivier avait une nette action hypotensive, une propriété qui a été largement confirmée depuis lors.

Une véritable huile de santé

• La feuille d'olivier permet de faire **baisser la tension artérielle** et améliore la circulation en assouplissant et en dilatant les artères.
• Elle favorise aussi la diurèse, fait **régresser les œdèmes** et diminue le taux d'urée sanguine. Elle est donc indiquée chez les personnes souffrant d'hypertension ou d'une insuffisante cardiaque ou rénale.
• La feuille d'olivier a aussi une **action hypoglycémiante** manifeste : cette propriété est très intéressante quand la personne souffrant d'hypertension est aussi diabétique.
• L'huile d'olive est réputée être une véritable huile de santé. Riche en acides gras mono-insaturés, elle contribuerait à la **protection du système cardiovasculaire** et participerait de la prévention de certains cancers.
• Émolliente et laxative, elle **favorise l'écoulement de la bile et active les fonctions intestinales**. Elle se recommande même dans les coliques hépatiques et pour aider à l'évacuation des calculs biliaires.
• Elle passe également pour **antihelminthique** (contre les vers). Elle est quelquefois employée pour combattre l'irritation du tube digestif dans certains empoisonnements.
• En application externe, l'huile **calme instantanément la douleur d'une brûlure** et aide à la cicatrisation. Elle est également très efficace en cas de coup de soleil.
• On la recommande aussi **contre le déchaussement des dents**.
• Fine et pénétrante, elle **sert d'excipient à quantité de liniments**, d'onguents et de produits pharmaceutiques.

COMMENT L'UTILISER

• **INTERNE : En infusion.** En dehors des extraits spécialisés en pharmacie, on peut faire bouillir une vingtaine de feuilles dans une bonne tasse d'eau jusqu'à réduction de moitié. Passer, sucrer et boire chaud matin et soir (valable contre l'hypertension et contre le diabète).
Huile d'olive. Elle s'administre à la dose d'une cuillerée à soupe le matin à jeun (on peut la mêler à un jus d'agrumes). Pour favoriser les fonctions biliaire et intestinale.
• **EXTERNE : Lavement.** Fait avec une petite poire d'huile d'olive, il est fort efficace contre la constipation.
Huile. Mêlée à un blanc d'œuf, pour traiter les brûlures et les coups de soleil. Pure, en massages sur les gencives.

Description

Arbuste originaire du bassin méditerranéen, où sa culture est extrêmement répandue, de même qu'en Californie et au Chili. Son tronc tortueux, si caractéristique, porte des feuilles opposées, lancéolées, coriaces et persistantes, vertes sur le dessus, argentées au-dessous. Les petites fleurs verdâtres donnent le fruit universellement connu, l'olive, qui de verte devient noire à complète maturité. Symbole de la Paix et de la Sagesse, l'olivier était l'objet de nombreuses légendes et d'un véritable culte de la part des Grecs. Ses feuilles et son huile jouissent de précieuses vertus médicinales.

Bugrane

Ononis spinosa

FAMILLE DES FABACÉES

Ses composés actifs :
Racines : isoflavonoïdes, saponosides, triterpène, onocérine, essence aromatique

La racine de bugrane a, depuis toujours, été utilisée pour augmenter le volume des urines tout en calmant les douleurs de l'appareil urinaire. Dioscoride, au Ier siècle, jugeait la bugrane bonne pour réduire les calculs et les expulser de la vessie. Au début du XXe siècle, Leclerc l'employait dans les inflammations chroniques de la vessie, les calculs urinaires et la cystite.

COMMENT L'UTILISER

• **INTERNE : En infusion.** 20 g de racine de bugrane par litre d'eau. Laisser infuser 20 à 30 minutes. Boire 2 à 4 tasses par jour. Contre les inflammations et les calculs.
En décoction. 20 g de racine par litre d'eau. Réduire au tiers. Utiliser en gargarismes pour adoucir les gorges irritées, éventuellement en compresses contre l'eczéma suintant.

L'amie des voies urinaires

• Les **vertus diurétiques et anti-inflammatoires** de la racine de bugrane sont attestées. On la préconise comme **dépuratif**, contre les inflammations de la vessie (**cystites**) et de la prostate (**prostatites**), et pour traiter les calculs urinaires. Elle pourrait même prévenir la formation des calculs rénaux et désengorger les voies biliaires.
• L'huile essentielle, en infusion, possède un effet diurétique puissant. Elle peut être préconisée **contre l'œdème généralisé** et rend des services **contre les rhumatismes chroniques** (elle décongestionne les articulations).
• La décoction de bugrane, astringente, peut servir en gargarismes **contre l'angine, les maux de gorge** et les ulcérations de la bouche.

PRINCIPALES VERTUS
★ Diurétique
★ Anti-inflammatoire
★ Anti-œdème
★ Antirhumatismal
★ Contre les maux de gorge et de bouche

PARTIES UTILISÉES
★ Racine

AUTRE ESPÈCE : L'ononis jaune (*Ononis natrix*), appelée aussi bugrane gluante ou coqsigrue, a des fleurs jaunes striées de rouge. Bien qu'elle soit beaucoup moins utilisée que la bugrane (sauf en homéopathie), sa racine possède des vertus diurétiques similaires. En revanche, l'analyse de ses graines a révélé des teneurs bien plus élevées, et donc bien plus intéressantes, en acides gras essentiels et en anti-oxydants (proanthocyanidines et flavonoïdes de type quercétine).

LE SAVIEZ-VOUS ? La bugrane tiendrait son autre nom d'« arrête bœuf » du fait que sa racine traçante est si dure qu'elle était capable d'arrêter les attelages de bœufs tirant la charrue. On retrouve cette étymologie dans le mot bugrane lui-même (du latin populaire *boveretina*, de *bos*, bœuf, et *retinere*, arrêter).

Description

Petite plante vivace de 20 à 50 cm de hauteur, commune dans les chemins, les champs incultes et les terrains secs de la plupart de nos régions. Elle se rencontre en Europe, en Asie occidentale et en Afrique du Nord. Ses tiges couchées puis redressées sont munies de fines épines acérées, souvent par deux, et portent de petites feuilles vert foncé divisées en trois folioles. Elle ouvre en été ses jolies fleurs roses à corolle papilionacée, en grappes mêlées de feuilles simples.

PRÉCAUTION D'EMPLOI

Si l'on veut en conserver l'effet diurétique, la racine doit être utilisée en infusion, et non en décoction, car l'essence aromatique, principal principe actif, est volatile et s'évapore pendant l'ébullition.

Origan

Origanum vulgare

FAMILLE DES LAMIACÉES

Ses composés actifs :
Essence aromatique riche en thymol et en carvacrol, tanins, acides phénoliques et flavonoïdes.

PRINCIPALES VERTUS

★ Apéritif et digestif
★ Contre les affections des voies respiratoires
★ Antirhumatismal
★ Stimulant
★ Emménagogue

PARTIES UTILISÉES

★ Sommités fleuries, plante entière

Il y a deux mille ans, Dioscoride disait déjà de l'origan qu'il était un des meilleurs remèdes pour ceux qui ont perdu l'appétit. Plus proche de nous, il y a un siècle, le médecin Henri Leclerc le recommandait particulièrement aux estomacs atoniques et dilatés.

Parure anti-inflammatoire

• L'origan est **un apéritif remarquable**, en même temps qu'il **facilite la digestion** en stimulant les estomacs paresseux, et qu'il lutte contre la constipation. Il est bénéfique contre les ballonnements, les flatulences, les éructations, ainsi que contre la paresse du foie et de la vésicule biliaire.

• Les sommités fleuries de l'origan sont renommées **contre l'inflammation aiguë ou chronique des bronches**. Expectorantes, elles sont aussi **sédatives de la toux** et constituent un excellent traitement des maladies des voies respiratoires, un des plus agréables aussi.

• La plante jouit de **propriétés stimulantes** et même excitantes qui la font recommander aux personnes souffrant d'asthénie, ainsi qu'aux jeunes filles, dont il **facilite la venue des règles**.

• On l'emploie également **dans les rhumatismes aigus ou chroniques**, non seulement sous forme de tisane, mais aussi en applications chaudes sur le membre douloureux.

LE SAVIEZ-VOUS ? Avec ses inflorescences rose et pourpre, l'origan mérite son nom, qui signifie « parure des montagnes », du grec *oros*, « montagne », et *ganos*, « beauté ». On confond souvent l'origan avec la marjolaine (*Origanum marjorana*), une cousine originaire d'Afrique du Nord et d'Asie occidentale, que l'on cultive comme condiment dans les jardins.

AUTRES USAGES : Les sommités fleuries assaisonnent agréablement les plats. Il ne faut les ajouter qu'en fin de cuisson car elles perdent rapidement leur arôme si on les chauffe. Le mieux est donc de les employer crues, par exemple en pesto pour accompagner des pâtes ou des pommes de terre. De même, il est préférable d'en faire du thé solaire plutôt que des infusions.

COMMENT L'UTILISER

• **INTERNE : En thé solaire.** 8 à 15 g de sommités fleuries par litre d'eau ; mettre en bocal et faire macérer au soleil. Boire 2 ou 3 tasses par jour. Contre les troubles respiratoires.
Vin. 50 g de sommités par litre de vin doux, genre muscat ou banyuls. Laisser macérer 10 jours. Prendre 3 petites tasses à café par jour, avant les repas pour un effet apéritif, pendant ou après pour un effet digestif, et entre les repas, pour un effet stimulant et béchique.

• **EXTERNE : Cataplasme.** Contre les rhumatismes et le torticolis. Mettre la plante fraîche écrasée dans un linge ; laisser l'ensemble sur un couvercle de casserole contenant de l'eau bouillante. Lorsque le cataplasme est chaud, l'appliquer sur la région douloureuse. On peut aussi chauffer la plante à sec dans une poêle en fer, mais l'application est moins aisée.

Description

Jolie plante vivace de 30 à 80 cm de hauteur, formant de belles touffes dans les lieux secs et bien exposés. On rencontre l'origan en Europe et en Asie, et il est parfois cultivé comme plante condimentaire. Ses tiges dressées, rougeâtres, portent des feuilles ovales, opposées, et se terminent par des groupes serrés de petites fleurs rosées à deux lèvres, mêlées de nombreuses bractées d'un rouge violacé. Lorsqu'on les froisse, les feuilles et surtout les sommités fleuries dégagent une odeur aromatique très agréable.

Coquelicot

Papaver rhoeas

FAMILLE DES PAPAVÉRACÉES

Ses composés actifs :
Mucilage, tanins, alcaloïdes (dont la rhœadine et la papavérine). La fleur doit sa couleur à des anthocyanosides. Les graines contiennent une huile grasse.

PRINCIPALES VERTUS
- ★ Antitussif
- ★ Calmant
- ★ Aide à l'endormissement

PARTIES UTILISÉES
- ★ Fleurs, feuilles

Déjà cité par Dioscoride, le coquelicot possède un glorieux passé, puisqu'il était considéré, à la Renaissance, comme un remède spécifique de la pleurésie. Plus près de nous, Chomel le prescrivait « *comme un sudorifique plus efficace que le sang de bouc, la fiente de mule et les autres qu'on vante tant* ». Nous le croirons sur parole ! La médecine populaire l'utilisait encore il y a peu de temps dans les rhumatismes, les coliques et comme sudorifique conseillé après chaque saignée. Elle l'employait aussi dans les toux sèches, les catarrhes pulmonaires, les bronchites, les angines et les coqueluches, et c'est pour ces usages qu'il est encore prescrit de nos jours.

Apaisant coquelicot

- Très adoucissant, le coquelicot **apaise la toux**.
- De plus, jouissant de propriétés **calmantes et même légèrement narcotiques,** il est précieux pour lutter contre les accès de nervosité et d'insomnie chez les enfants ou les personnes âgées, surtout lorsque cette dernière est due à des quintes de toux.
- En usage externe, on utilise parfois la fleur de coquelicot **contre les maux d'yeux et les abcès dentaires**, et la capsule en gargarismes calmants en remplacement de la capsule de pavot.

Le coquelicot entre dans la fameuse « **tisane des quatre fleurs pectorales** » (qui, d'ailleurs, est composée non pas de quatre, mais de sept fleurs).

AUTRES USAGES : Les jeunes feuilles de coquelicot sont traditionnellement consommées en salade ou cuites à l'eau bouillante dans toute la région méditerranéenne. Des petites graines brunes, les Romains extrayaient une huile alimentaire.

AUTRES ESPÈCES : Plusieurs espèces proches, souvent confondues avec le coquelicot, ont les mêmes usages que ce dernier. En revanche, le pavot officinal, ou pavot à opium (*Papaver somniferum*) reconnaissable à ses fleurs rose pâle, contient des alcaloïdes connus dont les puissantes propriétés narcotiques, analgésiques et antispasmodiques (morphine, codéine, etc.), sont connues depuis 3 000 ans. Cette plante **toxique**, qui ne peut être utilisée que sur avis médical, entre en outre dans le cadre de la législation sur les stupéfiants.

COMMENT L'UTILISER

- **INTERNE : En infusion.** 15 g de fleurs séchées par litre d'eau, qu'on peut encore adoucir en sucrant avec du miel. Prendre 3 tasses par jour. Contre la nervosité et les insomnies.

Sirop. Verser un litre d'eau bouillante sur 400 g de fleurs fraîches. Couvrir et laisser macérer toute la nuit. Passer, ajouter 1,5 kg de sucre et faire cuire jusqu'à l'obtention d'un sirop. Contre la toux.

Conserve. Piler des fleurs fraîches avec le double de leur poids de sucre, de façon à obtenir une sorte de pâte. En officine, on prépare aussi des pastilles de coquelicot et on fait entrer la plante dans diverses préparations.

- **EXTERNE : Cataplasmes** chauds et calmants de fleurs infusées. Appliquer sur les paupières enflammées ou sur la joue en cas d'abcès dentaire.

Description

Jolie plante annuelle, qui redevient commune après avoir failli être éliminée par l'emploi massif d'herbicides par l'agriculture « conventionnelle ». Originaire du Moyen-Orient, le coquelicot s'est propagé avec les autres plantes messicoles (littéralement qui « habitent dans les moissons ») associées aux cultures de céréales. Ses feuilles découpées et velues forment au printemps de belles rosettes, d'où jallit une tige grêle portant de grandes fleurs écarlates à quatre pétales vite caducs, entourant un cœur d'étamines noires où se niche un pistil globuleux. Les pétales deviennent lie-de-vin avec la dessiccation.

Pin sylvestre

Pinus sylvestris

FAMILLE DES PINACÉES

Ses composés actifs :
Feuilles et bourgeons : essence aromatique riche en alpha-pinène et bêta-pinène, en limonène, en carène et en acétate de bornyle.
Sève : résine, principe amer.

COMMENT L'UTILISER

• **INTERNE : En infusion.** Faire infuser pendant une heure 25 à 40 g de bourgeons par litre d'eau. Sucrer fortement, car la tisane est amère. Contre les affections respiratoires.
Sirop. Faire macérer 60 g de bourgeons, pendant une heure, avec 50 g d'eau-de-vie. Verser ensuite un litre d'eau bouillante sur le tout. Laisser macérer de nouveau pendant 6 heures. Ajouter alors le même poids de sucre, après avoir filtré, et cuire au bain-marie jusqu'à l'obtention du sirop. Prendre 4 ou 5 cuillerées à soupe par jour. Contre les affections respiratoires.
• **EXTERNE : En décoction.** 60 g par litre d'eau. S'utilise en injections vaginales, en inhalations ou en lotion sur les peaux rouges congestionnées ou irritées (on peut aussi employer une décoction d'aiguilles).

En Allemagne, on préparait avec les aiguilles une « laine des forêts » (*Waldwolle*), jadis renommée pour faire des matelas aux rhumatisants. On faisait aussi bouillir les aiguilles dans de l'eau alcaline, dont on retirait ensuite l'« huile essentielle de bois ». Celle-ci était utilisée en bains contre la goutte et les rhumatismes. On préparait aussi un « sirop balsamique d'aiguilles de pin ».

PRINCIPALES VERTUS

★ Antibactérien
★ Contre les affections respiratoires
★ Diurétique
★ Antirhumatismal
★ Dynamisant
★ Antidouleur

PARTIES UTILISÉES

★ Bourgeons, sève, feuilles

Remède des rhumes et des affections bronchiques

• Les bourgeons de pin ont des propriétés **antiseptiques et expectorantes avérées**. Ils sont employés dans le traitement des maladies des voies respiratoires : bronchites, grippe, rhumes rebelles et affections pulmonaires chroniques.
• On leur reconnaît aussi une action **excitante et diurétique**, et leur usage s'étend au traitement des inflammations de la vessie, de la leucorrhée et des maladies de peau.
• Les bourgeons de pin sont aussi indiqués en antirhumatismal, pour **soulager les douleurs articulaires**, et en cas de goutte.
• Ils sont également employés pour leurs propriétés **toniques et dynamisantes**, notamment au niveau sexuel.
• L'huile essentielle distillée des feuilles ou de la résine (connue aussi sous le nom d'huile essentielle de térébenthine) possède une **activité antibactérienne** et stimule les sécrétions bronchiques. Elle est **décongestionnante** dans les affections respiratoires.
• En usage externe, le pin est mis à profit **contre les névralgies diverses**, les douleurs rhumatismales et les douleurs musculaires. L'huile essentielle active la circulation et se révèle donc bénéfique en cas **d'insuffisance veineuse** (jambes lourdes, varices, hémorroïdes).

Description

Conifère de taille variable (jusqu'à 30 m) selon la nature du sol et le climat, surtout fréquent dans les montagnes. On le rencontre dans toute l'Europe et dans le nord de l'Asie. Son tronc à l'écorce écailleuse prend vers le haut une teinte orange caractéristique. Les courtes feuilles rigides, d'un vert bleuté, sont réunies pas deux dans un petit étui à leur base. Les fleurs mâles sont réunies en courts chatons jaunâtres. Les fleurs femelles forment de petits cônes gris à écailles ligneuses. La médecine utilise les bourgeons foliaires, appelés à tort « bourgeons de sapin ».

TOXICITÉ

Prise par voie interne, l'huile essentielle de pin est toxique à dose trop élevée. Elle est contre-indiquée dans la coqueluche. Elle peut aussi irriter la peau et les muqueuses.

Psyllium

Plantago afra

FAMILLE DES PLANTAGINACÉES

Ses composés actifs :
Psyllium (graines) : beaucoup de mucilage et de fibres, glucides, acides gras insaturés, stérols, iridoïdes, alcaloïdes (traces)

PRINCIPALES VERTUS

★ Laxatif mécanique (psyllium)
★ Adoucissant
★ Anti-inflammatoire

PARTIES UTILISÉES

★ Graines, feuilles, suc

Les graines du psyllium sont renommées comme laxatives depuis l'Antiquité. Elles étaient déjà utilisées par les médecins égyptiens pour cet usage, ainsi que contre les inflammations des voies urinaires.

Utiles mucilages

• Les graines du psyllium sont employées comme laxatif mécanique **contre la constipation**, en l'absence de maladie inflammatoire, de diabète ou de risque d'occlusion intestinale. En effet, leur mucilage gonfle dans l'intestin, augmentant le volume des selles et les ramollissant. Adoucissantes, elles sont utiles en cas **d'irritations intestinales ou de colites**. En amollissant les selles, les mucilages **soulagent les hémorroïdes**.
• On utilise aussi les graines pour **réguler le transit intestinal**, en cas de diarrhée. Le mucilage élimine les toxines présentes dans le gros intestin.
• On emploie aussi le psyllium **contre les inflammations de la muqueuse buccale** et les affections respiratoires.
• Il **soigne les irritations de la peau** et des yeux (en collyre), ainsi que les furoncles. Il fait, dans une certaine mesure, baisser le taux de cholestérol sanguin.

AUTRES ESPÈCES : Le plantain des sables (*Plantago arenaria*) fournit le psyllium noir, aussi estimé que le psyllium vrai. Le psyllium bond (*P. ovata*), appelé aussi ispaghul ou plantain des Indes en raison de son origine géographique, présente les mêmes propriétés laxatives.
Quant au grand plantain (*P. major*) et au plantain lancéolé (*P. lanceolata*), Dioscoride les préconisait déjà pour soigner les dermatoses. Ainsi ont-ils ont une action surtout centrée sur la peau et les muqueuses. Adoucissant, il soulage les gorges irritées. Anti-inflammatoire, il soulage, en compresse ou en collyre, les irritations des yeux. Les feuilles écrasées calment les piqûres d'insectes ou d'ortie, désinfectent les petites blessures et contribuent à leur cicatrisation. Les graines de plantain peuvent aussi, comme celles du psyllium, être utiles en cas de diarrhée, et servir de laxatif doux. Le plantain favorise aussi l'élimination rénale de l'acide urique.

COMMENT L'UTILISER

• **INTERNE.** 3 à 10 g de graines dans 5 à 10 cl d'eau, 3 fois par jour (soit 10 à 30 g par jour). En cas de constipation.
En cas de diarrhée, augmenter la dose journalière jusqu'à 40 g par jour. À la dose de 10 à 20 g par jour, pour réduire le cholestérol et la glycémie.
Bien penser à boire suffisamment.

Description

Plante vivace de 10 à 50 cm de hauteur, vivant dans les lieux pierreux ou sablonneux du midi de la France. On la rencontre dans la région méditerranéenne (Espagne, Italie), ainsi qu'en Suisse et en Autriche. Ses tiges herbacées portent de petites feuilles opposées, linéaires, et des fleurs minuscules groupées en têtes ovoïdes sur de longs pédoncules axillaires. Chaque fleur donne une petite capsule contenant deux graines allongées.

Peuplier noir

Populus nigra

FAMILLE DES SALICACÉES

Ses composés actifs :
Bourgeons, écorce des jeunes rameaux : glucosides phénoliques (dont la salicine), acides gras, flavonoïdes, tanins, salicylates, une essence aromatique riche en alpha- et bêta-caryophyllène.

PRINCIPALES VERTUS

★ Diurétique
★ Antirhumatismal
★ En cas d'infection bactérienne
★ En cas d'hémorroïdes
★ Cicatrisant

PARTIES UTILISÉES

★ Bourgeons, écorce

Pendant longtemps, avec un peu de feuilles de belladone, de jusquiame, de morelle et de pavot, les bourgeons de peuplier ont fait la gloire de l'« onguent populeum », célébré en 1538 par l'apothicaire-poète Thibault Lespleigney. Cette pommade calmante était jadis extrêmement employée, en particulier contre les hémorroïdes et les douleurs rhumatismales. Les bourgeons de peuplier sont cependant son seul composant à ne pas être une plante dangereuse !

Super bourgeons

• On utilise principalement les bourgeons du peuplier. Doués de propriétés **diurétiques et antirhumatismales** (augmentation du volume des urines et élimination de l'acide urique), ils sont aussi sédatifs des douleurs articulaires. Leur usage est bénéfique **dans les courbatures musculaires** consécutives à un effort sportif.
• **Expectorants et antiseptiques**, ils sont utiles contre la toux et les encombrements des bronches. Leur résine, proche de la propolis des ruches aux vertus antibiotiques avérées, est active sur les infections bactériennes et les mycoses.
• En externe, les bourgeons de peuplier sont employés dans le **traitement des blessures superficielles**. Ils ont grande réputation pour **guérir les hémorroïdes**, et leur pouvoir cicatrisant s'étend à toutes les **gerçures, engelures et crevasses**.
• Le charbon végétal obtenu par la combustion du peuplier est efficace pour **absorber les gaz intestinaux**.
• L'écorce des jeunes rameaux de 2 à 3 ans possède des propriétés **astringentes, toniques et fébrifuges**.

AUTRE ESPÈCE : L'écorce du peuplier tremble (*Populus tremula*), qui renferme plus de saliciline et de populine que le peuplier noir, possède les mêmes propriétés fébrifuges et anti-inflammatoires que le saule. Elle est prescrite contre les douleurs rhumatismales et pour combattre la fièvre.

COMMENT L'UTILISER

• **INTERNE : En infusion.** 15 à 30 g de bourgeons par litre d'eau bouillante ou de vin sucré. Laisser infuser une demi-heure et prendre 3 verres par jour. Contre rhumatismes et courbatures.
Le **charbon de peuplier** s'utilise à la dose de 2 g par jour, contre les fermentations intestinales.
• **EXTERNE : Macération** de 100 g de bourgeons concassés dans un litre d'eau-de-vie. Attendre au moins un mois avant l'emploi. S'utilise en frictions contre les douleurs articulaires ou musculaires.
Huile. Faire cuire une heure ou deux, au bain-marie bouillant, 200 g de bourgeons concassés dans un demi-litre d'huile d'olive. Filtrer. En onctions contre les blessures et les crevasses.

Description

Arbre commun au bord des rivières et dans les lieux humides de toutes nos régions, qui atteint 25 m de hauteur. Il est fréquemment cultivé, en particulier la forme fastigiée, connue sous le nom de « peuplier d'Italie ». Son tronc présente une écorce crevassée. Ses larges feuilles, presque triangulaires, sont luisantes sur leurs deux faces. Les bourgeons se couvrent d'une substance résineuse jaune qui dégage un profond parfum balsamique. Les fleurs, disposées en chatons, sont de couleur rougeâtre pour les mâles, verte pour les femelles. Ces dernières donnent des graines munies d'un duvet cotonneux.

Potentille ansérine

Potentilla anserina

FAMILLE DES ROSACÉES

Ses composés actifs :
Beaucoup de tanins hydrolysables et condensés

Au XVIe siècle, l'agronome Olivier de Serres recommandait déjà la « tourmentille », comme il l'appelait, contre « *les tourments des dents* ».

Puissamment astringente

- Les racines sont utilisées pour leurs vertus **astringentes** et stomachiques. On s'en sert surtout, en usage interne, **contre les diarrhées bénignes et les leucorrhées**.
- Elles sont employées en bains de bouche contre les inflammations de la cavité buccale **(aphtes, gingivites)**, en gargarismes contre celles de la gorge, en lotions sur les ulcères cutanés.
- Les feuilles connaissent les mêmes usages que les racines.
- La potentille est parfois utilisée pour apaiser les douleurs des règles.

COMMENT L'UTILISER

• **INTERNE : En décoction.** 20 g de racines par litre d'eau. Prendre 3 tasses par jour contre les diarrhées.
Vin. 70 g de racine concassée, à laisser macérer 8 jours dans un litre de banyuls ou de muscat. Prendre 1 ou 2 verres à porto par jour, contre la diarrhée. Ne pas utiliser d'ustensile en fer, qui réagit avec les tanins.

• **EXTERNE : En décoction.** 30 à 60 g par litre pour des lotions, des gargarismes, des injections, des lavements, des compresses sur les ulcères.
Poudre de racine séchée. L'un des meilleurs remèdes pour raffermir les gencives et éviter le déchaussement des dents. On peut l'employer sur la brosse, à la manière d'un dentifrice, ou la faire macérer dans du vin fort et frictionner les gencives enflammées avec ce mélange.

AUTRES USAGES : Les racines de la potentille ansérine portent des renflements charnus riches en amidon. Nutritifs, mais astringents, ils ont parfois été consommés. Une fois cuits, leur saveur, qui rappelle celle du panais, n'est pas désagréable. Les Amérindiens du Canada consommaient la potentille ansérine comme légume. Il semble même qu'ils l'utilisaient comme monnaie d'échange pour des denrées moins communes. La plante était également consommée par des peuples de Sibérie (les Iakoutes et les Toungouses).

PRINCIPALES VERTUS

★ Astringente
★ Stomachique
★ Antidiarrhéique
★ Contre les inflammations buccales

PARTIES UTILISÉES

★ Racines, feuilles

AUTRES ESPÈCES : On utilise aux mêmes fins médicinales les racines d'autres potentilles, toutes très riches en tanins : la potentille rampante (*Potentilla reptans*), qui ressemble à la potentille ansérine, la potentille printanière (*P. verna*) et la tormentille (*P. tormentilla*), ou tormentille droite. L'extrait de racine de tormentille a été cliniquement testé avec succès pour le traitement des infections à rotavirus chez l'enfant.

LE SAVIEZ-VOUS ? *Potentilla* vient du latin *potens*, qui veut dire « puissant », par allusion aux propriétés médicinales (réelles, mais quelque peu surfaites) de ces plantes.

Description

Plante vivace haute de 20 à 40 cm, commune dans les fossés et les prés humides, au long des chemins dans la plupart de nos régions. On la rencontre dans presque tout l'hémisphère nord. La potentille ansérine couvre le sol d'un tapis d'argent finement découpé. Ses feuilles divisées en nombreuses folioles allongées et bordées de dents aiguës sont vêtues de longs poils soyeux. Les fleurs à cinq pétales parsèment d'or le feuillage. La tige rampante ancre ses racines adventives aux points d'insertion des feuilles et s'étire en longs stolons.

Primevère

Primula veris

FAMILLE DES PRIMULACÉES

Ses composés actifs :
Flavonoïdes (dont la gossypétine), saponosides triterpéniques, hétérosides phénoliques. Racine : huile essentielle

PRINCIPALES VERTUS

- ★ Expectorante
- ★ Contre les inflammations aiguës des voies respiratoires
- ★ Sédative, antispasmodique, anti-inflammatoire

PARTIES UTILISÉES

- ★ Racine, feuilles, fleurs, suc

Selon une tradition médicale antique, on a longtemps considéré la primevère comme le remède de la paralysie. Selon Chomel, médecin de Louis XV, cette « herbe à la paralysie » guérissait surtout « *la paralysie de la langue et le bégaiement* ». Pour Linné, les « *fleurs sont sédatives, calment la douleur et provoquent le sommeil* », propriétés qui furent mises à profit plus tard dans l'hystérie, l'apoplexie, les maux de tête, les vertiges, l'insomnie et les spasmes de l'estomac.

Libérer les voies respiratoires

• Grâce à ses saponosides, la racine augmente les sécrétions salivaires et bronchiques et fluidifie ces dernières. Elle **favorise donc l'expectoration**. Elle est recommandée dans la bronchite, la pneumonie, les toux chroniques grasses et la coqueluche. On la préconise pour traiter les inflammations aiguës des voies respiratoires. On l'emploie parfois contre les rhumatismes.

• Les feuilles possèdent des **propriétés semblables**, mais moins puissantes.

• Les fleurs sont **antispasmodiques, sédatives et anti-inflammatoires**. On les emploie contre les insomnies des enfants, l'asthme et les allergies.

• En usage local, la primevère est employée comme **apaisant et cicatrisant des problèmes de peau** (ecchymoses, coups de soleil ou boutons) ou en bain de bouche, pour l'hygiène buccale.

AUTRES USAGES : Les fleurs et les toutes jeunes feuilles de primevère sont comestibles. Les fleurs apportent une jolie touche de couleur aux salades et aux desserts. Elles peuvent servir à réaliser un vin de fleurs.

COMMENT L'UTILISER

• **INTERNE : Infusion de fleurs.** On l'utilise contre la migraine, l'insomnie, la toux et les douleurs. D'un beau jaune d'or, elle répand un parfum agréable et sa saveur est délicieuse (infusée dans du vin, la fleur de primevère lui donne du bouquet s'il en est dépourvu). On la prépare avec 4 à 6 g de fleurs par tasse d'eau bouillante. Infuser 10 minutes et prendre 3 tasses par jour, dont une au coucher.

Décoction de racine. Préparer 30 g de racine par litre d'eau. Laisser bouillir 5 minutes et infuser 10 minutes. Prendre 3 tasses par jour, entre les repas. Pour favoriser l'expectoration.

• **EXTERNE : Décoction forte de racine.** Prendre 100 g par litre d'eau, et laisser bouillir 20 minutes. En compresses contre les ecchymoses.

Suc de la plante broyée sur les articulations douloureuses à cause de la goutte et sur les piqûres des bêtes venimeuses.

Description

Plante vivace fréquente dans les prés, les pâturages, les haies et les lisières. On la rencontre en Europe et en Asie.

Elle étale sur le sol en rosette dense ses feuilles vert clair, obtuses au sommet, à la surface typiquement gaufrée. Du centre de la rosette sort une tige unique de 20 cm de hauteur environ, qui se couronne dès les premiers beaux jours du printemps d'une ombelle de fleurs jaune d'or munies de cinq taches orange à la base des pétales. Les fleurs exhalent une odeur suave. Les racines dégagent au froissement un net parfum anisé.

TOXICITÉ

Prises en excès, les racines de primevère peuvent provoquer des nausées, des vomissements et des diarrhées.

Cerisier

Prunus avium

FAMILLE DES ROSACÉES

Ses composés actifs :
Pédoncules (queues de cerise) : tanins, glucoside d'isoflavone, phénols (acide salicylique en particulier).
Cerises : riche en acides organiques et en vitamines.

PRINCIPALES VERTUS

- ★ Désaltérant
- ★ Laxatif léger
- ★ Diurétique (queues de cerise)

PARTIES UTILISÉES

- ★ Feuilles, fruits, pédoncules

On a employé autrefois l'écorce de cerisier pour faire tomber la fièvre ou contre la goutte. La gomme qui sourd du tronc et des branches était considérée comme un bon remède de l'arthrite. Dissoute dans l'eau, elle donnait une lotion donnée pour efficace contre les dartres.

Délicieuse autant que bénéfique

• Très **rafraîchissante**, la cerise **désaltère à merveille**, et cette propriété est d'ailleurs utilisée dans le sirop de cerises.

• La cerise est recommandée aux personnes en surpoids ou obèses, ainsi qu'en cas d'hypertension, de goutte ou de rhumatismes.

• Légèrement **laxative**, elle est **utile en cas de constipation**. Elle est toutefois déconseillée en cas d'entérite. En outre, elle a du mal à passer chez certaines personnes souffrant de difficultés digestives. Les diabétiques peuvent se permettre d'en manger en quantité modérée.

• Les cerises renferment des **actifs antioxydants**, les variétés acides plus encore que les douces.

• Les pédoncules des fruits, dits « queues de cerise », sont depuis longtemps utilisés **comme diurétique** en cas de cystite, de néphrite ou de problèmes arthritiques.

TOXICITÉ

Les noyaux des cerises, comme les amandes de l'abricotier ou de l'amandier, contiennent un hétéroside cyanogénétique, libérant par hydrolyse de l'acide cyanhydrique. Elles sont, de ce fait, toxiques.

AUTRES USAGES : Le coussin de noyaux de cerise est un remède traditionnel suisse. Lorsqu'on chauffe le coussin, les noyaux de cerises secs accumulent cette chaleur, pour la restituer aux parties douloureuses du corps. Il peut ainsi servir à calmer les maux de ventre, les coliques chez les nourrissons, ou encore les cervicales en cas de torticolis.

VARIÉTÉS : Le cerisier se décline en de nombreuses variétés. Les guignes, précoces et dont on fait le kirsch, ont une chair moins ferme que les bigarreaux. Cette dernière appellation (qui provient de l'aspect bigarré de leur chair) recouvre des variétés très diverses : Burlat, Napoléon, Cœur de pigeon, etc. Le merisier, ou cerisier des oiseaux, n'est autre que la forme sauvage du cerisier.

AUTRE ESPÈCE : Le cerisier acide ou griottier *(Prunus cerasus)* produit les griottes, dont les queues en infusion sont diurétiques. De la variété 'Marasca' (les marasques), on fait le marasquin.

COMMENT L'UTILISER

• **INTERNE : Cure de cerises,** utilisée contre le surpoids ou l'arthritisme. Elle consiste à remplacer les repas par une livre de cerises pendant quelques jours de suite ou encore un jour par semaine durant la saison.

Sirop de cerises. Mélanger 1 250 à 1 500 g de sucre à 1 kg de jus de cerise et chauffer jusqu'à ébullition. Le sirop est ensuite filtré et conservé en bouteille : coupé d'eau, c'est la boisson idéale des jours de canicule. Il étanche aussi fort bien la soif des maladies fébriles.

Décoction de queues de cerise. Faire tremper 12 h à l'eau froide, pour les ramollir, 220 g de queues, puis les faire bouillir 10 minutes dans un litre d'eau. Boire l'infusion sur 1 ou 2 jours. On peut parfumer cette tisane : la verser bouillante sur 250 g de cerises fraîches ou récemment séchées, ou sur le même poids de pommes en rondelles. Laisser infuser 20 nouvelles minutes et filtrer.

Description

Cet arbre bien connu, cultivé dans tous les pays tempérés, peut atteindre 8 m de hauteur. Il est originaire d'Asie occidentale. Il porte des feuilles oblongues et dentées, vert foncé. Ses fleurs blanches, à cinq pétales, sont groupées en bouquets de trois à dix. Le fruit, juteux, aromatique et sucré, se prête à diverses préparations.

Amandier

Prunus dulcis (=Amygdalus communis)

FAMILLE DES ROSACÉES

Ses composés actifs :

Amandes : huile grasse, riche en acides oléique et linoléique. La variété amère (var. *amara*) contient en outre un hétéroside cyanogénétique, l'amygdaloside.

Il y a plus de 3 000 ans, l'amandier était déjà apprécié des anciens Égyptiens pour les propriétés cosmétiques, adoucissantes et hydratantes de l'huile d'amande douce.

TOXICITÉ

L'amygdaloside libère par hydrolyse de l'acide cyanhydrique, extrêmement toxique. Celui-ci inhibe certains ferments respiratoires et peut provoquer la mort par asphyxie.

Le roi des adoucissants

• Les feuilles de l'amandier **calment la toux**. Il en est de même des coques qui, en décoction, fournissent une tisane pectorale calmante et fort agréable, très indiquée dans la coqueluche.

• L'huile d'amande douce est un **excellent laxatif pour le nouveau-né**.

• **Très adoucissante**, elle est aussi à la base de nombreux produits de beauté.

• La pâte d'amande amère remplace le savon **pour l'eczéma des mains**. Elle est réputée effacer les taches de rousseur.

• La consommation d'amandes, qui renferment des acides gras monoinsaturés, **contribue à réduire le taux de cholestérol**. Grâce à leur composés antioxydants, elles réduisent le risque cardiovasculaire et auraient des vertus anticancéreuses.

• En outre, riches en protéines, vitamines et minéraux, elles sont très **nutritives** et, grâce à leur teneur en fibres, sont **bénéfiques pour le transit**.

AUTRES USAGES : L'amande douce sert à la préparation du délicieux sirop d'orgeat, rafraîchissant et calmant. L'huile d'amande amère, extraite industriellement, est utilisée comme arôme alimentaire.

LE SAVIEZ-VOUS ? Une légende grecque raconte que la princesse Phyllis, s'étant donné la mort par désespoir amoureux, fut changée en amandier au tronc nu. Lorsque le bourreau de son coeur, Démophon, fils de Thésée, vint enlacer l'arbre, celui-ci se couvrit de fleurs et de feuilles…

PRINCIPALES VERTUS

★ Adoucissant
★ Laxatif pour les bébés
★ Pour la beauté de la peau
★ Hypocholestérolémiant
★ Nutritive, reminéralisante

PARTIES UTILISÉES

★ Racines, feuilles, plante entière

Description

C'est un arbuste élégant, originaire d'Asie occidentale et centrale. Ses feuilles sont oblongues et dentées. Ses fleurs, blanches ou rosées, souvent exposées à la gelée en raison de leur épanouissement précoce (février) donnent des drupes à pulpe sèche, à peau vert clair, veloutée, dont les amandes, connues de tous, peuvent être douces ou amères.

COMMENT L'UTILISER

• **INTERNE : En infusion.** Une petite cuillerée à soupe de feuilles par tasse. Laisser infuser 10 minutes et prendre 4 tasses par jour entre les repas. Contre la toux.

En décoction. 50 g de coques, bouillies 20 minutes dans un litre d'eau. Boire dans la journée aux mêmes fins.

Sirop d'orgeat. Réduire en pâte fine 500 g d'amandes douces et 150 g d'amandes amères mondées, tout en ajoutant 125 g d'eau froide et 750 g de sucre. Délayer la pâte obtenue avec 1,5 litre d'eau froide et passer en exprimant. Ajouter 2,5 kg de sucre et faire fondre au bain-marie. Lorsque le sucre est bien dissous, parfumer avec 250 g d'eau de fleur d'oranger.

• **EXTERNE : Lait d'amande**. Tremper 100 g d'amandes douces dans l'eau tiède pour enlever leur peau, les piler avec un peu d'eau froide. Faire dissoudre 100 g de sucre dans 2 litres d'eau et passer l'ensemble au tamis. Souverain pour la beauté et la douceur de la peau et contre les démangeaisons cutanées.

Gargarismes. Avec de l'huile d'amande douce fortement sucrée, quand on a avalé une arête ou une esquille d'os, pour calmer la douleur et éviter l'ulcération.

Prunellier

Prunus spinosa

FAMILLE DES ROSACÉES

Ses composés actifs :
Écorce : riche en tanins. Fleurs : hétéroside cyanogénétique (produit par hydrolyse de l'acide cyanhydrique et de l'aldéhyde benzoïque, à odeur d'amande amère). Fruits : tanins, acides organiques, anthocyanosides et vitamines.

PRINCIPALES VERTUS

★ Antipyrétique
★ Laxatif léger
★ Antidiarrhéique
★ Dépuratif

PARTIES UTILISÉES

★ Écorce, fleurs, fruits (prunelles)

On utilisait jadis toutes les parties de cet arbuste pour l'usage médical. L'écorce contient beaucoup de tanins et est très astringente : on l'employait comme fébrifuge. Les fleurs, qui ont un goût d'amandes amères, étaient préconisées par Murray comme laxatives. Mais on les utilisait aussi comme calmantes, diurétiques et dépuratives, et elles jouissaient d'une certaine renommée dans le traitement des maladies séreuses, dont elles aidaient à évacuer les liquides.

À chaque partie ses vertus

• L'écorce peut être utilisée **contre la fièvre excessive**.
• Les fleurs possèdent de **légères vertus laxatives**. Elles sont aussi expectorantes, toniques, diurétiques et sudorifiques, ce qui leur confère des propriétés **détoxifiantes**.
•Les feuilles sont indiquées pour **apaiser les inflammations de la zone ORL** (angines, laryngites). Elles sont, ainsi que les fleurs, antispasmodiques et anti-inflammatoires.
• Les fruits cueillis avant maturité complète sont fortement astringents et de ce fait indiqués pour **arrêter la diarrhée**. Leur jus frais, employé en gargarismes, apaise les **inflammations de la muqueuse buccale** (aphtes, gingivites) et de la gorge (angine).

AUTRES USAGES : Une excellente manière d'utiliser et de conserver les prunelles est de les préparer en saumure, pratique traditionnelle dans nos campagnes. Il suffit de les recouvrir d'eau salée, dans un bocal, et de les garder à température ambiante. Une fermentation lactique se déclenche, de même type que dans la choucroute et, au bout de trois semaines, les prunelles se mangent comme les olives. Elles sont salées, acidulées et très aromatiques, sans la moindre âpreté. Sur l'arbre, les prunelles s'adoucissent quand les gelées arrivent. On peut alors en faire des confitures, des compotes, des tartes ou encore des sirops. Les prunelles sont parfois distillées en un alcool parfumé, particulièrement prisé en Roumanie et dans les pays de l'ex-Yougoslavie. Les fleurs de prunellier parfument les liqueurs, auxquelles elles communiquent un léger parfum d'amande amère.

COMMENT L'UTILISER

• **INTERNE : En décoction.** 30 à 60 g d'écorce par litre d'eau. Laisser bouillir un quart d'heure et boire un demi-litre en 24 heures. Contre la fièvre.
En infusion. 60 à 80 g de fleurs par litre d'eau. Prendre 2 tasses par jour entre les repas. Comme laxatif doux.
Décoction de prunelles. 50 g de fruits frais ou séchés par litre d'eau. Laisser bouillir quelques minutes. Boire dans la journée jusqu'à l'arrêt de la diarrhée.

Très astringentes, les prunelles peuvent être employées contre la diarrhée.

Description

Arbrisseau buissonnant très épineux dont la taille varie de 50 cm à 2 m de hauteur, très commun dans les haies, les lisières et les sols incultes. On le rencontre en Europe, en Asie occidentale et en Afrique du Nord. Le prunellier est parfois utilisé pour faire des haies défensives. Il possède de petites feuilles dentées et des fleurs blanches en bouquets, à cinq pétales. Ses fruits, les prunelles, gros comme des billes et d'un noir bleuâtre à maturité, renferment une pulpe d'un goût âpre, à la fois acide et astringente.

Grenadier

Punica granatum

FAMILLE DES PUNICACÉES

Ses composés actifs :

Écorces : alcaloïdes pipéridiniques (dont la pelletiérine et l'isopelletiérine), tanins ellagiques, triterpènes

COMMENT L'UTILISER

• **INTERNE : Infusion de fleurs.** 15 à 30 g par litre d'eau. Laisser infuser 10 minutes et prendre une tasse toutes les heures. Contre les diarrhées.

L'écorce de racine était généralement utilisée contre les parasites intestinaux sous forme d'extrait actif pharmaceutique : la « pelletiérine Tanret », mais cet usage est abandonné à cause de sa toxicité.

Décoction de racine, Cette préparation au goût franchement détestable est également à déconseiller, en raison des alcaloïdes présents dans l'écorce de la racine.

Décoction d'écorce du fruit. On la dose à 30 g par litre d'eau. Comme vermifuge, et uniquement après un avis médical.

• **EXTERNE : Infusion concentrée de fleurs.** En injections contre les pertes blanches.

Décoction d'écorce de racine. En lavements contre les ascaris.

Les littératures grecque, arabe et hébraïque nous indiquent que le grenadier est très anciennement connu. Il semble que les Égyptiens aient été les premiers à l'employer comme vermifuge. L'écorce de la racine était utilisée comme tel dans l'Hindoustan et, chez les Grecs, dès l'époque de Dioscoride (Ier siècle après J.-C.). Tombée en désuétude en Europe, ce fut l'anglais Francis Buchanan qui, en 1807, la remit en usage, après avoir eu connaissance de son succès en Inde contre les ténias.

PRINCIPALES VERTUS

★ Astringent
★ Antidiarrhéique
★ Antihémorragique
★ Anti-leucorrhéique
★ Vermifuge

PARTIES UTILISÉES

★ Fleurs, fruit, écorces du fruit et de la racine

Astringent et vermifuge

• Les fleurs (appelées balaustes) sont astringentes. Elles donnent de bons résultats dans **la diarrhée chronique, les douleurs abdominales, la leucorrhée, les hémorragies**.

• L'écorce de la racine est **un vermifuge très efficace**, mais présentant un risque élever de toxicité. On l'interdit formellement aux enfants, aux femmes enceintes et à celles qui allaitent. Globalement à éviter !

•L'écorce du fruit est un vermifuge aussi, mais uniquement contre les ascaris.

• La grenade est aussi employée **comme fortifiant** en cas de fatigue.

• En application locale, le grenadier est bénéfique **contre les problèmes de peau** tels l'acné, les inflammations cutanées, etc.

AUTRES USAGES : Le jus provenant de la pulpe de grenade pressée servait traditionnellement à faire le fameux sirop de grenadine, aujourd'hui fabriqué à base de jus concentré de fruits rouges divers (sauf de grenade !) et d'arômes. L'écorce de grenade servait quant à elle à confectionner un pigment noir employé pour faire des encres ou teindre les laines tissées pour faire des tapis.

Description

Élégant arbuste originaire d'Asie occidentale, cultivé dans tous les pays à climat chaud et sec. Son tronc, souvent tordu et rabougri, porte de petites feuilles pointues et luisantes et des fleurs en forme de cloche d'un beau rouge-orangé lumineux. Gros comme une orange, le fruit (la grenade), contient des graines entourées d'une pulpe grenat, doucement acidulée et très rafraîchissante.

TOXICITÉ

Les alcaloïdes du grenadier possèdent une toxicité certaine. Ils sont plus concentrés dans l'écorce de racine, à éviter en interne.

Chêne pédonculé

Quercus robur

FAMILLE DES FAGACÉES

Ses composés actifs :
Tanins galliques, ellagiques et catéchiques en grande quantité.

Porteur du gui, plante sacrée des druides, le chêne était l'objet d'une grande vénération, et c'est sous son ombre que se déroulaient les cultes. Mais il avait aussi un rôle thérapeutique : son écorce, énergique astringent en raison du tanin qu'elle contient, était utilisée déjà contre les fièvres et comme tonique du tube digestif. Les glands s'employaient dans le rachitisme et les états scrofuleux, dans les coliques. À la suite des Gaulois, les médecins du Moyen Âge et de la Renaissance continuèrent à ordonner le chêne pour les mêmes usages.

Propriétés taniques

• On utilise l'écorce, **très astringente en raison de ses tanins**, en externe contre la leucorrhée, les fissures anales, les hémorroïdes et, en gargarismes, contre les angines.

• Elle apaise les aphtes et les gingivites, et est utile **dans les problèmes de peau** : démangeaisons, petites plaies, infections… Elle combat **la transpiration excessive des pieds**.

• En interne **contre les diarrhées et la dysenterie**, on préconise d'employer les feuilles, qui contiennent moins de tanins que l'écorce. Il vaut mieux réserver celle-ci à l'usage externe (voir toxicité).

PRINCIPALES VERTUS

★ Astringent
★ Antidiarrhéique

PARTIES UTILISÉES

★ Feuilles, fruits (glands), écorce

TOXICITÉ

L'utilisation interne de l'écorce ou des galles de chêne peut entraîner de la constipation si elle est mal utilisée ou trop longtemps. Mieux vaut donc l'éviter.

AUTRES USAGES : Cuits dans plusieurs eaux, les glands étaient jadis consommés en Europe. Torréfiés, ils ont souvent servi à faire un succédané de café, excellent pour l'estomac et non n'excitant. L'écorce pulvérisée du chêne, ou « tan », a donné les mots « tanin » et « tanner », car elle servait à préparer les peaux pour en faire du cuir.

COMMENT L'UTILISER

• **INTERNE : Décoction de feuilles** (moins âpre que la décoction d'écorce). 20 g de feuilles par litre d'eau. Contre les diarrhées.
Vin. Faire macérer 30 g d'écorce fraîche et lavée pendant 12 heures dans un litre de bon vin rouge. Passer, sucrer et prendre un verre ou deux dans la journée, au moment des repas (contre les hémorroïdes, faire des cures de 8 jours).
Poudre de glands. Après avoir décortiqué les glands, laisser sécher l'amande intérieure. La pulvériser alors et la mettre à sécher de nouveau en couche mince. Prendre une cuillerée à café le matin à jeun et une le soir au coucher, en guise de fortifiant.
• **EXTERNE : En décoction prolongée.** 100 g d'écorce dans un litre d'eau. Filtrer et se servir de cette décoction soit en injections (contre les pertes blanches), soit pour imbiber des compresses à renouveler 3 fois par jour (hémorroïdes, fissures, plaies, engelures), ou, additionnée de miel, en gargarismes contre l'angine chronique et l'inflammation des gencives.

Description

Ce bel arbre élevé (jusqu'à 35 m) est commun dans toute l'Europe, jusqu'en Asie occidentale et en Afrique du Nord. Ses feuilles lobées, d'un beau vert foncé, sont caractéristiques. Il fleurit en avril-mai : ses fleurs mâles forment des chatons pendants alors que les fleurs femelles se groupent sur les jeunes rameaux. Ses fruits (glands) sont portés au bout d'un long pédoncule, ce qui permet de le distinguer de ceux du chêne rouvre, ou chêne sessile (Q. sessilis). Sur les feuilles poussent fréquemment des galles provoquées par la piqûre d'un insecte minuscule, le cynips.

Ficaire

Ranunculus ficaria

FAMILLE DES RENONCULACÉES

Ses composés actifs :

Racines : amidon, saponosides (hétérosides). Plante : protoanémine en quantité variable, qui disparaît au séchage. Feuilles : riches en vitamine C.

PRINCIPALES VERTUS

★ Anti-hémorroïdaire

PARTIES UTILISÉES

★ Racines, feuilles, fleurs, suc

Les petites racines, en forme de tubercules, ont une ressemblance frappante avec des hémorroïdes. Appliquant la célèbre théorie des « signatures » ou des « similaires », on les utilisa dès le XVIe siècle dans le traitement des hémorroïdes. Cette association discutable se révéla, dans le cas présent, d'une étonnante pertinence, car « l'herbe aux hémorroïdes » est d'une remarquable efficacité contre cette affection ! Elle fut décrite pour la première fois, à cette époque, par Rembert Dodoens, érudit flamand.

Le remède des hémorroïdes

• Les hétérosides de la ficaire lui confèrent des **propriétés vasoconstrictrices**, qui tonifient la paroi des veines. La plante est demeurée le **remède spécifique des hémorroïdes** (hémorroïdes simples, prolapsus hémorroïdaire, anite hémorroïdaire). On l'administre en extraits, intraits, pommades, sirop, poudre, infusion, décoction, onguent ou compresses.

AUTRES USAGES : Petit bouton d'or des bois et des haies fraîches, la ficaire est très proche des âcres renoncules des prés. Mais, contrairement à ces dernières, sa faible teneur en substances caustiques (protoanémonine) permet de consommer crues ses très jeunes feuilles (celles que l'on trouve à la toute base de la plante), pour bénéficier de leur teneur en vitamine C. On peut en agrémenter une salade, mais toujours en quantité modérée pour ne pas risquer d'être malade. Plus âgée, la ficaire est cuite à l'eau puis préparée de diverses manières.

LE SAVIEZ-VOUS ? Le nom de ficaire dérive de « figue », en raison de la ressemblance que certains ont trouvée entre la forme renflée de ses racines et la figue. Quant à son nom de genre *Ranunculus,* il signifie « petite grenouille », car beaucoup de renoncules poussent en lien avec le milieu aquatique.

COMMENT L'UTILISER

• **INTERNE** : **En infusion** ou **en décoction courte.** 50 à 60 g de racines par litre d'eau. Pour réduire les hémorroïdes en tonifiant les veines.

• **EXTERNE** : **Suc de la plante fraîche** obtenu par expression. On en badigeonne les hémorroïdes.
On la trouve aussi sous forme de **pommade.**
Les feuilles cuites sont appliquées **en cataplasme** chaud. On peut encore mélanger une forte décoction de feuilles, réduite au tiers, avec de la farine de lin ou de fénugrec, pour en faire un cataplasme appliqué très chaud.

TOXICITÉ

Même si la ficaire contient moins de protoanémonine que les autres renonculacées, elle peut, en usage externe, provoquer des irritations de la peau et des muqueuses. À l'exception des jeunes feuilles (à consommer avec modération), il ne faut jamais la manger crue, car elle occasionne des douleurs abdominales, des vomissements ou des diarrhées. Séchée, sa toxicité disparaît.

Description

Petite plante vivace de 10 à 30 cm de haut, commune dans les bois frais, les haies et les lieux humides et ombragés. Native en Europe, en Asie occidentale et en Afrique du Nord. On la reconnaît à ses feuilles en forme de cœur renversé et sinué, d'un vert luisant, et de texture caoutchouteuse et charnue au toucher. Les fleurs solitaires ont six pétales jaune d'or vernissés mais en fanant, la corolle devient blanchâtre. Sous terre, une courte tige porte plusieurs bourgeons et des racines renflées en petits tubercules.

Cassis

Ribes nigrum

FAMILLE DES GROSSULARIACÉES

Ses composés actifs :
Feuilles : flavonoïdes, tanins, essence aromatique.
Fruits : sucres, acides organiques, pectine, flavonoïdes, anthocyanosides, beaucoup de vitamine C.

Originaire d'Europe septentrionale et centrale, le cassis n'est consommé que depuis le XVIe siècle. Au XVIIIe siècle, certains lui attribuaient toutes sortes de vertus. On le jugeait bon « *contre les fièvres, la peste, la petite vérole, les vers, toutes les morsures et piqûres. (…) Il guérit la jaunisse, la gravelle, et abat les vapeurs fâcheuses de la mélancolie* ». Rien de moins ! En 1757, un certain J. B. P. de Beaumont publiait même un *Traité du cassis*, dans lequel il soulignait que celui-ci pouvait entretenir une verte vieillesse.

Les baies cassis sont des fruits très appréciés.

De multiples bienfaits

• Les feuilles de cassis ont des propriétés **diurétiques et antirhumatismales**. Provoquant l'élimination de l'acide urique et des purines, elles sont indiquées dans le traitement général de l'arthritisme et de l'artériosclérose. On l'emploie, en interne comme en externe, pour **soulager les douleurs articulaires**.

• D'après des travaux récents, elles stimuleraient la production de cortisol par les glandes surrénales, et donc **l'activité du système nerveux sympathique**. De ce fait, elles contribueraient à **diminuer les effets du stress**.

• On s'en sert, en gargarismes, pour **soigner les maux de gorge et les aphtes**.

• Les baies renferment environ 200 mg de vitamine C pour 100 g. De plus, la vitamine C du cassis est remarquablement stable et se conserve de façon étonnante, contrairement à celle des agrumes par exemple. Grâce à cette vitamine C, les fruits et le jus de cassis exercent un effet **tonique général** au cours des processus infectieux et **stimule la résistance aux infections**.

• Les baies sont aussi réputées pour **préserver la santé des yeux**, une propriété attribuable à leur richesse en anthocyanosides.

PRINCIPALES VERTUS

★ Diurétique
★ Antirhumatismal
★ Anti-stress
★ Tonique
★ Stimulant du système immunitaire

PARTIES UTILISÉES

★ Feuilles, fruits (baies)

Description

Arbrisseau haut de 1 m environ, natif dans le centre et le nord de l'Europe, ainsi qu'en Asie. On le cultive fréquemment dans les jardins en même temps que les autres groseilliers (Ribes). La région de Dijon s'en est fait une spécialité. Il possède des feuilles à trois ou cinq lobes et des fleurs en grappes pendantes verdâtres ou rougeâtres. Les baies noires ont une saveur aromatique, musquée et très fruitée. Les feuilles dégagent un agréable parfum lorsqu'on les froisse.

COMMENT L'UTILISER

• **INTERNE : Jus, sirop, gelée.** Préparés avec les baies, ils seront, plus encore que des remèdes, de délicieuses friandises, à consommer chaque fois que l'on recherche les propriétés thérapeutiques du fruit de cassis.

Vin de cassis. Mettre à macérer pendant 3 jours 500 g de baies dans un litre de vin rouge. Passer au tamis et ajouter un sirop de sucre. Prendre un verre avant chaque repas contre le lymphatisme, les maladies de la nutrition, les troubles de l'âge.

Crème de cassis. Mettre les baies à sec dans une bouteille en alternant une couche de fruits et une couche de sucre en poudre. Boucher et laisser macérer plusieurs mois, en agitant de temps en temps. Filtrer la liqueur obtenue.

En infusion. 50 g de feuilles de cassis par litre d'eau bouillante. Laisser infuser 10 minutes et prendre 3 tasses par jour entre les repas. Contre les rhumatismes. La cure doit être poursuivie pendant 6 mois au moins.

• **EXTERNE** : Contre les piqûres d'insectes (guêpe, frelon), froisser des feuilles de cassis et en exprimer le suc sur l'endroit douloureux. La douleur cesse très vite et l'enflure se résorbe.

Églantier

Rosa canima

FAMILLE DES ROSACÉES

Ses composés actifs :
Feuilles et fleurs : tanins. Faux-fruits (cynorrhodons) : sucres, pectine, tanins, sorbitol, acides organiques (surtout malique et citrique), caroténoïdes, beaucoup de vitamine C (entre 1 et 1,7 %).

PRINCIPALES VERTUS

- ★ Contre les maladies infectieuses
- ★ Contre le manque de tonus
- ★ Laxatif (fleurs) ou antidiarrhéique (faux-fruits, feuilles)
- ★ Antirhumatismal

PARTIES UTILISÉES

- ★ Faux-fruits (cynorrhodons), feuilles, fleurs

Les Perses tenaient en grande estime le modeste gratte-cul, qui dissolvait les calculs et diminuait les règles trop abondantes, tandis que la fleur d'églantier, mélangée avec le jus de la canne à sucre, passait pour guérir la phtisie (tuberculose pulmonaire), et finit même par… réveiller les morts. Au XVIIe siècle, parmi les célèbres remèdes secrets de Mme Fouquet, guérisseuse patentée, il y avait l'« *opiat de cynorrhodon* », qui « *resserrait le ventre* » en cas de diarrhée. Un vieux remède populaire contre la rage consistait à faire absorber à la personne mordue par un chien enragé, à jeûn, une omelette contenant 60 g de racine d'églantier râpée ; de là vient, paraît-il, le nom de « rosier des chiens ».

Une source remarquable de vitamine C

• Les cynorrhodons sont appréciés pour **prévenir et soigner les grippes et les maladies infectieuses**. Leur teneur en vitamine C est remarquable : il y a à peu près autant de vitamine C dans un petit cynorrhodon que dans un gros citron. Les cynorrhodons sont donc particulièrement **recommandés aux personnes souffrant de carence en vitamine C**, ce qui est fréquent par suite du mode de vie actuel, et en particulier aux fumeurs, qui dépensent énormément de cette indispensable substance.

• Astringent, le faux-fruit de l'églantier est renommé comme **remède contre l'entérite et la diarrhée**. La décoction est à la fois un antidiarrhéique efficace et un vermifuge contre les ascaris.

• Par ailleurs, une étude clinique a montré que la poudre de cynorrhodons entraînait un soulagement significatif des douleurs dues à l'ostéoarthrite. Il s'agirait là d'un **effet anti-inflammatoire**.

• Les fleurs sont **légèrement laxatives** tandis que les feuilles, riches en tanins, s'emploient comme astringent contre les diarrhées.

AUTRES USAGES : Les cynorrhodons réduits en purée servent à préparer des sirops, des confitures et des desserts. En Suède, cette purée sert de base à la soupe nationale, la *nyponsoppa*, vendue en sachets dans les supermarchés. Les usages sucrés sont les plus habituels, mais le salé convient aussi parfaitement aux cynorrhodons, par exemple pour accompagner des pâtes ou garnir des pizzas.

AUTRES ESPÈCES : On distingue, rien qu'en France, près de 30 espèces différentes de rosiers sauvages. Leurs qualités varient beaucoup d'une espèce à l'autre.

COMMENT L'UTILISER

• **INTERNE : En décoction.** 30 g de cynorrhodons par litre d'eau (soit 5 à 10 g par tasse) qu'on laisse bouillir 2 minutes. Prendre 3 ou 4 tasses par jour. Comme apport en vitamine C.
En infusion de fleurs. Très agréable au goût, se prépare avec une cuillerée à dessert par tasse, infusée 10 minutes. Comme laxatif.

Description

Arbrisseau atteignant 2 à 3 m de hauteur, commun dans les haies, les friches et les lisières de toutes nos régions. On le rencontre en Europe, en Asie occidentale et en Afrique du Nord. Ses longues tiges dressées puis recourbées, couvertes d'aiguillons crochus, portent des feuilles composées de folioles dentées et de belles fleurs à cinq pétales fragiles, rose clair ou parfois blanches. À l'automne paraissent de petites « poires » rouges, les cynorrhodons. Ils sont pleins d'un féroce poil à gratter entourant de gros grains, ce qui leur a valu leur surnom fort imagé de « gratte-cul ».

Romarin

Rosmarinus officinalis

FAMILLE DES LAMIACÉES

Ses composés actifs :

Sommités fleuries : essence aromatique riche en camphre, en cinéole, en alpha-pinène, en bornéol et en camphène, flavonoïdes, tanins, diterpènes tricycliques, triterpènes, acides-phénols (dont l'acide rosmarinique)

Cette plante, chère aux jardins médiévaux, a connu jadis une grande vogue. La fameuse « eau de la reine de Hongrie », simple alcoolat de romarin, jouit d'une célébrité inouïe. La recette en fut donnée à Isabelle, reine de Hongrie, par un ermite : véritable eau de Jouvence, semble-t-il, cette eau la guérit des rhumatismes, goutte et autres infirmités dont elle était atteinte, « *même elle s'en lavait le visage, ce qui la rendit plus belle* », nous dit Mme Fouquet dans son *Recueil des remèdes faciles et domestiques* (1678). Elle vécut jusqu'à 80 ans, après avoir retrouvé une seconde jeunesse.

L'infusion de romarin est un tonique digestif et intellectuel.

Tonique, fortifiant, digestif et antidouleur

• Le romarin a **une action stimulante et tonique** certaine, qui le fait recommander pour améliorer la circulation du sang, en particulier la circulation cérébrale.

• Son action stimulante sur la fonction biliaire et son **effet tonifiant sur le foie** le font apprécier dans de nombreuses affections : congestion du foie et inflammation de la vésicule biliaire ; **paresse d'estomac** ; **surmenage physique et intellectuel**, asthénie.

• Le romarin possède des **propriétés antioxydantes** dues à ses flavonoïdes et à ses diterpènes.

• Il présente aussi un effet **anti-inflammatoire**, notamment grâce à l'acide rosmarinique.

• Pour l'usage externe on l'utilise en **bains fortifiants** pour les enfants et les convalescents, ou calmants **contre les douleurs des rhumatismes**.

•Toujours en externe, il serait également cicatrisant et **soulagerait les troubles circulatoires**, ainsi qu'il **apaiserait les douleurs musculaires**.

PRINCIPALES VERTUS

★ Pour la circulation sanguine
★ Tonique du foie et de l'estomac
★ Anti-inflammatoire
★ Antirhumatismal
★ Anti-âge, beauté du teint

PARTIES UTILISÉES

★ Sommités fleuries, plante entière

COMMENT L'UTILISER

• **INTERNE** : **Infusion de sommités fleuries.** 20 à 30 g par litre d'eau bouillante.

Vin. Faire macérer une semaine 30 à 60 g de fleurs et feuilles dans 1 litre de vin. Ajouter 100 g de sucre et filtrer après dissolution complète. Très tonique.

• **EXTERNE** : **Le vin** peut servir en compresses contre les maux cutanés divers, les gonflements articulaires, les entorses.

En infusion concentrée. 50 à 60 g par litre d'eau. En lotions ou en vaporisations, pour un teint frais, une peau raffermie et des rides atténuées. Ajoutée à l'eau du bain, pour des bains antirhumatismaux, ou fortifiants et stimulants.

Teinture. Faire macérer 80 g de plante dans un litre d'alcool à 90 % vol. pendant un mois. Excellente en frictions contre les rhumatismes. En cas de maux de dents, se rincer la bouche avec le liquide et le garder le plus longtemps possible sur la dent malade.

Description

Arbrisseau touffu, dépassant rarement 1 m de hauteur, commun dans les lieux arides du Midi. On le rencontre dans tout le bassin méditerranéen. Il est couramment cultivé comme plante condimentaire ou pour former des haies.

Ses tiges ligneuses sont densément couvertes de feuilles opposées, linéaires et coriaces. Les grandes fleurs bleu pâle, à deux lèvres bien marquées, se groupent à l'aisselle des feuilles vers le sommet des rameaux. Toute la plante dégage une odeur aromatique rappelant à la fois le camphre et l'encens.

Framboisier

Rubus idaeus

FAMILLE DES ROSACÉES

Ses composés actifs :

Feuilles : tanins, flavonoïdes, polypeptides. Fruits : riches en sucres (lévulose, fructose), en acides organiques, en pectine et en vitamines (A, C, B9, E).

COMMENT L'UTILISER

• **INTERNE : En infusion.** 40 à 50 g de feuilles par litre d'eau. Laisser en contact pendant 10 minutes. Prendre 3 ou 4 tasses par jour. Contre les diarrhées ou avant l'accouchement (à boire à partir du septième mois de grossesse).

Sirop. Cuire jusqu'à consistance voulue le même poids de sucre et de suc de fruit. Très rafraîchissant dans les maladies fébriles, et diurétique.

Vinaigre de framboise. Couvrir les fruits, rangés dans un bocal, avec du vinaigre blanc (environ un litre de vinaigre pour 1,5 kg de fruits). Laisser macérer 10 jours et filtrer. Ce vinaigre peut être édulcoré à volonté avec du sucre ou du miel. En remplaçant le vinaigre par de l'eau-de-vie blanche, on obtient une liqueur de framboise de ménage.

• **EXTERNE :** Toutes les préparations précédentes : infusion de feuilles, sirop, vinaigre ou sirop de vinaigre framboisé peuvent servir en gargarismes contre les angines.

Le framboisier connut jadis une grande notoriété au point de vue médical. Il est cultivé depuis la fin du Moyen Âge. Au temps de Molière, l'on croyait, entre autres multiples vertus, que ses feuilles écrasées sur l'épigastre suffisaient à guérir les maux d'estomac.

PRINCIPALES VERTUS

★ Diurétique
★ Contre les irritations, les aphtes, les ulcères cutanés
★ Antidiarrhéique
★ Prépare à l'accouchement

PARTIES UTILISÉES

★ Feuilles, fruits, jeunes pousses, huile tirée des pépins

Bénéfique aux femmes enceintes

• Les feuilles donnent une tisane agréable et **diurétique**.

• Astringentes, elles peuvent s'employer **contre les problèmes gastro-intestinaux**, notamment les diarrhées.

• On les utilise en gargarismes **contre les maux de gorge, en bains de bouche contre les aphtes**, en lotion sur les ulcères et en application sur les yeux irrités.

• Les feuilles ont également un **effet tonifiant sur le muscle utérin**. On les prescrit en tisane pour préparer le travail de l'accouchement. Elles auraient un effet tonifiant sur le myomètre, ce qui favoriserait la sortie du nouveau-né en accroissant la force des contractions.

• Le fruit est à la fois **rafraîchissant, laxatif et diurétique**. Très pauvre en saccharose, il peut facilement être **autorisé aux diabétiques**.

• Du fait de sa **teneur intéressante en acide folique** (vitamine B9), la framboise est bénéfique pour la femme enceinte ou en préparation d'une grossesse, et est susceptible de contribuer à prévenir la maladie d'Alzheimer.

AUTRES USAGES : Les fruits frais se consomment nature au sucre, en salade de fruit, confiture, gelée, sirops, coulis, glace... Ils peuvent se congeler. Les jeunes pousses sont également utilisées en gemmothérapie. Enfin, l'huile de pépins de framboise est parfois incorporée dans des crèmes pour la peau, des huiles de bain, des dentifrices et même des shampooings.

Description

Plante vivace bien connue qui pousse à l'état sauvage au bord des chemins, dans les clairières et sur les éboulis des montagnes. Le framboisier est natif dans tout l'hémisphère Nord. On le cultive dans les jardins pour ses fruits rouges et délicatement parfumés. Ses tiges garnies de fins aiguillons portent de grandes feuilles divisées en folioles dentées, blanchâtres sur leur face inférieure. Les fleurs blanches donnent des fruits composés de petites drupes gorgées d'un nectar pourpre à la saveur acidulée.

Fragon

Ruscus aculeatus

FAMILLE DES RUSCACÉES

Ses composés actifs :
Rhizome : stérols, flavonoïdes, benzofurane, saponosides stéroïdiques, donnant de la ruscogénine et de la néoruscogénine.

Vanté par Dioscoride, le fragon, souvent appelé petit houx, fait partie des « cinq racines » apéritives et diurétiques. De tout temps, on l'a prescrit aux personnes souffrant de la goutte. On l'employait aussi pour soigner l'œdème, les calculs, les maladies des voies urinaires, les engorgements viscéraux, l'ictère, la carence en fer.

TOXICITÉ

Les jolis fruits rouges doivent être tenus pour légèrement toxiques du fait de leur richesse en saponines.

COMMENT L'UTILISER

- **INTERNE : En décoction.** 20 à 40 g de racine par litre d'eau, à laisser bouillir un quart d'heure. Contre les troubles veineux.
- **EXTERNE :** Commercialisé sous forme de **suppositoires** ou en **pommade**, le fragon est un remède éprouvé contre les hémorroïdes. Il entre aussi dans la composition de pommades comme actif drainant pour traiter les cernes ou les poches sous les yeux.

Pour la circulation sanguine et contre les hémorroïdes

- Le fragon est un excellent **vasoconstricteur et veinotonique**. Il tonifie la paroi veineuse, ce qui soulage les jambes lourdes, les crampes nocturnes du mollet et les démangeaisons, et évite la thrombose.
- Il aide aussi à **améliorer la circulation lymphatique** et lutte contre le gonflement (œdème) des membres inférieurs. Il est aussi efficace pour lutter contre les lymphœdèmes post-chirurgicaux.
- Le fragon est également préconisé **en cas de fragilité des capillaires**, provoquant des pétéchies et des ecchymoses.
- L'action de la racine de fragon **sur les crises hémorroïdaires** est remarquable.
- **Anti-inflammatoire et anti-exsudatif**, son emploi est recommandé chaque fois qu'il existe un processus inflammatoire des veines, notamment consécutif à l'insuffisance veineuse chronique.
- Selon certaines études, la ruscogénine pourrait **traiter l'hypotension orthostatique** (chute brutale de tension lors du lever, s'accompagnant de malaise), fréquente chez les personnes alitées de manière prolongée, sans augmenter leur tension en position couchée, contrairement aux médicaments hypertenseurs classiques.
- Tonifiant de la peau, le fragon est efficace pour **atténuer les cernes**.

AUTRES USAGES : Ce cousin de l'asperge est lui aussi comestible. Au milieu des touffes épineuses pointent au printemps de jeunes pousses d'un beau violet sombre, luisantes et fragiles comme du verre. On les consomme crues ou cuites.

PRINCIPALES VERTUS

- ★ Anti-hémorroïdaire
- ★ Veinotonique
- ★ Anti-inflammatoire
- ★ Soulage l'insuffisance veineuse
- ★ Anti-cernes

PARTIES UTILISÉES

- ★ Racine

Description

Sous-arbrisseau buissonnant, toujours vert (haut : 30 à 80 cm), qui aime les terrains rocailleux et incultes et les bois secs. Ses tiges dressées, nues à la base, très rameuse vers le haut, forment des touffes compactes. Les rameaux aplatis ne sont pas des feuilles, mais des « cladodes » vert foncé, coriaces et rigides, terminés en pointe aiguë. Les vraies feuilles sont réduites à des écailles membraneuses à peine visibles. Les petites fleurs verdâtres à six pétales naissent en hiver sur les cladodes. Les fruits sont de grosses baies globuleuses rouge vif.

Le rhizome du fragon concentre la quasi totalité des principes actifs.

Sureau

Sambucus nigra

FAMILLE DES CAPRIFOLIACÉES

Ses composés actifs :

Baies : composés phénoliques (dont cyanidine), flavonoïdes, vitamines A et C. Fleurs : flavonoïdes, acides phénoliques, stérols, mucilage, tanins.

Les médecins grecs, dont Hippocrate et Galien, louaient déjà les vertus thérapeutiques du sureau. Ce dernier le recommandait contre les catarrhes et les excès de mucus. Au Moyen Âge, on a utilisé l'eau de sureau (eau dans laquelle on a fait macérer des fleurs) pour éclaircir le teint et atténuer les taches de rousseur. Fleurs et fruits ont longtemps servi à la fabrication de boissons rafraîchissantes. Au printemps, on en buvait de grandes quantités afin de purifier l'organisme des toxines accumulées durant l'hiver.

TOXICITÉ

Si vous cueillez vos baies dans la nature, attention à ne pas confondre le sureau noir avec le sureau hièble *(Sambucus ebulus)*, dont les baies sont toxiques.

Laxatif dans toutes ses parties

- La seconde écorce, d'odeur forte et nauséeuse, est **diurétique et laxative**.
- Les feuilles paraissent jouir de propriétés **analogues à celles de l'écorce**, mais elles sont rarement utilisées en interne. Elles sont, par aileurs, **renommées contre les hémorroïdes et les brûlures**.
- Les fleurs fraîches sont également laxatives. Sèches, on les emploie pour **stimuler la transpiration** dans diverses affections, comme les rhumes, la grippe, la bronchite chronique, les crises de rhumatismes, etc.
- **Adoucissantes, résolutives et anti-inflammatoires**, les fleurs sont aussi utilisées en externe contre les engelures, les crises de goutte, les inflammations oculaires.
- Les baies, **sudorifiques**, sont recommandées contre les rhumatismes et l'œdème généralisé.

PRINCIPALES VERTUS

★ Diurétique
★ Laxatif
★ Sudorifique

PARTIES UTILISÉES

★ Feuilles, fleurs, graines, tiges, racines

PRÉCAUTION D'EMPLOI : respecter la dose de 4 à 8 g de baies par jour, sous quelque forme que ce soit. Au-delà, elles sont purgatives !

AUTRES USAGES : Les fleurs de sureau parfument le vin, le vinaigre et les boissons, et on en fait de délicieuses tartes. Les baies donnent des confitures et des gelées un peu fades.

COMMENT L'UTILISER

- **INTERNE : Décoction de seconde écorce.** 45 à 60 g par litre d'eau. Laisser réduire de moitié et boire dans la journée comme diurétique.

Vin. Verser un litre de vin bouillant sur 150 g de seconde écorce. Laisser macérer 48 heures et prendre 2 verres à moutarde par jour dans le même dessein.

En infusion. 50 g de fleurs sèches par litre d'eau bouillante. Laisser infuser 10 minutes et prendre 4 ou 5 tasses par jour, comme sudorifique et contre les rhumatismes.

Suc des baies pressées. 20 à 30 g à prendre dans la matinée comme purgatif.

Rob de Sureau. Écraser des baies et laisser reposer ainsi au frais pendant 24 heures. Les presser ensuite pour en exprimer le suc. Faire évaporer ce suc au bain-marie, de façon à obtenir un sirop à consistance de miel. Sudorifique à raison de 4 à 8 g.

- **EXTERNE : En infusion concentrée.** 100 g de fleurs par litre d'eau. Imbiber des compresses contre les fluxions dentaires, les eczémas et les dartres. Excellente en lotions contre les inflammations des paupières, les conjonctivites et les orgelets.

Description

Arbuste de quelques mètres de hauteur, natif en Europe et en Asie, commun dans les haies et dans les décombres. Son écorce claire comporte de nombreuses lenticelles liégeuses caractéristiques. Les grandes feuilles opposées et composées de cinq à sept larges folioles aiguës, dégagent lorsqu'on les froisse une odeur déplaisante. Les petites fleurs, blanc crème, groupées en larges corymbes terminaux, dégagent un intense parfum musqué. Les fruits sont de petites billes noires, luisantes, remplies d'un jus violacé et de nombreuses graines.

Saponaire

Saponaria officinalis

FAMILLE DES CARYOPHYLLACÉES

Ses composés actifs :

Racines, mais aussi plante entière : saponosides (dont la gypsogénine), résine, essence aromatique.

PRINCIPALES VERTUS

★ Dépurative
★ Expectorante

PARTIES UTILISÉES

★ Racines, feuilles, plante entière

Si on utilisait surtout la saponaire comme substitut au savon pour laver le linge ou les cheveux, ses vertus médicinales sont connues depuis l'Antiquité. Les Romains en mettaient dans leur bain pour guérir les démangeaisons. Au début du XVIIIe siècle, Herman Boerhaave, illustre médecin hollandais, la recommandait pour soigner la jaunisse.

Une plante détox

• C'est la plante **dépurative** par excellence, à la fois **diurétique, sudorifique, tonique** et apéritive. Elle combat l'insuffisance hépatique et l'engorgement de la rate. On utilise les feuilles ou les racines **contre les maladies de peau** (acné, psoriasis, eczéma rebelle).

• On la recommande aussi dans l'ictère (« jaunisse »), **les rhumatismes chroniques, la goutte, les engorgements** lymphatiques.

• En Allemagne, on emploie les racines de saponaire comme **expectorant** en cas d'encombrement des voies respiratoires, car elles sont très irritantes pour les muqueuses.

AUTRES USAGES : Renfermant des saponosides (ou saponines), qui ont la propriété de mousser au contact de l'eau, la plante fut longtemps utilisée pour laver le linge et les cheveux. Elle l'est parfois encore pour les tissus très délicats qu'abîmerait la soude des savons classiques.

COMMENT L'UTILISER

• **INTERNE : Décoction de feuilles.** 30 g par litre d'eau. Laisser bouillir 5 à 10 minutes et prendre 3 verres à moutarde par jour avant les repas. Comme dépuratif.

Décoction de racine. 100 g par litre d'eau. Laisser bouillir 5 à 10 minutes. Prendre 2 verres par jour. Pour les mêmes indications. Ne pas dépasser la durée d'ébullition donnée et ne pas laisser macérer la plante dans l'eau. Passer la tisane dès qu'elle est faite et ne pas la préparer à l'avance.

• **EXTERNE : Décoction de feuilles.** Excellente en gargarismes contre les angines bénignes et les fluxions dentaires, à la dose de 100 g par litre d'eau.

Cataplasmes de feuilles broyées. Contre les engorgements lymphatiques, les dartres, les affections eczémateuses, l'herpès, les œdèmes des chevilles et des genoux.

Décoction de plante entière. Elle donne une eau savonneuse très bonne pour nettoyer les étoffes de laine, et aussi les cheveux fragiles.

Lotion capillaire. La racine macérée dans l'alcool permet d'espacer les shampooings et entretient la propreté de la chevelure.

Description

Plante vivace de 30 à 50 cm de hauteur, commune dans les lieux frais, au bord des fossés et des rivières. On la rencontre en Europe, en Asie et en Amérique du Nord. Sa tige dressée, qui naît d'une souche rampante, porte des feuilles opposées, lancéolées, parcourues de trois à cinq nervures marquées. Les grandes fleurs roses, odorantes, à cinq pétales, sont groupées en bouquets au sommet des tiges. Toute la plante, en présence d'eau, mousse comme du savon, ce qui lui a valu son nom, ainsi que ses surnoms d'herbe à savon, savonnière ou encore savon des fossés.

TOXICITÉ

L'emploi pour l'usage interne de la saponaire demande quelques précautions. En effet, il faut éviter de laisser macérer la plante dans l'eau avant ou après la décoction, afin d'éviter certains accidents tels que tremblements ou sécheresse de la bouche.

Sarriette

Satureja montana

FAMILLE DES LAMIACÉES

Ses composés actifs :
Essence aromatique riche en carvacrol, et parfois en thymol.

Les feuilles sont utilisées comme condiment depuis l'Antiquité, pour relever les grillades, sauces et légumes, spécialement les plats de petits pois, de féculents, de fèves et de haricots, car elle évite les ballonnements et les gaz. En Allemagne, on appelle la sarriette *bohnenkraut*, l'« herbe aux haricots ».

Digestion légère

- Pour l'usage plus spécifiquement médical, on met à profit ses vertus digestives **contre les digestions pénibles, les crampes d'estomac** (elle est antispasmodique), les contractions nerveuses et pour stimuler les estomacs paresseux.
- Carminative, elle chasse les flatulences, **favorise l'évacuation des gaz** et empêche les fermentations intestinales.
- En Allemagne, la sarriette est un remède populaire **contre les diarrhées.** On l'emploie parfois aussi contre les infections des voies respiratoires.
- La sarriette aide à **soigner les petites plaies** et peut être mise à profit pour en bains de bouche, pour l'hygiène buccale.
- Elle peut être bénéfique **en cas de troubles de l'érection**.
- L'huille essentielle a des **propriétés anti-infectieuses** et elle **stimule le système immunitaire**. On la prescrit contre les infections bactériennes ou parasitaires, intestinales, pulmonaires ou cutanées. Elle est aussi anti-oxydante.
- La sarriette fait partie, avec beaucoup d'autres plantes aromatiques, de l'« alcoolat vulnéraire », qu'on appelle aussi « alcoolat polyaromatique » ou encore « eau d'arquebusade ».

PRINCIPALES VERTUS

- ★ Digestive
- ★ Anti-ballonnements
- ★ Anti-infectieuse
- ★ Stimulante du système immunitaire

PARTIES UTILISÉES

- ★ Feuilles, sommités fleuries, huile essentielle

AUTRES USAGES : La sarriette est utilisée en Provence, sous le nom de *pebre d'aï* (poivre d'âne), pour aromatiser le lapin, les fèves et les pois, les écrevisses et les fromages de chèvre frais.

AUTRE ESPÈCE : On cultive souvent la sarriette des jardins *(Satureja hortensis)*, une plante annuelle originaire de l'est de la région méditerranéenne. Elle se distingue de la sarriette des montagnes par ses tiges herbacées, ses feuilles plus molles et velues, ses fleurs roses et sa saveur moins prononcée. On l'emploie également en cuisine et en tisanes.

COMMENT L'UTILISER

- **INTERNE : En infusion.** 50 g par litre d'eau. Prendre une tasse après chaque repas pour en faciliter la digestion. En bains de bouche contre les aphtes, en gargarisme contre les maux de gorge.
Et bien sûr **comme condiment**, frais ou moulu, dans les plats lourds à digérer.

Description

Sous-arbrisseau de 10 à 40 cm de hauteur, assez fréquent dans les lieux arides du Midi. On la rencontre dans le sud de l'Europe et en Afrique du Nord. Elle est parfois cultivée comme plante condimentaire. Ses tiges ligneuses portent de petites feuilles allongées, aiguës au sommet, coriaces et luisantes. Ses fleurs à corolle blanche ou, rarement, rosée, sont réunies en grappes terminales allongées, entremêlées de feuilles. Feuilles fleurs dégagent au moindre froissement une forte odeur aromatique. Lorsqu'on les mâche, elles piquent la langue.

TOXICITÉ

L'huile essentielle de sarriette ne doit pas être utilisée pure du fait de sa causticité. Il faut en éviter le contact avec la peau et les muqueuses. Elle est aussi toxique pour le foie : toujours l'associer à une huile essentielle protectrice du foie (celle de citron par exemple).

Consoude

Symphytum officinale

FAMILLE DES BORRAGINACÉES

Ses composés actifs :

Plante : tanins, mucilage, allantoïne, asparagine, choline, triterpènes, acides-phénols, et alcaloïdes pyrrolizidiniques (dont la lycopsamine et la symphytine), surtout dans la racine. Les feuilles renfermeraient par ailleurs de la cobalamine ou vitamine B12.

PRINCIPALES VERTUS

- ★ Cicatrisante
- ★ En cas de brûlure légère
- ★ Contre les affections cutanées
- ★ Contre les douleurs des contusions et des entorses

PARTIES UTILISÉES

- ★ Racines, feuilles, plante entière

Le nom de la plante provient de ce qu'on la croyait propre à souder, à consolider les os fracturés. À la Renaissance, Jean Fernel la conseillait aux chirurgiens pour soigner les traumatismes avec fractures. Légèrement astringente grâce à ses tanins, la consoude fut recommandée dans l'hémoptysie, les hémorragies utérines sans gravité, la diarrhée bénigne. Il y a un siècle, Henri Leclerc l'employait contre l'entérite des tuberculeux et l'ulcère d'estomac. Il l'utilisait aussi pour assécher les bronches en cas de bronchites et d'infections pulmonaires.

Cicatrisante et antidouleur

• La consoude est employée en usage externe pour **calmer rapidement la douleur des brûlures**, pour **stimuler la cicatrisation** des plaies et soigner les ulcères variqueux, les gerçures des seins, les fissures anales. L'allantoïne accélère la formation de nouveaux tissus, dont la choline favorise l'irrigation.

• On l'applique également **sur les contusions, les ecchymoses, les entorses**, car elle a la propriété d'en soulager efficacement la douleur. De la même façon, elle **soulage les maux de dos** et les douleurs articulaires.

• Les pommades que l'on en prépare **soignent les maladies de peau.**

AUTRES USAGES : Traditionnellement, les feuilles de consoude sont mangées crues ou cuites de diverses manières. Elles renferment de 10 à 100 fois moins d'alcaloïdes que les racines. Auxiliaire précieux du jardinier qui la cultive dans ce but, la consoude donne une fois compostée un remarquable terreau. Au potager, on en prépare un purin pour stimuler la croissance des légumes.

COMMENT L'UTILISER

• **EXTERNE** : **Macération** très concentrée, en lotions ou en compresses pour tous les maux cutanés.
Cataplasmes de racine fraîche broyée. Ils font merveille particulièrement contre les brûlures et les crevasses des seins dont peuvent souffrir les femmes qui allaitent.

Description

Belle plante vivace de 40 cm à 1 m de haut, native en Europe et en Asie, commune dans les prés humides, les fossés, les berges, et couverte de poils raides et piquants. Les feuilles se prolongent sur la haute tige épaisse. De mai à juillet paraissent de jolies fleurs (blanches, jaunes, roses ou violettes) à corolle en tube élargi en cloche. La racine est noire à l'extérieur, blanche à l'intérieur.

TOXICITÉ

À doses élevées, les alcaloïdes de la consoude se sont montrés toxiques pour les animaux de laboratoire, provoquant des tumeurs au niveau du foie. Chez l'homme, des syndromes veino-occlusifs auraient été rapportés à la consommation régulière et prolongée sur plusieurs mois d'infusions ou de capsules de consoude. Mais il semble qu'une consommation raisonnable soit sans danger : en Angleterre et aux États-Unis, de nombreuses personnes en mangent occasionnellement depuis trente ans sans connaître de problèmes de santé. Par mesure de précaution cependant, on s'abstiendra d'utiliser médicinalement la consoude par voie interne.

Pissenlit

Taraxacum officinale

FAMILLE DES ASTÉRACÉES

Ses composés actifs :
Racines : inuline, fructose, potassium. Plante : lactones sesquiterpéniques (qui lui donnent son amertume), dont le germacranolide, alcools triterpéniques, stérols. Feuilles : riches en flavonoïdes, provitamine A, vitamine C, sels minéraux et protéines complètes.

PRINCIPALES VERTUS

- ★ Stimule la fonction biliaire
- ★ Combat la constipation
- ★ Diurétique
- ★ Hypocholestérolémiant
- ★ Contre les problèmes de peau
- ★ Anti-cellulite
- ★ Détoxifiant

PARTIES UTILISÉES

- ★ Racines, feuilles, suc

Dans les temps lointains, le suc du pissenlit était considéré comme le remède spécifique des troubles de la vue (son nom scientifique *Taraxacum* vient du grec *taraxis*, « trouble des yeux »). Il semble que cette vertu n'ait pas été démontrée. Dès le XIe siècle, le pissenlit était recommandé par les médecins arabes. Depuis bien longtemps en revanche, la médecine populaire a reconnu à la racine de pissenlit le pouvoir de stimuler les fonctions hépatiques.

Les mille bienfaits du pissenlit

• Le pissenlit **stimule la vésicule biliaire**. Il augmente la quantité de bile formée tout en accroissant la contractilité de la vésicule. En outre, il agit sur le foie lui-même. Il est réputé dans le **traitement de l'insuffisance hépatique**, des crises hépatiques douloureuses et des ictères.

• Le pissenlit **régularise les fonctions intestinales** et combat remarquablement la constipation.

• Il agit efficacement **contre la cellulite**, souvent en rapport avec une insuffisance hépatique. On l'utilise aussi dans le traitement de **l'hypercholestérolémie** et, de ce fait, de l'athéromatose.

• Ses **vertus diurétiques** sont remarquables et connues depuis longtemps, puisqu'il leur doit son nom imagé (« pisse-au-lit »).

• **Excellent dépuratif** naturel, le pissenlit facilite l'élimination par le foie et les reins des toxines d'origine infectieuse ou de celles apportées par l'alimentation et l'environnement (pollution). Il est efficace **en cas de problèmes cutanés**, tels l'acné, l'eczéma et le psoriasis, ou rhumatismaux (goutte, arthrite).

• La plante possède, en outre, des **vertus apéritives et toniques**. Ses principes amers stimulent les sécrétions digestives.

• En soins cosmétiques, le suc de pissenlit est employé pour éclaircir le teint.

Description

Plante vivace sans tige, extrêmement fréquente dans les prairies et les pâturages. Ses feuilles glabres en rosette touffue se divisent habituellement en lobes aigus dirigés vers le bas ou ne sont que vaguement dentées. Ses capitules de fleurs jaune d'or, toutes ligulées, rayonnent, solitaires, au sommet de tiges creuses et glabres. Ses fruits à aigrettes, qui s'envolent au moindre vent, ont fait dire poétiquement au savant géographe Elisée Reclus : « *Cette fleur qui est un soleil devient une voie lactée, un monde d'astres, après floraison* ».

COMMENT L'UTILISER

• **INTERNE :** La **salade de feuilles de pissenlit** est très recommandée aux personnes souffrant de troubles hépatiques, de goutte, d'excès alimentaires ou d'anémie.

En décoction. Faire bouillir une demi-heure 30 à 60 g de racines et feuilles fraîches par litre d'eau, puis laisser infuser 4 heures. Prendre 2 verres par jour entre les repas. Contre les troubles hépatiques et la constipation.

• **EXTERNE : Décoction de racines.** Elle nettoie et raffermit la peau.

Suc frais de pissenlit. Les belles dames de la Renaissance utilisaient un mélange à parties égales de suc de pissenlit et de crème de lait. Elles s'en frictionnaient le visage pour en éliminer toutes les impuretés et obtenir un teint radieux.

Germandrée

Teucrium chamaedrys

FAMILLE DES LAMIACÉES

Ses composés actifs :
Triterpènes, flavonoïdes, essence aromatique riche en caryophyllène, iridoïdes, diterpènes lactoniques (dont les teucrines).

La germandrée était déjà à l'honneur comme fébrifuge chez les anciens Égyptiens. Depuis Dioscoride et jusqu'au XVIIIe siècle au moins, on l'a préconisée pour faire venir les règles et contre les morsures de serpent. Pline ajoutait qu'elle était efficace contre la toux et Apulée, contre la goutte. Traditionnellement, la germandrée a été employée comme sédatif des douleurs abdominales, contre les diarrhées modérées, et, en bains de bouche, pour l'hygiène buccale. Au siècle dernier, Henri Leclerc la disait utile pour combattre la grippe et la bronchite. La plupart de ces indications thérapeutiques n'ont pas été confirmées par la phytothérapie moderne.

PRINCIPALES VERTUS

- ★ Tonique
- ★ Digestive
- ★ Antipyrétique

PARTIES UTILISÉES

- ★ Feuilles, fleurs

Une amère à liqueurs

• Comme toutes les plantes amères et aromatiques, la germandrée est **tonique** et **stimule à la fois l'appétit et la digestion.** Elle combat la paresse d'estomac, ainsi que celle du foie et de l'ensemble du tube digestif. La germandrée entre d'ailleurs dans la composition de divers apéritifs et liqueurs digestives com les vermouths ou la chartreuse.

• La germandrée a également des propriétés **antipyrétiques** (elle fait tomber la fièvre).

• Elle est **antiseptique**, et on la recommande aussi contre la bronchite chronique, le rhumatisme et la goutte.

• En usage externe, elle est vulnéraire : elle **soigne les inflammations de la sphère buccale (gingivites et aphtes)** et accélère la cicatrisation des plaies.

AUTRE ESPÈCE : La **germandrée aquatique** ou **germandrée d'eau** *(Teucrium scordium)* dégage, quand on la froisse, une odeur d'ail que n'a pas la germandrée petit chêne. On l'emploie pour les mêmes usages, mais aussi, en externe, en lotions contre les ulcères cutanés et, autrefois, contre la gangrène.

COMMENT L'UTILISER

• **INTERNE : En infusion.** 30 à 40 g de sommités fleuries ou de fleurs et feuilles dans un litre d'eau ou de vin. Prendre 3 ou 4 verres à moutarde par jour. Comme tonique, apéritif et digestif.
• **EXTERNE : En décoction.** En décoction. 50 g de sommités fleuries ou de fleurs et feuilles dans un litre d'eau. Faire bouillir 10 minutes. Contre les gingivites et les aphtes.

TOXICITÉ

Des cas d'hépatites aiguës liées à la consommation prolongée de médicaments à base germandrée ont été observés en France et au Canada dans les années 1990, probablement dus aux teucrines. La vente de la plante et des préparations qui la contienne est depuis lors interdite.

Description

Petite plante vivace haute de 15 à 30 cm de hauteur, commune dans les lieux secs, surtout calcaires, de la plupart de nos régions. On la rencontre dans le centre et le sud de l'Europe, en Asie occidentale et en Afrique du Nord. Ses tiges, ligneuses à la base, d'abord couchées puis redressées, portent de petites feuilles opposées, luisantes au-dessus, vert pâle et légèrement velues en dessous, crénelées sur les bords comme celles du chêne. Ses fleurs, rouges, irrégulières, ont ceci de caractéristique que la lèvre supérieure leur fait défaut. La plante répand une faible odeur aromatique et possède une saveur amère et astringente.

Serpolet

Thymus serpyllum

FAMILLE DES LAMIACÉES

Ses composés actifs :
Tanins, flavonoïdes, acide caféique, et essence aromatique de composition variable suivant les chémotypes (dominante de thymol, carvacrol, linalol...)

PRINCIPALES VERTUS

- ★ Stimulant physique et psychique
- ★ Apéritif et digestif
- ★ Antidouleur
- ★ Calmant de la toux
- ★ Antiseptique

PARTIES UTILISÉES

- ★ Sommités fleuries, plante entière

Proche cousin du thym, le serpolet est utilisé en médecine populaire depuis des temps reculés. Le botaniste anglais Culpeper, au XVIIe siècle, le recommandait contre la toux, les vomissements et les hémorragies internes. Au siècle suivant, Linné l'employait avant tout contre les céphalées.

Coup de fouet

• La plante est un **stimulant qui augmente l'énergie** et les forces physiques, remonte le moral et réveille les fonctions digestives. Elle est donc recommandée contre l'asthénie nerveuse, la fatigue avec dépression, et pour combattre l'anémie des jeunes filles au moment de la puberté.
• Apéritif, le serpolet est aussi **sédatif des spasmes digestifs**, et provoque l'expulsion des gaz intestinaux.
• Il soulage les règles douloureuses.
• C'est, de plus, un **antiseptique des voies respiratoires et un calmant de la toux**. On l'utilise avec bonheur contre les toux quinteuses convulsives et l'asthme. Expectorant, il fluidifie les sécrétions bronchiques, ce qui le fait recommander notamment dans les bronchites.
• L'huile essentielle de serpolet est **antibactérienne et antivirale**. Elle peut être diffusée dans l'atmosphère pour l'assainir.
• Pour l'usage externe, l'huile de serpolet (ou l'huile essentielle diluée dans une huile de massage) soulage les douleurs inflammatoires, comme **les douleurs sciatiques ou névralgiques**.
• L'infusion **antiseptique** est utilisée contre les ulcères, les irritations, les pertes blanches.

AUTRES USAGES : Le serpolet est un condiment intéressant, à condition de choisir les spécimens dont l'odeur est la plus plaisante, et de l'utiliser cru en fin de cuisson.

COMMENT L'UTILISER

• **UTILISATION INTERNE : En infusion.** 10 à 20 g par litre d'eau bouillante. Prendre 3 ou 4 tasses par jour. Pour stimuler l'organisme et favoriser la digestion. On appelle parfois cette infusion agréable « le thé des bergères ».
• **UTILISATION EXTERNE : En infusion concentrée.** 30 à 50 g de plante par litre d'eau. S'emploie en lotions, compresses et injections contre les irritations, les ulcères et les pertes blanches.
L'huile de serpolet se prépare en mettant à macérer 3 jours au soleil une poignée de sommités fleuries dans un litre d'huile d'olive. Passer puis remettre de la plante fraîche jusqu'à ce que l'huile soit parfumée. Contre les douleurs.

Description

Cette petite plante rampante (5 à 20 cm de hauteur), très proche du thym, se plaît dans les sols secs et pierreux, surtout calcaires. Ses minces tiges ligneuses, couchées puis redressées à leur extrémité, portent des petites feuilles vertes, opposées et arrondies, et des fleurs rose pâle ou soutenu, groupées en épis terminaux. La plante dégage une odeur plus ou moins agréable (allant du parfum très frais de citron ou d'eau de Cologne à l'odeur du beurre rance, en passant par celle de l'origan ou du champignon). Il lui arrive aussi d'être pratiquement inodore.

TOXICITÉ

L'huile essentielle de serpolet est irritante pour la peau et les muqueuses : pensez à toujours la diluer dans une huile végétale (amande douce, avocat, germe de blé...).

Thym

Thymus vulgaris

FAMILLE DES LAMIACÉES

Ses composés actifs :
Essence aromatique de composition variable suivant le chémotype considéré (dominante de thymol, linalol, géraniol...)

Les Égyptiens utilisaient le thym mélangé à d'autres ingrédients pour embaumer leurs morts. Les Grecs en mettaient dans leurs plats, mais l'utilisaient aussi pour parfumer leur bain, ou s'oignaient le corps d'huile de thym. Albert le Grand le préconisait contre la lèpre, la paralysie et les poux.

Digestif, détox et fortifiant

• Apéritif, tonique et antispasmodique, le thym **facilite la digestion**. Il calme les contractions nerveuses de l'estomac, chasse les gaz et empêche les fermentations.

• **Excellent antiseptique**, il est utilisé contre les infections respiratoires.

• Il active les fonctions de détoxification, **favorise la transpiration et la diurèse**. Il facilite l'élimination des toxines de l'organisme (grippe, rhumatisme, excès alimentaires...).

• Le thym est aussi un **stimulant de l'intellect** : son infusion est recommandée, après les repas, pour vaincre la somnolence.

• Il est aussi très efficace pour calmer **les douleurs rhumatismales**, celles de la goutte, de l'arthrite. Il permet de préparer des bains fortifiants recommandés aux enfants chétifs.

• Le thym constitue aussi un excellent **tonique du cuir chevelu** qui stoppe la chute des cheveux, les épaissit et active leur repousse.

• C'est enfin un bon dentifrice, qui **fortifie les gencives**, désinfecte l'haleine et prévient les caries.

• En diffusion, il **assainit l'atmosphère**.

PRINCIPALES VERTUS

★ Facilite la digestion
★ Antiseptique
★ Détoxifiant
★ Stimulant
★ Antirhumatismal
★ Antichute de cheveux
★ Bon dentifrice

PARTIES UTILISÉES

★ Plante entière

TOXICITÉ

Les thyms riches en thymol, et surtout leurs huiles essentielles, doivent être utilisés avec prudence du fait de leur causticité. Des troubles nerveux peuvent apparaître en cas de surdoses.

AUTRES USAGES : le thym est une « herbe de Provence » qui sert de condiment, notamment sur les viandes. On l'utilise pour les marinades, en particulier de gibier faisandé, qu'il parfume tout en les aseptisant. Il fait aussi partie des bouquets garnis.

COMMENT L'UTILISER

• **INTERNE : En infusion.** 20 à 30 g de plante par litre d'eau bouillante, dont on prendra 3 ou 4 tasses par jour comme stimulant, contre les rhumes et les mauvaises digestions. À la dose de 50 g, l'infusion se montre plus excitante.
Sirop contre la toux : faire dissoudre 175 g de miel dans 100 g d'infusion chaude.

• **EXTERNE :** Contre les douleurs, on utilise du thym frais, qu'on fait chauffer à sec dans une poêle en fer. Appliquer bien chaud entre deux mousselines sur la région douloureuse.
Bain de thym. Ajouter à l'eau du bain une décoction de 500 g de thym bouilli dans quelques litres d'eau. Fortifiant, revigorant, antidouleurs.
Lotion capillaire. Avec une décoction concentrée, à raison de 100 g par litre qu'on laisse réduire de moitié. Frictionner le cuir chevelu avec cette lotion et en rincer les cheveux après le shampoing. Tonique. Cette même décoction peut servir en lavages ou en compresses pour panser les plaies.
Dentifrice. Plusieurs fois par semaine, imprégner la brosse à dents avec du thym sec pulvérisé.

Description

Sous-arbrisseau de 10 à 30 cm de hauteur, commun dans les terrains secs et rocailleux du Midi. On le rencontre dans la partie occidentale du bassin méditerranéen, de l'Espagne à l'Italie. Le thym est communément cultivé dans les jardins : c'est un des compagnons du bouquet garni cher à la cuisine mijotée. Tout le monde connaît ses petites feuilles étroites, d'un vert grisâtre, et ses fleurs d'un rose pâle. Comme chez le serpolet, son cousin, différents plants de thym peuvent dégager des arômes variables.

Tilleul

Tilia sp.

FAMILLE DES TILIACÉES

Ses composés actifs :

Fleurs : mucilage, tanins, acides-phénols, proanthocyanidols, flavonoïdes (dont la quercétine et le kwaempférol), essence aromatique. Aubier (partie intérieure de l'écorce) : acides-phénols, tanins, fraxoside, esculoside, acides aminés.

PRINCIPALES VERTUS

- ★ Calmant, sédatif
- ★ Digestif
- ★ Stimulant biliaire
- ★ Diurétique
- ★ Contre les problèmes de peau

PARTIES UTILISÉES

- ★ Inflorescences, aubier, bourgeons, sève

Pline mentionne les heureux effets du vinaigre d'écorce de tilleul sur les « *vices de la peau* ». Sainte Hildegarde, au Moyen Âge, conjurait les pestilences au moyen d'un anneau décoré d'une pierre verte, sous laquelle se trouvait un bout de tilleul entourée d'une toile d'araignée. De nombreux traités vantent son action sur l'épilepsie, la paralysie, les vertiges et les œdèmes. Son importance était telle qu'une ordonnance royale prescrivait de planter les routes de tilleuls et d'en réserver la récolte pour les hôpitaux.

Calmant, mais aussi fortifiant

• La fleur de tilleul est appréciée pour ses **propriétés calmantes et antispasmodiques**. Remarquable sédatif du système nerveux, elle procure aux insomniaques **un sommeil réparateur**. Toutefois, une dose trop élevée ou un temps d'infusion prolongé rend la tisane **excitante**, et peut au contraire provoquer des insomnies.
• Antispasmodique, le tilleul **aide les difficultés digestives**, surtout quand elles ont pour origine une nervosité excessive.
• Favorisant la transpiration, c'est un excellent remède **contre la grippe et les refroidissements**. Il réduit les sécrétions nasales et apaise les courbatures et les maux de tête associés.
• Les bains de tilleul sont **calmants** pour les jeunes enfants agités.
• La décoction est recommandée en lotion pour **apaiser les démangeaisons cutanées**.
• C'est aussi une **eau de beauté** qui détend la peau et enlève les impuretés, les dartres et les boutons.
• L'infusion de l'aubier de tilleul sauvage s'est révélée être un **remarquable draineur naturel** de l'organisme, qu'il « nettoie » en profondeur. Elle stimule le foie et régularise la sécrétion régulière de la bile, améliorant ainsi les digestions lentes, et dissout l'acide urique qui provoque goutte et calculs rénaux.

AUTRES USAGES : Lorsqu'elles sont jeunes et translucides, les feuilles se consomment en salades. Plus âgées, elles sont séchées et réduites en une poudre verte qui, mélangée à de la farine, sert à préparer galettes, pains et gâteaux.

COMMENT L'UTILISER

• **INTERNE : En infusion de fleurs.** 3 à 5 g par tasse d'eau bouillante (soit 2 cuillerées à café). On peut prendre 2 à 4 tasses par jour. Comme calmant et digestif.
• **EXTERNE : En décoction forte.** 60 à 70 g de fleurs par litre d'eau. En lotion, en compresses, en eau de beauté.
Bain calmant. Faire une décoction de 500 g de tilleul dans quelques litres d'eau et l'ajouter dans le bain.

Description

Grands arbres se reconnaissant facilement à leurs larges feuilles en forme de cœur, à bordure dentelée. Leurs fleurs jaune verdâtre, groupées en inflorescences sous une longue bractée membraneuse, dégagent au début de l'été une suave odeur de miel. Le fruit est une petite sphère duveteuse qui contient une graine unique. Trois espèces sont couramment utilisées pour leurs propriétés médicinales : le tilleul à grandes feuilles (*Tilia platyphyllos*), le tilleul à petites feuilles (*T. cordata*) et le tilleul commun (*T. x europea*), hybride des deux précédents. D'autres espèces peuvent aussi être employées, comme le tilleul argenté (*T. tomentosa*) par exemple. Le tilleul commun est souvent utilisé pour orner les parcs et les jardins.

Capucine

Tropaeolum majus

FAMILLE DES TROPÉOLACÉES

Ses composés actifs :
Plante : flavonoïdes et un hétéroside sulfuré (la glucotropéoline), qui libère par hydrolyse de l'isothiocyanate de benzyle. Graines : très riches en acide érucique.

La « fleur sanguine du Pérou », introduite en Europe au début du XVIIe siècle, fut considérée comme propre à faire venir les règles. On connaissait aussi ses vertus antiscorbutiques, précieuses au temps de la marine à voile où sévissait le scorbut : cela n'a rien d'étonnant, puisqu'on a dosé 285 mg de vitamine C dans 100 g de feuilles fraîches, soit cinq fois plus que dans les oranges ! Tombée ensuite dans l'oubli, elle fut réhabilitée par Cartheuser, en 1805, qui lui attribua diverses vertus thérapeutiques : diurétiques, laxatives, pectorales, vermifuges. Leclerc, de son côté, mit l'accent sur les propriétés expectorantes de la capucine, qui fluidifie les sécrétions bronchiques.

La fleur de capucine peut agrémenter les salades.

Pour le corps et la tête

- La capucine est créditée de **propriétés antibiotiques**, mises à profit dans la bronchite, les inflammations respiratoires et les infections urinaires.
- Renforçant le système immunitaire grâce à sa richesse en vitamine C, on la recommande pour **accroître la résistance de l'organisme aux infections**.
- En usage externe, la plante est antiseptique et s'emploie **contre les démangeaisons, les brûlures superficielles**, les coups de soleil, l'érythème fessier des bébés On la préconise aussi pour **soulager les douleurs musculaires**.
- On en prépare une **lotion capillaire** contre les problèmes du cuir chevelu. Elle freinerait la chute des cheveux, et entre dans la composition de shampooings antipelliculaires.

AUTRES USAGES : On peut utiliser les fleurs de capucine pour orner les salades, qu'elles corsent de leur accent piquant évoquant le cresson. Les feuilles se mangent crues ou cuites comme celles du cresson. Boutons floraux et jeunes fruits peuvent remplacer les câpres.

PRINCIPALES VERTUS

★ Antibiotique, antiseptique
★ Renforce l'organisme
★ Expectorante
★ Tonifie et assainit le cuir chevelu

PARTIES UTILISÉES

★ Feuilles, fleurs, graines

COMMENT L'UTILISER

- **INTERNE : En décoction.** 15 à 30 g de feuilles par litre d'eau. Pour renforcer l'organisme contre les infections.

Alcoolature. Faire macérer des feuilles fraîches tassées dans le même volume d'eau-de-vie blanche pendant 15 jours. Après avoir filtré, on conserve en bouteille et on prend une cuillère à café 3 fois par jour. L'avantage de l'alcoolature est de permettre de suivre le traitement en toute saison.

- **EXTERNE : En décoction.** Avec une poignée de fleurs, feuilles et fruits. En gargarismes et en bains de bouche contre le déchaussement des dents.

Lotion capillaire. Hacher 100 g de feuilles, fleurs et semences fraîches de capucine avec autant de feuilles fraîches d'ortie et de feuilles fraîches de buis. Faire macérer 15 jours dans un demi-litre d'alcool à 90 % vol. Passer et parfumer à l'essence de géranium. Employer en frictions journalières du cuir chevelu, appliquées avec une brosse rude.

Description :

Plante vivace sous les climats chauds, originaire des Andes. Avec ses fleurs aux vives couleurs, jaunes, rouges ou pourpres, la capucine est l'une des plantes ornementales les plus cultivées dans nos jardins. Ses tiges charnues peuvent atteindre 2 m de longueur. Les feuilles d'un vert tendre sont portées par de longs pétioles cylindriques attachés au centre du limbe, qui est de forme grossièrement circulaire avec cinq angles peu marqués. Les grandes fleurs irrégulières donnent naissance à un fruit à trois coques, ayant la texture du liège lorsqu'il est mûr.

Tussilage

Tussilago farfara

FAMILLE DES ASTÉRACÉES

Ses composés actifs :

Capitules : mucilage, triterpènes, flavonoïdes, caroténoïdes, alcaloïdes pyrrolizidiniques (dont senkirkine et sénecionine). Ces derniers seraient moins abondants chez les plantes européennes que chez les asiatiques. Les feuilles contiennent en outre des tanins, des sels minéraux et des vitamines.

PRINCIPALES VERTUS

- ★ Contre la toux
- ★ Pectoral
- ★ Adoucissant et résolutif
- ★ Cicatrisant
- ★ Renforce l'organisme

PARTIES UTILISÉES

- ★ Fleurs, feuilles

Il n'est pas difficile de deviner les propriétés de cette plante, puisque le nom de tussilage provient du latin *tussis*, qui veut dire « toux » et *agere*, « chasser ». Les fleurs sont, de fait, un très ancien remède contre la toux. Les Anciens les utilisaient même dans le traitement de la « phtisie » (tuberculose pulmonaire). La fleur de tussilage apporte sa note jaune dans la poétique, autant qu'efficace, « tisane des quatre fleurs pectorales ». Les feuilles et les racines sont sudorifiques, et furent renommées contre les affections scrofuleuses. La racine était jadis utilisée contre la peste.

Chasse la toux

• **Pectorales, calmantes et adoucissantes**, les fleurs ou les feuilles de tussilage s'emploient dans les inflammations des voies respiratoires, contre les accès de toux, les rhumes, les bronchites, les grippes persistantes. Autrefois, on a parfois fumé les feuilles en cigarettes contre l'asthme.

• Les tisanes de tussilage sont **expectorantes et adoucissantes** pour les bronches.

• Les feuilles s'appliquent, en usage externe, en cataplasmes résolutifs contre les abcès. **Cicatrisantes**, elles peuvent être appliquées sur les plaies et les brûlures.

• La plante est aussi apaisante **en cas d'inflammation de la muqueuse buccale**.

• Les fleurs **raffermissent la peau** et ont un effet antirides.

• Des études conduites en Chine ont mis en évidence les **effets anti-inflammatoires** des extraits de la plante, qui **renforceraient également les défenses immunitaires** de l'organisme.

AUTRES USAGES : On consomme les fleurs, les tiges et les jeunes feuilles crues, en salade. Les feuilles plus âgées peuvent être cuites.

COMMENT L'UTILISER

• **INTERNE : En infusion.** 50 g de fleurs par litre d'eau ; boire 3 tasses par jour. Contre la toux.
En sirop. 250 g de fleurs par litre d'eau bouillante. Laisser infuser 8 à 10 heures. Passer. Ajouter le même poids de sucre et cuire doucement jusqu'à l'obtention du sirop. Prendre 4 ou 5 cuillerées à soupe par jour. Pour le même usage.

• **EXTERNE :** Cataplasme de feuilles cuites, contre les abcès, ou compresses imbibées de décoction concentrée de ces feuilles, à la dose de 50 à 100 g par litre d'eau bouillante.
Infusion de fleurs. En compresses chaudes, elle est légèrement astringente et excellente pour les peaux grasses et relâchées. Elle estompe aussi les fines ridules.

TOXICITÉ

Les alcaloïdes pyrrolizidiniques provoquent expérimentalement des tumeurs hépatiques. Bien qu'aucun trouble répertorié ne soit associé à la plante, son utilisation régulière en tisane est déconseillée. Ainsi, on ne l'emploiera pas plus d'un mois d'affilée. Elle est à éviter chez les femmes enceintes et les jeunes enfants.

Description

Petite plante (10 à 30 cm de hauteur) vivace à rhizome, qui croît dans les lieux humides et argileux dans tout l'hémisphère Nord. Les fleurs naissent avant les feuilles, en capitules solitaires, jaune d'or, au sommet des tiges couvertes d'écailles duveteuses rougeâtres. Les feuilles, basales, ne sortent que lorsque les fleurs se fanent. Aussi larges que longues, bordées de larges dents, elles sont vertes et caoutchouteuses au-dessus, blanchâtres et cotonneuses en-dessous. Les fruits sont des akènes plumeux comme chez le pissenlit.

Ortie (Grande)

Urtica dioica

FAMILLE DES URTICACÉES

Ses composés actifs :

Rhizome : polysaccharides, tanins, lectine, composés phénoliques, lignanes, stérols.
Feuilles : protéines complètes, flavonoïdes, et quantité de vitamines, de sels minéraux et d'oligo-éléments : vitamine C (7 fois plus que les oranges), fer, calcium (presque autant que le fromage !), provitamine A

Employées jadis comme révulsif en cas de paralysie, les orties étaient réputées en médecine populaire comme un excellent astringent. Les frictions et flagellations avec une poignée d'ortie étaient préconisées contre les douleurs rhumatismales : ce procédé « héroïque » ne semble plus guère prisé de nos jours !

Revitalisante et détoxifiante

• Les rhizomes d'ortie se montrent efficaces dans le traitement de l'hyperplasie bénigne de la prostate. On les recommande pour **augmenter le volume et le débit urinaires** et pour réduire le résidu post-mictionnel.

• Les feuilles, **détoxifiantes, diurétiques et anti-inflammatoires,** s'emploient contre les douleurs rhumatismales, l'arthrite et l'inflammation des voies urinaires.

• On les utilise la formation de calculs rénaux.

• Les **vertus astringentes** de l'ortie sont mises à profit contre les hémorragies d'origines diverses : crachements de sang, règles trop abondantes, saignements de nez.

• C'est un dépuratif efficace, utilisé **contre les dermatoses rebelles** : eczéma, psoriasis et dartres.

• L'ortie sert à composer des lotions capillaires efficaces pour **faire pousser les cheveux**. Elle entretient aussi la **vitalité des ongles et la beauté de la peau**.

AUTRE ESPÈCE : La petite ortie (*Urtica urens*), au contact plus cuisant, présente les mêmes propriétés médicinales que la grande.

AUTRES USAGES : Les orties se mangent crues ou cuites (soupes, soufflés, quiches...). Au jardin, le « purin d'ortie », macération des feuilles dans de l'eau, constitue un traitement bio pour le jardin, à la fois engrais, répulsif contre les insectes et fortifiant des plantes.

PRINCIPALES VERTUS

★ Diurétique
★ Anti-inflammatoire
★ Antirhumatismal
★ Astringente
★ Revitalisante
★ Contre les problèmes de peau et la chute des cheveux

PARTIES UTILISÉES

★ Rhizomes, feuilles, plante entière

COMMENT L'UTILISER

• **INTERNE : Décoction de rhizomes.** 30 à 40 g par litre d'eau. Laisser bouillir 10 minutes. Prendre 3 fois par jour. Pour les troubles de la prostate.
Suc d'ortie. 100 g de plante fraîche par jour. Comme dépuratif.
En infusion. 30 à 60 g de feuilles par litre d'eau. Laisser en contact pendant 10 minutes et prendre une tasse avant les repas. Contre les rhumatismes et l'arthrite.

• **EXTERNE : Lotion capillaire.** Faire macérer 60 g de rhizome séché avec 60 g d'origan dans un litre d'eau-de-vie pendant un mois. Faire des frictions journalières avec cette lotion.

Description

Plante vivace à rhizome (50 cm à 1 m de hauteur), commune dans toutes les régions tempérées, abonde dans les sols riches en azote, et notamment les décombres, les lieux abandonnés, et le long des chemins. Elle est couverte d'innombrables poils rigides qui se brisent au moindre contact, laissant s'écouler sous l'épiderme un liquide urticant riche en histamine, qui provoque une brûlure désagréable et la formation d'une papille rougeâtre. Les tiges dressées portent des feuilles opposées, larges, bordées de dents aiguës. Les fleurs, verdâtres, disposées en grappes à l'aisselle des feuilles, sont mâles ou femelles suivant les pieds.

Les poils urticants de l'ortie ont fait sa réputation...

Myrtille

Vaccinium myrtillus

FAMILLE DES ÉRICACÉES

Ses composés actifs :

Feuilles : acides-phénols, flavonoïdes, traces d'alcaloïdes quinolizidiniques, proanthocyanidols, catéchol. Fruits : riches en glucides, en acides organiques, en tanins, en vitamines B_1 et C, et en proanthocyanidols.

PRINCIPALES VERTUS

- ★ Antiseptiques, antibactériens
- ★ Astringents
- ★ Veinotonique
- ★ Bonne pour les yeux

PARTIES UTILISÉES

- ★ Feuilles, fruits (frais ou secs)

Dioscoride fut le premier à vanter les propriétés de la myrtille, qu'il indiquait pour combattre la dysenterie. Arnaud de Villeneuve, au XIIIe siècle, conseillait, pour guérir les hémorroïdes, de s'asseoir sur un coussin de feuilles de myrtilles et de roses bouillies. Plus tard, on la préconisa contre les stomatites, les aphtes, le muguet des enfants. Mais c'est surtout contre les entérites que la médecine populaire continue à l'utiliser.

Anti-diarrhéique

• Les fruits séchés sont **antiseptiques et astringents**. Frais, ils se montrent **légèrement laxatifs**.

• La décoction de baies est un **puissant antibactérien**, très efficace contre la colibacillose (infection des voies digestives ou urinaires par la bactérie *Escherichia coli*) ou l'entérite aiguë.

• On obtient d'**excellents résultats dans les diarrhées rebelles**, y compris les diarrhées infantiles.

• La myrtille est recommandée en cas d'**irritation de la muqueuse buccale**.

• Elle est efficace aussi dans les troubles digestifs causés par certains antibiotiques (auréomycine, terramycine).

• Les anthocyanes de la myrtille expliquent ses vertus tonifiantes sur les **vaisseaux sanguins**, et lui confèrent son efficacité **contre les jambes lourdes, les varices, les hémorroïdes** et la fragillité des capillaires.

• Ces mêmes substances expliquent **l'action de la myrtille sur certains troubles de la vision**. Les pigments que l'on en extrait sont utilisés contre les problèmes vasculaires rétiniens, le glaucome, etc. Mais, surtout, ils **améliorent très nettement l'acuité visuelle** en basse lumière.

AUTRES ESPÈCES : L'airelle rouge (*V.accinium vitis-idæa*, dessin ci-contre, en bas), des bois de montagne, et la canneberge (*V. oxycoccus*) des tourbières, donnent des fruits rouges comestibles. Ceux de la canneberge sont très réputés comme bactériostatique pour prévenir ou soigner les cystites, mais les résultats de recherches récentes contestent cette propriété.

COMMENT L'UTILISER

• **INTERNE** : Pour combattre les diarrhées d'origines diverses, ou pour augmenter l'acuité visuelle, réjouissons-nous que, pour une fois, le remède se présente sous forme de délicieuses friandises. On **déguste les myrtilles mûres** en compotes, en gelées, en sirop.

En décoction. 50 g de baies pour 1/4 l d'eau, à faire bouillir 10 minutes. Prendre 4 tasses par jour. Comme antidiabétique, boire en 24 heures une infusion de feuilles faite avec une bonne poignée par litre d'eau bouillante.

• **EXTERNE** : **En décoction.** Jusqu'à réduction de moitié d'une poignée de baies par litre d'eau. Faire des lavements et des compresses contre les hémorroïdes ; badigeonner la bouche contre les aphtes et le muguet (mycose buccale).

Description

Sous-arbrisseau de 20 à 60 cm de hauteur, formant des tapis denses dans les bois et les landes des terrains siliceux, surtout en montagne et dans les régions septentrionales. On le rencontre dans le centre et le nord de l'Europe, en Asie en Amérique du Nord. Ses nombreux rameaux dressés, anguleux, verts, portent de petites feuilles luisantes et ovales, finement dentées, et des fleurs en grelot, colorées de vert et de rouge, solitaires ou par deux à l'aisselle des feuilles, qui donnent des fruits bleu foncé, ardemment récoltés.

Bouillon-blanc

Verbascum thapsus

FAMILLE DES SCROFULARIACÉES

Ses composés actifs :

Mucilage, flavonoïdes, saponosides, iridoïdes, lignanes hétérosidiques, essence aromatique.

PRINCIPALES VERTUS

- ★ Antitussif
- ★ Expectorant
- ★ Antimicrobien
- ★ Émollient, adoucissant
- ★ Diurétique
- ★ Cicatrisant
- ★ Anti-inflammatoire

PARTIES UTILISÉES

- ★ Fleurs, feuilles

Dioscoride recommandait déjà, au Ier siècle ap. J.-C., le bouillon-blanc contre toutes les affections pulmonaires, ainsi que Pline l'Ancien. Ils n'étaient toutefois pas d'accord sur la partie de la plante à utiliser : l'un prescrivait les feuilles, l'autre la racine. Au XIIe siècle, Sainte Hildegarde, la bonne abbesse de Bingen, considérait ses fleurs comme un remède infaillible de l'enrouement.

Une fleur pectorale

• Antitussif avéré, le bouillon-blanc faisait partie de la « tisane des quatre fleurs pectorales ». Ses fleurs sont émollientes et adoucissantes, elles **facilitent l'expectoration et apaisent la toux.** Elles font merveille dans les inflammations de poitrine, les bronches encombrées, les enrouements, les trachéites. Bon calmant **pour les asthmatiques**.

• Les fleurs ont aussi des propriétés **antibactériennes et antivirales** et, dans une moindre mesure, antimycosiques.

• Leurs vertus adoucissantes, dues au mucilage qu'elles contiennent, les font aussi employer **contre les inflammations internes et les digestions difficiles** et douloureuses.

• De façon traditionnelle, on utilisait également le bouillon-blanc comme **diurétique**, mis à profit contre les douleurs rhumatismales.

• Les feuilles sont **calmantes pour la peau et cicatrisantes**. Elles soignent les hémorroïdes et les affections cutanées.

• En bain de bouche, elles **contribuent à l'hygiène buccale**. Elles apaisent aussi les douleurs liées aux inflammations de la muqueuse de la bouche et de la gorge.

COMMENT L'UTILISER

• **INTERNE : En infusion.** 20 à 30 g de fleurs par litre d'eau pendant 10 minutes. Boire chaud entre les repas et le soir au coucher. Contre les inflammations des voies respiratoires et les enrouements. Il est indispensable de passer la tisane sur un linge, afin d'éliminer les poils des étamines, qui irriteraient la gorge.

• **EXTERNE : En décoction.** 30 à 60 g de feuilles par litre d'eau; à employer soit en bains de siège et lavages extérieurs contre les hémorroïdes et l'irritation des organes féminins, soit en lotion contre les dartres, les brûlures, les ulcères, les engelures.

En cataplasme, préparé avec des feuilles cuites dans du lait, pour résorber les furoncles, les panaris, les abcès.

Description

Grande plante bisannuelle qui peut atteindre 2 m de hauteur, très commune dans les terres incultes, les sols pierreux et les décombres de toutes nos régions. On la rencontre dans l'Europe entière, en Asie, en Afrique du Nord, et en Amérique du Nord où elle est subspontanée. Sa robuste tige dressée, recouverte de poils blancs, porte de larges feuilles molles, cotonneuses, presque blanches. Ses belles fleurs jaunes, qui s'épanouissent en juillet-août et dégagent une odeur suave, sont disposées en un gros épi compact terminant la tige.

Verveine officinale

Verbena officinalis

FAMILLE DES VERBÉNACÉES

Ses composés actifs :
Tanins, mucilage, iridoïdes (dont le verbénaloside et l'hastatoside), hétérosides phénylpropaniques (dont le verbascoside et l'eukovoside)

La verveine était sacrée pour les Gaulois (son nom vient d'ailleurs du celte *ferfaen*). Les druides, avant le sacrifice, lavaient leurs autels avec de l'infusion de fleurs de verveine, tandis que les ovates buvaient son infusion avant de prédire l'avenir ou de jeter des sorts. On lui reconnaissait d'innombrables vertus et, principalement, celle de guérir l'épilepsie, les fièvres, les angines, les maladies de peau, les contusions.

Cette réputation « d'herbe à tous les maux » perdura longtemps, si l'on en croît Matthiole, au XVIe siècle : « *Les magiciens* [...] *disent que ceux qui s'en seraient frottés obtiendront tout ce qu'ils demanderont, ayant opinion que cette herbe guérit des fièvres et fait aimer la personne et, en somme, qu'elle guérit de toutes les maladies et de plusieurs autres.* »

Digestive, calmante et antidouleur

- On emploie surtout la verveine pour **faciliter la digestion**. À la fois apéritive et digestive, elle lutte contre les vertiges, les céphalées ou les somnolences liés à une mauvaise digestion.
- On utilise aussi ses **vertus antirhumatismales et antidouleur** contre les points de côté, les coups et chocs de toute sorte, les foulures, les contusions, les ecchymoses.
- Elle est aussi **calmante** en cas de nervosité et **aide à trouver le sommeil**.
- En usage externe, la verveine est parfois employée **contre les petits problèmes cutanés**. Elle apaise les brûlures superficielles, les coups de soleil, les érythèmes fessiers des bébés et les démangeaisons des piqûres d'insectes.

COMMENT L'UTILISER

- **INTERNE : En infusion.** 15 à 30 g de plante par litre d'eau bouillante. Prendre 3 tasses par jour avant les repas. Comme apéritif. On peut également prendre une tasse après chaque repas pour calmer les spasmes d'un estomac trop nerveux.
- **EXTERNE : En décoction.** 40 à 50 g par litre d'eau. Elle s'utilise en compresses contre coups et contusions.

Cataplasmes de sommités fraîches bouillies dans du vinaigre. Appliquer cette mixture aussi chaude que possible sur les points de pleurésie et les points de côté pour apaiser la douleur ou pour réduire les engorgements sanguins après des coups ou une chute.

LE SAVIEZ-VOUS ? La verveine odorante (*Lippia citriodora*), appelée à tort verveine « citronnelle » ou citronnée (mais dont les tisanes sont commercialisées sous le simple nom de «verveine » !), n'a rien à voir avec la verveine officinale. Cette petite plante à fleurs blanches dont les feuilles dégagent au froissement une agréable odeur de citron, s'emploie en cuisine pour aromatiser des crustacés, des glaces ou des sauces qui peuvent accompagner volaille et poisson. La véritable citronnelle (*Cymbopogon citratus*) est quant à elle une graminée tropicale utilisée dans la cuisine du sud-est asiatique et servant à préparer des tisanes au goût très semblable à celles de verveine odorante.

Description

Plante vivace de 40 à 80 cm de hauteur, très commune au bord des chemins et dans les lieux incultes de toutes nos régions. On la rencontre en Europe, en Asie et en Afrique du Nord. Sa tige dressée et ramifiée porte des feuilles opposées, profondément découpées, et de petites fleurs lilas réunies en longs épis filiformes. Elle n'est pas aromatique.

PRINCIPALES VERTUS

- ★ Apéritive
- ★ Digestive
- ★ Calmante et sédative
- ★ Antirhumatismale
- ★ Antidouleur

PARTIES UTILISÉES

- ★ Feuilles, fleurs

Gattilier

Vitex agnus-castus

FAMILLE DES VERBÉNACÉES

Ses composés actifs :

Sommités fleuries, fruits : essence aromatique riche en cinéole, flavonoïdes, iridoïdes, peut-être aussi des stéroïdes.

PRINCIPALES VERTUS

★ Régularise le cycle menstruel
★ Soulage les troubles prémenstruels
★ Apaise les douleurs des règles
★ Augmente la fertilité
★ Antistress

PARTIES UTILISÉES

★ Fruits secs

Connu depuis l'Antiquité gréco-romaine pour ses vertus anaphrodisiaques, le gattilier servait déjà pour protéger les lieux sacrés des plaisirs de la chair : on en couvrait les sols. Pour les mêmes raisons, les prêtresses se couchaient sur des matelas faits de gattilier pour rester pures. La plante passait ainsi pour un symbole de chasteté, d'où son nom d'« agneau-chaste ». Au Moyen Âge, les moines en mâchaient les fruits pour diminuer le désir sexuel. Ils sont connus pour cela sous le nom de « poivre des moines ». À la même époque, les fruits frais étaient parfois employés pour soigner les paralysies et les membres douloureux.

La plante du cycle féminin

• Les fruits permettent de **réduire les troubles prémenstruels et de régulariser le cycle** par une action sur l'hypophyse (elle augmente la sécrétion de LH et diminue celles de FSH et de prolactine), ce qui équilibre la production des hormones féminines (progestérone et œstrogènes). En revanche, ils bloqueraient l'action des hormones androgènes.
• Cet effet régularisant de la balance hormonale contribue à **augmenter la fertilité**.
• Le gattilier est aussi employé **en cas de stress, d'anxiété** et de troubles mineurs du sommeil.
• Il peut être utilisé dans le cadre d'un traitement **contre l'acné**.
• La médecine populaire continue de le recommander comme **anaphrodisiaque**, bien que cette propriété n'ait jamais été démontrée.

LE SAVIEZ-VOUS ? Les tiges flexibles du gattilier servaient jadis de liens. C'est avec des tiges de gattilier, raconte la légende, qu'Ulysse attacha ses compagnons sous le ventre des moutons du cyclope Polyphème, afin de les faire sortir de la caverne de ce dernier.

AUTRE ESPÈCE : Le gattilier de Chine (*Vitex negundo*) est très utilisé en Inde pour ses vertus médicinales. Ses feuilles et ses graines sont employées, en application locale, pour soulager les rhumatismes et les inflammations articulaires. En interne, on dit les feuilles diurétiques, expectorantes, vermifuges, toniques et fébrifuges. Le gattilier de Chine est également antifongique et insecticide.

COMMENT L'UTILISER

• **INTERNE :** 2-4 g (1-2 cuillerées à café rases) de fruits secs broyés par jour, tels quels ou en infusion. Pour lutter contre le syndrome prémenstruel et les règles douloureuses. Commencer le traitement une semaine avant les règles et à cesser deux jours après l'arrêt des menstruations. On peut le répéter à chaque cycle, puis diminuer les doses quand une amélioration se fait sentir. Il existe aussi des extraits standardisés dans le commerce.

TOXICITÉ

Le gattilier est à éviter pendant la grossesse et l'allaitement, chez les femmes à antécédents ou risques de cancer du sein, ou celles qui suivent protocole de fécondation *in vitro*.

Description

Arbuste touffu (1,5 à 2 m de hauteur) dont les séduisants buissons bordent fréquemment l'embouchure des cours d'eau du pourtour méditerranéen. Le gattilier porte des feuilles composées de longs segments étroits, palmés, évoquant celles du chanvre (mais leurs bords ne sont pas dentés). Elles émettent un parfum épicé, à la fois floral et animal qui rappelle le cuir. De longs épis élégants de fleurs d'un rose violacé, délicatement odorantes, terminent les rameaux souples. Elles sont suivies par de petits fruits tout ronds, gris et croquants.

Vigne

Vitis vinifera

FAMILLE DES VITACÉES

Ses composés actifs :
Feuilles de vigne rouge : beaucoup d'anthocyanosides, ainsi que tanins, flavonoïdes, composés phénoliques. Fruits : sucres, pectine, acides tartrique et malique, flavones, vitamines. Peau du raisin : riche en oligo-anthocyanidines (puissants anti-oxydants). Pépins : riches en resvératrol.

PRINCIPALES VERTUS

★ Veinotonique
★ Astringente
★ Contre les affections oculaires
★ Diurétique
★ Antidiarrhéique (feuilles)
★ Laxatif (fruits)

PARTIES UTILISÉES

★ Feuilles, fruits (raisin), sève du printemps, verjus

Objet d'un véritable culte de la part des Grecs, qui la dédiaient à Dionysos, la vigne dispense à l'homme ses fruits, dont il a su tirer le vin. La médecine a beaucoup utilisé le vin pour ses qualités antiseptiques et aussi comme base de divers remèdes. Montpellier, grâce à son école de médecine si célèbre au Moyen Âge, eut jadis une grande renommée pour la préparation de ces vins médicinaux, dont certains sont encore en usage de nos jours.

COMMENT L'UTILISER

• **INTERNE : Décoction de feuilles.** 50 g par litre d'eau bouillante. Prendre à la dose de 3 tasses par jour avant les repas, dont une le matin à jeun. Contre les troubles de la ménopause et les problèmes veineux.
Verjus. 200 g de jus pour un litre d'eau. En cas de surpoids.
Cure de raisin. Prendre chaque jour le jus de 500 g à 1 kg de raisins (bio, car la culture « conventionnelle » du raison est gourmande en pesticides), une heure avant chacun des 3 repas, pendant toute la saison. Pour nettoyer l'organisme.

De multiples bienfaits

• Les feuilles de vigne et les extraits de pépins sont excellents pour **soulager les symptômes de l'insuffisance veineuse** (jambes lourdes) et les varices, et traiter les problèmes liés à la fragilité capillaire (hémorragies, saignements de nez, voire hémorroïdes, mais aussi ecchymoses et pétéchies).
• Les feuilles de vigne rouge aident parfois à lutter **contre les troubles de la ménopause** : elles rétablissent une bonne circulation du sang et luttent contre les hémorragies utérines.
• **Très astringentes** par leurs tanins, elles s'utilisent aussi contre les diarrhées chroniques.
• La sève abondante et limpide qui s'écoule des rameaux lorsqu'on taille la vigne au printemps (« pleurs de la vigne »), est efficace **contre toutes les affections des yeux**. Tonique, cicatrisante et antihémorragique, elle est indiquée dans les affections congestives conjonctivales et oculaires.
• Le raisin est **rafraîchissant, diurétique et laxatif**. La cure de raisin est préconisée dans la constipation, l'arthritisme, le rhumatisme, la goutte, l'obésité, les maladies de peau, de foie et de l'appareil urinaire, l'hypertension ou l'artériosclérose.
• Le verjus, suc acide et astringent du raisin encore vert, est **diurétique** et on le recommande contre l'obésité.
• Les résultats d'essais menés sur des animaux indiquent que le resvératrol extrait de la peau de raisin, antioxydant remarquable, pourrait contribuer à **prévenir la cataracte**.

AUTRE USAGE : Le verjus est utilisé dans la préparation de certaines moutardes et comme condiment dans quelques plats de la gastronomie vigneronne.

LE SAVIEZ-VOUS ? Les premières traces de ceps de vigne cultivée ont été relevées sur les flancs du Caucase, dans l'actuelle Géorgie et datent d'il y a plus de 7 000 ans.

Description

Plante très anciennement connue, la vigne comprend une infinité de variétés (cépages) répandues dans les régions chaudes et tempérées. C'est une plante grimpante aux feuilles dentées. Les petites fleurs, blanches à verdâtres, sont groupées en inflorescences. Elles donnent des baies réunies en grappes.
On utilise en médecine la « vigne rouge », un ensemble de cultivars à fruits noirs et pulpe cramoisie, dont le feuillage prend en automne une belle teinte rouge.

PETIT GUIDE PRATIQUE

pour L'HERBORISTE en herbe

Récolter des plantes médicinales

Culture ou cueillette ?

Suivant les cas, les plantes médicinales peuvent être cultivées ou bien récoltées dans la nature. Parmi les premières, citons l'ail ou le thym tandis que le millepertuis, le gattilier et l'aubépine appartiennent généralement à la seconde catégorie. L'ortie appartient aux deux catégories. Avoir son propre jardin de plantes médicinales permet de disposer de plantes fraîches dont on est sûr. Mais à quoi servirait-il d'utiliser des plantes pour vous soigner si elles apportent à votre organisme des résidus d'engrais et de pesticides ? Il est donc préférable de respecter les règles de l'agriculture biologique. La cueillette des médicinales sauvages est, quant à elle, une expérience unique et exaltante pour celui qui s'intéresse aux plantes. Parfois on marche pendant des heures, loin des bruits de la civilisation, pour trouver enfin la plante tant recherchée.

L'éthique du cueilleur responsable

La nature n'est pas un supermarché ! Beaucoup de plantes médicinales se raréfient, voire sont en voie d'extinction à cause de récoltes intempestives. Tout cueilleur de plantes médicinales se doit donc d'adopter une démarche respectueuse des autres et de l'environnement.

- Si le lieu est **public** (un parc, une réserve naturelle, etc.), assurez-vous que vous avez l'autorisation légale de ramasser. Les parcs nationaux ont souvent des réglements bien spécifiques en ce qui concerne le ramassage de la flore.
- Si le lieu de cueillette est **privé**, demandez la permission. Si vous faites preuve de courtoisie, la plupart des gens sont plus ouverts que vous ne pensez. Certains se révéleront même curieux.
- Soyez informés au sujet des **espèces protégées** dans votre région. Les parcs régionaux en affichent souvent la liste sur leur site internet. De même, apprenez à connaître les **plantes dangereuses**. Ramassez loin de ces plantes.
- Cueillez **loin des chemins**. D'abord parce que les plantes sont souvent souillées par les déjections des chiens et autres animaux (sauvages ou non) dans ces zones de passage. Certaines plantes comestibles peuvent devenir dangereuses à cause de parasites tels que la douve du foie (rencontrée souvent dans le cresson sauvage) ou l'échinococcose (transmise par les selles des chiens et des renards). Par exemple, vous ramasserez les myrtilles ou les mûres au-dessus de 80 cm. Pour les fleurs sauvages que vous souhaitez consommer crues, ne cueillez que celles qui sont situées en hauteur des fossés, là où les renards ou les chiens ne peuvent accéder.
- Votre récolte doit rester invisible : pensez que la plupart des promeneurs ne quittent jamais le chemin. Eux aussi doivent profiter de toute la diversité biologique et esthétique de la flore de votre région.
- Si les mêmes indications thérapeutiques sont fournies par plusieurs plantes, **choisissez systématiquement la plus commune.** Ne dénigrez donc pas les plantes qui se trouvent en abondance : pissenlit, ortie, achillée millefeuille, bardane, etc.
- **Cueillez avec méthode et modération.** À quoi vous serviront des sacs de plantes non-utilisées s'ils partent au compost ! Ramassez peu, et retournez ramasser davantage si nécessaire. Ne ramassez que les parties utiles : feuilles, fleurs, écorces, sans endommager le reste de la plante. Par exemple, si vous n'avez besoin que des fleurs, ne coupez pas les tiges entières.
- **Ne déracinez pas les plantes,** à moins de vouloir utiliser spécifiquement la partie souterraine. Faites-le uniquement pour les espèces répandues et localement abondantes.
- Laissez toujours sur place toujours au moins **un tiers des plants découverts.** Ne cueillez que quelques feuilles sur chaque espèce et selon sa taille. Vous pouvez par contre cueillir sans réserve le pissenlit, l'ortie et la primevère officinale, qui sont des espèces robustes se reproduisant en abondance.

Le calendrier de cueillette

Certaines plantes, comme le romarin, peuvent être cueillies pratiquement toute l'année, mais la plupart doivent être récoltées à un moment précis de leur croissance pour être utilisées immédiatement ou conservées. Ce moment optimal varie, évidemment, selon les espèces de plantes, mais il dépend aussi de la partie de la plante à récolter.

Certaines plantes médicinales, dont la partie utilisée est la fleur, ont une floraison très éphémère (le pêcher, par exemple). D'autres, au contraire, voient leur floraison s'échelonner sur deux mois ou plus (bouillon-blanc, camomille, entre autres). Certains facteurs peuvent ponctuellement modifier le calendrier de cueillette : durant les années clémentes, par exemple, toute la végétation est « en avance » par rapport aux critères habituels. Ce phénomène a d'ailleurs tendance à se généraliser à cause du réchauffement climatique. En outre, certaines régions, jouissant d'un climat spécialement doux et tempéré, ont une végétation plus précoce et plus prolongée que les régions au climat rigoureux, où l'hiver débute tôt et finit tard.

Cueillette en fonction des parties utilisées

En règle générale, on peut suivre ces quelques indications.

Le bois peut se cueillir tout l'hiver.

Les racines, les tubercules, les rhizomes et les bulbes se récoltent à l'automne pour les plantes annuelles, et au printemps pour les autres, c'est-à-dire après que la plante y a accumulé ses réserves et avant que ces dernières soient mobilisées.

Les tiges sont cueillies en automne, quand elles sont encore tendres, que les feuilles ne sont plus en période d'activité.

Les feuilles se récoltent au moment de leur plein développement, mais avant la formation des boutons floraux qui diminueraient leur teneur en principes actifs (menthe, ortie, pissenlit).

Les fleurs gagnent à être ramassées juste avant le plein épanouissement et, en tout cas, avant la fécondation (aubépine, arnica, bleuet, capucine, tussilage, camomille).

Les sommités fleuries se cueillent au début de l'épanouissement des fleurs et toujours avant la formation des graines (absinthe, armoise, hysope, ballote).

Les bourgeons sont à récolter à la fin de l'hiver ou au début du printemps, dès que la sève amorce sa montée dans les branches de l'arbre.

Les fruits charnus doivent être cueillis lorsqu'ils sont juste mûrs (myrtille, alkékenge, ronce, framboise).

Les graines doivent être récoltées à complète maturité, quand la plante commence à se dessécher un peu, ce qui peut être délicat car elles tombent en général rapidement (anis, carvi, fenouil).

Cueillette
MOIS PAR MOIS

Le calendrier suivant est donné
à simple titre indicatif.

JANVIER

racines : bugrane (peut être récoltée toute l'année)

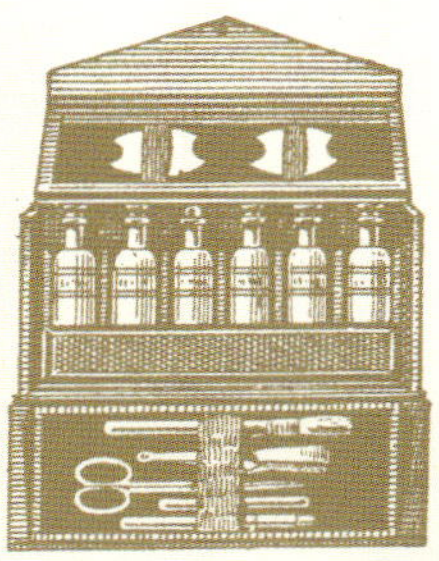

FÉVRIER

bourgeons : bouleau, sapin, chêne
écorce : bouleau
fleurs : tussilage

MARS

bourgeons : peuplier, pin
écorce : chêne
feuilles : pissenlit
rameaux, jeunes pousses : arbousier

AVRIL

bourgeons : pin
racines : valériane
feuilles : primevère, busserole, lierre, berce
fleurs : primevère
plante entière : fumeterre, lamier blanc

MAI

racines : benoîte, gentiane (réglementée, jusqu'à début octobre)
feuilles et fleurs : géranium robert
sommités fleuries : absinthe, marrube, cresson
feuilles : mélisse
fleurs : anémone pulsatille, aubépine, bourrache
écorce : bourdaine

JUIN

feuilles ou fleurs : armoise, arnica, bardane, bourrache, camomille, chicorée, coquelicot, églantier, fenouil, germandrée, guimauve, laitue, lavande, matricaire, mauve, mélilot, noisetier, plantain, romarin, rose, sauge, souci, sureau, thym, véronique, verveine officinale
fruits : cerises, fraises, framboises

JUILLET

feuilles et sommités fleuries : aigremoine, petite centaurée, chélidoine, hysope, immortelle, lavande (de mi-juin à fin août selon la variété et la région), marjolaine, mélisse, menthe, millefeuille, millepertuis, origan, reine des prés, romarin, sarriette, sauge, serpolet, thym, tilleul
fleurs : bouillon-blanc, bleuet, bourrache, camomille, coquelicot, guimauve, mauve
graines : avoine, berce, persil, plantain psyllium

AOÛT

On continue la cueillette de beaucoup de plantes indiquées en juillet, auxquelles on ajoute les suivantes :
feuilles : aigremoine, menthe, ményanthe
fleurs : bourrache
fruits et semences : carvi, cumin, fenouil, noisettes
cônes : houblon

SEPTEMBRE

racines : chicorée, fenouil, fragon, gentiane (cueillette réglementée), guimauve, saponaire, potentille, valériane
fleurs : bruyère
fruits : airelle, églantier (cynorrhodons), figues, grenades, marrons d'Inde, noisettes, noix, raisins, sureau

OCTOBRE

racines : bardane, consoude, fraisier, saponaire
fruits et graines : amandier, arbousier, bardane, capucine, châtaignes, genévrier, lin, nigelle

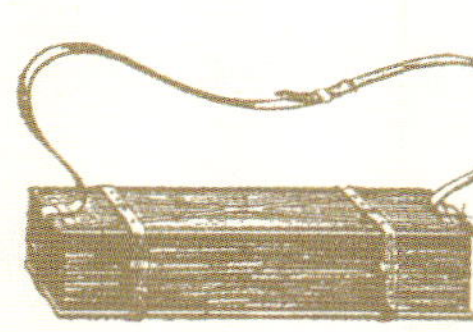

NOVEMBRE

écorces : bourdaine, frêne, chêne
racines : fragon, potentille

DÉCEMBRE

racines : bugrane (peut être récoltée toute l'année)
feuilles : ronce

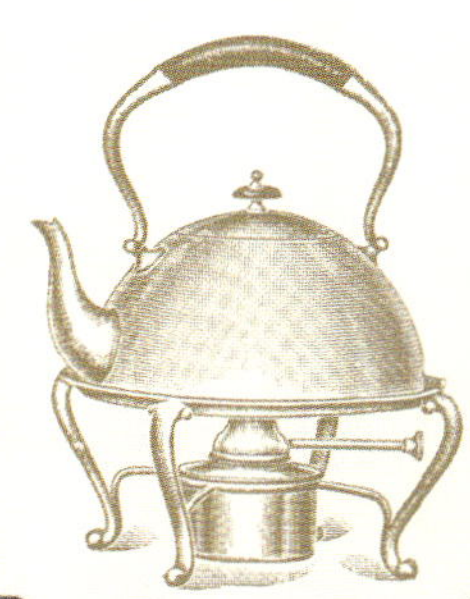

Récolte et conservation

Il est indispensable de se plier à des règles précises afin que la teneur des plantes en principes actifs soit optimale et qu'elles se conservent du mieux possible en gardant toutes leurs vertus.

À quel moment cueillir les plantes

Il est toujours préférable de procéder à la récolte par un temps sec et chaud : les plantes mouillées de pluie ou de rosée s'altèrent, moisissent, fermentent et perdent ainsi toute valeur thérapeutique. Le matin est le moment le plus favorable, mais on peut toutefois cueillir aussi le soir, avant la fraîcheur.

Comment procéder à la cueillette

Il vaut mieux cueillir les plantes sauvages, dans la mesure du possible, dans un lieu peu fréquenté : les plantes destinées à être séchées ne doivent **en aucun cas être lavées**, et il faut donc éviter de cueillir les plantes poussiéreuses des bords des chemins fréquentés ou celles, situées en bordure de champs cultivés, qui ont pu être souillées par les engrais fraîchement répandus. Cueillez les plantes sauvages **loin de toute source de pollution** : évitez les bords des routes, les friches industrielles ou urbaines, les eaux stagnantes et polluées, mais aussi les champs de culture non biologique (champs de colza, vergers...) à cause des pesticides et des engrais. Souvenez-vous d'ailleurs que les plantes médicinales issues de cultures conventionnelles et non pas de l'agriculture biologique, à l'instar des légumes du commerce courant, ont été engraissées chimiquement et ont subi divers traitements phytosanitaires, parfois encore après leur récolte.
Tout en effectuant la cueillette, **éliminez au fur et à mesure les débris divers** (mousses, feuilles, brindilles), afin de ne conserver que la plante qui vous intéresse : le tri sera plus difficile à effectuer par la suite. Vérifiez avec soin que d'autres plantes ne sont pas mêlées à votre récolte (la présence d'une plante dangereuse peut avoir des conséquences graves). Évitez si possible de mélanger les plantes de différentes espèces pendant la cueillette. Pour les récolter séparément, il est donc souhaitable de se munir de plusieurs sacs, de préférence en papier ou en toile.
Prenez garde à ne pas écraser ni comprimer les plantes : entassées sans soin, celles-ci risquent de se faner ou de subir un début de fermentation. Placez vos sacs emplis de plantes dans un grand panier de vannerie légère plutôt que dans un sac à dos.
Les racines sont les seules parties de la plante qui peuvent – et doivent – être lavées. Passez-les à l'eau claire courante, très méticuleusement, afin d'éliminer toute trace de terre.

Comment sécher les plantes

En dehors des plantes qui s'utilisent fraîches, il est nécessaire de faire sécher très soigneusement celles qu'on désire conserver. Ce séchage doit être effectué rapidement afin d'éviter que les plantes ne s'altèrent, qu'elles fermentent et perdent leurs principes actifs. Les plantes peuvent être mises à sécher sur des claies (en treillis de nylon à mailles fines, par exemple) de façon à ce que l'air circule librement. Vous pouvez aussi les suspendre en guirlandes, à l'aide d'un fil, mais le travail de préparation est assez long. L'idéal est de les faire sécher à l'ombre par temps chaud, dans un endroit vaste et bien ventilé : grenier, grange, hangar. Dans les régions pluvieuses, on peut commencer le séchage à four très doux, soigneusement entrouvert, puis laisser les plantes achever leur dessiccation complète sur des claies dans un grenier sec et bien aéré. De même, les organes charnus d'une plante seront, de préférence, séchés par ce procédé : mais il faut bien vérifier que la température du four ne dépasse pas 20 à 40 °C, afin de ne pas les altérer, voire les cuire.
Le mode de séchage varie selon les parties de la plante à conserver, car l'eau n'est pas répartie de la même façon, ni dans les mêmes proportions, dans les différents organes de la plante.

- *Les racines et les rhizomes :* débarrassez-les de leurs parties abîmées, lavez-les avec soin, puis épongez-les ; suivant leurs dimensions, coupez-les en tranches ou en lanières ou fendez-les. Mettez-les à sécher au soleil ou au four.
- *Les tiges, les écorces et le bois :* faites-les sécher au soleil, à l'air libre et sec, ou encore au four doux.
- *Les feuilles et les plantes entières :* disposez-les sur des claies, à l'ombre, dans un endroit chaud et très bien ventilé. Les feuilles doivent être mondées, c'est-à-dire débarrassées de leurs tiges. Cette opération peut s'effectuer avant ou après le séchage.
- *Les fleurs et les sommités fleuries :* elles sont assez difficiles à traiter (il en est de même de certaines feuilles odorantes : verveine ou menthe, par exemple). Il est important de conserver leur couleur, ce qui est assez délicat. Le mieux est de les déposer à l'ombre sur des claies, à 20-25 °C, en prenant la précaution de les recouvrir de papier gris, afin de préserver leur couleur.
- *Les fruits charnus* (airelles, baies de genévrier) : faites-les longuement sécher au soleil ou au four doux.
- *Les semences.* Bien étalées sur une feuille de papier, séchez-les à l'air libre en remuant souvent.

Comment garder les plantes séchées

Lorsqu'il ne reste plus aucune trace d'humidité, rangez les plantes séchées séparément dans des récipients portant le nom de la plante et la date. Il faut choisir des boîtes ou des bocaux propres, n'ayant pas contenu précédemment un produit dont ils auraient gardé l'odeur, et fermant hermétiquement. Les plantes achetées en vrac ou dont le conditionnement est un simple carton ou un sac en papier doivent être rangées de la même façon dans des récipients hermétiques.

Mode d'emploi des plantes médicinales

Préparations traditionnelles

Les trois préparations élémentaires sont l'*infusion*, la *décoction* et la *macération*.

L'infusion et la décoction emploient en principe l'eau comme moyen d'extraction et contiennent donc principalement les substances hydrosolubles.

L'INFUSION. Elle consiste à verser de l'eau bouillante sur les plantes (ou encore à déposer les plantes dans le récipient contenant l'eau bouillante) au moment précis où l'eau entre en ébullition. On couvre le récipient et on laisse infuser le temps nécessaire : on obtient une tisane. Le temps d'infusion est variable suivant la nature de la plante : de dix minutes à une heure.

LA DÉCOCTION. La plante, coupée en menus morceaux, est chauffée avec l'eau jusqu'à ébullition. On laisse bouillir pendant un temps plus ou moins long selon les espèces, en général de 10 à 30 minutes. Puis on filtre le tout en pressant pour extraire un maximum de principes actifs. La décoction convient surtout aux écorces, aux racines, aux tiges et aux fruits.

LA MACÉRATION. Très simple, cette préparation s'obtient en mettant les plantes en contact, à froid, avec un liquide quelconque. Ce liquide peut être de l'alcool (alcoolature d'ail, de romarin) de l'huile (macérât huileux de millepertuis) ou même du vin (vin de gentiane). Le temps de contact est parfois très long, jusqu'à un mois.

IMPORTANT. Ces différents modes de préparation des plantes ont des effets propres qu'il importe de bien distinguer, car ils ont des compositions et des concentrations en principes actifs différentes. Ainsi l'infusion de fleurs de tilleul, qui met principalement en jeu une essence aromatique, possède-t-elle un effet sédatif et calmant tandis que la décoction libère des flavonoïdes qui, pour leur part, fluidifient le sang. La différence d'effet est notoire, or elle ne tient qu'à quelques minutes d'ébullition en plus.

Utilisations

Ces trois préparations de base, que l'on retrouve le plus couramment dans les recettes, peuvent utilisées de différentes façons.

L'ABSORPTION PAR VOIE ORALE. C'est le mode habituel d'administration des tisanes et des alcoolatures.

GARGARISME ET BAIN DE BOUCHE. Le liquide tiédi est introduit par petites gorgées dans la bouche. Il sert à baigner les parties malades : gorge, amygdales, muqueuses. Il est ensuite rejeté au-dehors, jamais avalé.

LA LOTION. On passe légèrement sur la partie à soigner un linge fin ou un morceau d'ouate imbibé du liquide préparé.

LA FOMENTATION. On applique sur la partie malade des compresses imbibées du liquide et on les maintient au moins quelques minutes. La fomentation diffère de la lotion en ce sens que cette dernière est simplement passée sur la partie à soigner, alors que la fomentation est laissée en place.

LE BAIN. Il consiste à plonger le corps tout entier, ou une partie du corps seulement, dans un liquide préparé à cet effet. Par exemple, le bain calmant de tilleul est un bain complet, alors que le bain de siège et le bain de pieds sont des bains locaux. On appelle *bain froid* un bain dont la température atteint 10 à 20 °C ; le *bain tiède* se donne de 25 à 30 °C ; le *bain chaud* (qui ne doit être administré qu'avec beaucoup de prudence) nécessite 30 à 40 °C. Pour obtenir un bain de plantes, on prépare d'abord une décoction concentrée, de 3 à 4 litres au moins, de la plante choisie ou d'un mélange de plantes déterminé. On laisse infuser pendant une heure environ ; on passe la décoction en pressant bien et on la verse dans l'eau du bain en vérifiant la température de celui-ci.

L'INJECTION. On introduit le liquide dans les cavités naturelles à l'aide d'une seringue (oreille) ou d'une canule (vagin). Le liquide préparé est une infusion ou une décoction réalisée avec des plantes astringentes, émollientes ou aromatiques ; il doit être administré à une température voisine de celle du corps humain, c'est-à-dire 37 °C environ.

Autres modes de préparation et d'utilisation traditionnels

En dehors des trois préparations classiques des plantes médicinales par les procédés d'infusion, de décoction ou de macération, on utilise les plantes sous forme de poudre, de cataplasme ou de fumigation, de teintures ou d'extraits.

LA POUDRE. Les plantes desséchées (plantes entières ou feuilles, graines, tiges, racines, écorces) sont broyées au mortier ou à l'aide d'un moulin, puis tamisées. La poudre obtenue est ensuite incorporée aux aliments (marmelade, confiture) ou transformée en comprimés ou mises dans une gélule à avaler. Les poudres végétales renferment la presque totalité des principes actifs du végétal, à l'exception des substances volatiles qui disparaissent. Et leur prise, surtout en comprimés ou en gélule, est facile. Mais elles sont moins stables et moins résistantes à l'oxydation que la plante entière. Par ailleurs, elles renferment une quantité importante de cellulose qui peut atténuer l'activité des principes actifs.

LE CATAPLASME. Il consiste à appliquer sur la peau des préparations de consistance molle et pâteuse (cataplasme de farine de lin, par exemple) ou encore des préparations de plantes râpées ou écrasées (cataplasme de pulpe de carotte ou de pomme de terre). On utilise aussi des plantes amollies par infusion ou par décoction, dont on fait une espèce de coussin que l'on introduit entre deux linges et qu'on applique sur la partie malade. Les cataplasmes peuvent être émollients, maturatifs, résolutifs, calmants et rubéfiants. Ils sont généralement appliqués chauds, entre 35 et 40 °C. Toutefois, les cataplasmes calmants peuvent être apposés tièdes ou froids lorsque la partie malade est très douloureuse ou enflammée.

LA FUMIGATION ET L'INHALATION. On fait bouillir ou brûler des plantes, de façon à bénéficier des propriétés thérapeutiques des vapeurs ou fumées produites. Les vapeurs des plantes aromatiques mises à bouillir ou placées dans de l'eau bouillante (eucalyptus, lavande, marjolaine, etc.) ont un grand pouvoir antiseptique. Le malade peut humer directement ces vapeurs bienfaisantes en se plaçant au-dessus du récipient retiré du feu, la tête recouverte d'une serviette : il inspire à fond et fait alors une *inhalation*.

LES TEINTURES (dites parfois teintures officinales) sont obtenues par macération de la plante sèche dans l'alcool éthylique à raison, usuellement, d'1 g de plante sèche pour obtenir 5 g de teinture. Dans certains cas, on extrait les composés solubles d'une poudre végétale par lavage à température ambiante ou à chaud au moyen de l'alcool.

LES TEINTURES MÈRES, à la base des médicaments homéopatiques, sont dans leur grande majorité des macérations au dixième de plante fraîche dans de l'alcool à 65°. On utilise une quantité de plante fraîche correspondant, après dessiccation, à 1 g de plante sèche pour obtenir 10 g de teinture-mère.

LES ALCOOLATURES sont le résultat de la macération d'une plante fraîche dans de l'alcool plus dilué que pour la teinture mère. Les enzymes qu'elles contiennent étant toujours actifs, les alcoolatures se conservent mal et doivent être utilisées rapidement.

LES ÉLIXIRS sont obtenus en faisant macérer des plantes, ou des extraits de plantes, dans une solution d'alcool et de sucre ou de miel. Ces formes traditionnelles, non codifiées de façon rigoureuse, ne sont plus guère utilisées de nos jours.

LES EXTRAITS sont obtenus par évaporation d'une décoction ou d'une teinture. Suivant la consistance du produit, on distingue l'extrait fluide, l'extrait mou, pâteux, et l'extrait sec, dans lequel presque toute l'eau a été évaporée et que l'ont réduit en poudre.

Procédés modernes

D'autres procédés ont été mis au point pour faciliter la prise des médicaments végétaux et en garantir l'efficacité. Ils sont utilisés par les laboratoires.

LES NÉBULISATS ou extraits secs nébulisés, se présentent sous forme d'une fine poudre. On extrait les principes actifs par macération dans l'eau ou l'alcool de la plante broyée. Le liquide est ensuite projeté par un atomiseur dans un courant d'air chaud, en enceinte close. Le liquide est transformé en une sorte de brouillard, dont chaque gouttelette se trouve immédiatement desséchée en abandonnant le solvant. On obtient un extrait sec facile à conditionner, dont la composition est très proche de celle de l'extrait fluide dont il est tiré, à l'exception des molécules les plus volatiles, qui ont disparu.

LES SUSPENSIONS INTÉGRALES DE PLANTES FRAÎCHES (S.I.P.F.) visent à préserver l'intégralité et l'intégrité de la plante fraîche, et donc son efficacité. Elles sont obtenues grâce à un procédé original de stabilisation par le froid permettant le blocage des réactions enzymatiques qui se produisent naturellement lors du séchage. La plante conserve ainsi tous ses principes actifs dans leur état originel. Ces suspensions sont présentées sous un titre alcoolique d'environ 30°, l'alcool prenant alors le relais du froid pour la conservation des propriétés de la plante.

LES EXTRAITS FLUIDES DE PLANTES FRAÎCHES STANDARDISÉS (E.P.S.) sont obtenus par le procédé phytostandard qui met en œuvre des techniques « douces ». Les plantes sont broyées à froid (-90°). Leurs molécules actives sont ensuite récupérées par multi-extraction hydroalcoolique et préservées dans une solution glycérinée sans sucre et sans alcool. Les E.P S. sont des matières premières servant à l'élaboration de préparations magistrales formulées par le médecin ou par le pharmacien.

LES GÉLULES renferment suivant les cas une poudre obtenue par séchage et pulvérisation classique ou par cryobroyage (broyage de plante congelée), ou bien un nébulisat. Pour savoir si l'on a affaire à une poudre sèche ou à un nébulisat, il suffit d'ouvrir la gélule et d'en verser le contenu dans l'eau : la poudre sèche surnage tandis que le nébulisat se mélange.

LES HUILES ESSENTIELLES font partie du domaine de l'aromathérapie. Elles sont obtenues par distillation d'une plante aromatique dans de l'eau ou par entraînement à la vapeur d'eau. Très concentrées en principes actifs, elles sont à utiliser avec précaution. Un abus peut se montrer fort dangereux. Par expression directe du zeste des agrumes, on obtient non pas des huiles essentielles mais des *essences*.

LES ALCOOLATS sont le résultat de la distillation d'une plante macérée dans de l'alcool.

LES HYDROLATS, eaux distillées ou eaux aromatiques sont des sous-produits de la distillation d'une plante dans l'eau après récupération de l'huile essentielle. Ils renferment la fraction hydrosoluble de la distillation ainsi qu'une partie de l'huile essentielle en suspension dans l'eau. On ne commercialise guère à grande échelle que l'eau de rose ou l'eau de fleurs d'oranger, mais l'intérêt thérapeutique des hydrolats n'est pas à négliger. Leur conservation est néanmoins délicate.

Vertus thérapeutiques des plantes

Les plantes ont été classées par les phytothérapeutes selon les propriétés particulières qu'elles possèdent et l'action qu'elles ont sur l'organisme. Chaque plante présente une ou plusieurs vertus définies par un vocabulaire spécifique, caractérisant les propriétés thérapeutiques et l'action qu'elles ont sur l'organisme. Certaines des « qualifications » suivantes sont un peu désuètes, d'autres sont très couramment employées. Lorsque certaines plantes non indigènes sont particulièrement représentatives d'une vertu thérapeutique particulière, elles sont citées en exemple dans ce glossaire, même si elles ne figurent pas dans ce livre, consacré avant tout aux plantes de nos régions.

ACIDULÉES

La saveur aigrelette de ces plantes permet de calmer la soif : citron, cerises.

ADAPTOGÈNES

Les plantes adaptogènes possèdent un effet tonique global sur l'organisme et favorisent la résistance du corps au stress tout en stimulant le système immunitaire : éleuthérocoque, ginseng.

ADOUCISSANTES

Ces plantes ont la propriété de ramollir et de relâcher les tissus en calmant l'inflammation (amandes douces, guimauve, mauve, consoude, etc.). On les dit aussi *émollientes.* Leur action est à l'opposé de celle des plantes *toniques* ou *astringentes.*

AMÈRES

Elles suscitent l'appétit, excitent les glandes digestives et facilitent la digestion. Elles sont aussi *fébrifuges* et *toniques.* On recommande de les absorber au début des repas.

ANALEPTIQUES

Se dit de substances végétales "adoucissantes" employées comme aliment fortifiant pour les malades : amandes, avoine, riz, glands de chêne torréfiés...

ANALGÉSIQUES

Elles apaisent la douleur, la combattent ou l atténuent.

ANTHELMINTHIQUES

SYNONYME de **vermifuges**.

ANAPHRODISIAQUES

Elles possèdent la propriété de calmer la libido, contrairement aux plantes "aphrodisiaques" : houblon, laitue, fleurs de nénuphar...

ANTIALLERGIQUES

En modulant la réponse du système immunitaire, elles diminuent les symptômes associées aux allergies, tels que la douleur, l'inflammation ou l'œdème : plantain, sureau (fleurs)...

ANTIBACTÉRIENNES

Elles tuent ou empêchent l'installation ou la propagation des bactéries

ANTIFONGIQUES

Leur action *antiseptique* s'applique aux champignons infectieux responsables des mycoses.

ANTIINFLAMMATOIRES

Elles ont comme propriété de diminuer l`inflammation, et les symptômes qui lui sont asssociés (enflure, douleur, chaleur) : aigremoine, mauve, plantain, ortie...

ANTIPYRÉTIQUES

SYNONYME de **fébrifuges**.

ANTISCORBUTIQUES

Destinées à l'origine à guérir le scorbut (maladie causée par une carence en vitamine C), les plantes antiscorbutiques sont toutes celles qui sont très riches en vitamine C. L'ail, le cassis, le citron, le cresson, le ményanthe et le raifort en font partie, ainsi que les nombreux légumes sauvages.

ANTISEPTIQUES

En contribuant à arrêter le développement des microbes (bactéries, virus, champignons microscopiques...), elles aident l'organisme à lutter contre l'infection. Elles agissent généralement par applications externes, mais sont aussi absorbées à l'intérieur. Il s'agit souvent de plantes "aromatiques".

ANTISPASMODIQUES

Ces plantes font cesser les spasmes, c'est-à-dire les contractions involontaires des muscles et des organes, d'origine nerveuse : ballote, camomille, mélilot, mélisse, tilleul...

ANTISUDORIFIQUES (ou ANTISUDORALES)

Elles diminuent les sécrétions exagérées de sueur. Ce sont les plantes « antitranspiration », comme la sauge.

APÉRITIVES

Elles provoquent l'appétit en agissant sur les organes digestifs et les glandes. Ce sont souvent des plantes "amères" : chicorée sauvage, gentiane, houblon, oranger amer...

APHRODISIAQUES
Excitantes ou stimulantes générales, ces plantes passent – à tort ou à raison – pour avoir une action spéciale sur la libido, le désir sexuel : cannelle, céleri, gingembre, ginseng, roquette, safran…

AROMATIQUES
Ces plantes ont un parfum pénétrant et un goût prononcé dus aux essences et huiles essentielles contenues dans des glandes végétales situées dans les feuilles et les tiges. Elles sont *toniques* et *stimulantes* et excitent le fonctionnement des organes de la digestion. On les emploie aussi en bains et en lotions. Elles sont fréquemment de la famille des Lamiacées (hysope, lavande, mélisse, menthe, origan, romarin, sauge, thym), des Apiacées (angélique, anis, céleri, coriandre, cumin, fenouil, persil), ou des Astéracées (absinthe, armoise, camomille).

ASCARICIDES
Plantes *vermifuges* qui s'attaquent spécialement aux ascaris et aux oxyures, mais sont inefficaces contre le ténia : absinthe, armoise, citronnier, tanaisie…

ASTRINGENTES
Contenant du tanin, elles ont la propriété de resserrer les tissus, les capillaires et les orifices, et elles tendent à diminuer les sécrétions des glandes et des muqueuses. On les utilise dans les diarrhées, les hémorragies, les pertes blanches (leucorrhées), les angines, etc. : aigremoine, airelle, bistorte, chêne, cyprès, noyer, salicaire…Elles sont également *fortifiantes.*

ANXIOLYTIQUES
Elles apaisent l'anxiété, l'angoisse : millepertuis, valérianne…

BALSAMIQUES
Elles contiennent des substances aromatiques de la nature des baumes et des résines. Elles agissent comme stimulant des voies digestives et respiratoires : eucalyptus, sauge, bourgeons de pin et de sapin…

BÉCHIQUES
Elles calment la toux et les irritations des voies respiratoires : dattes, hysope, lierre terrestre, pulmonaire, tussilage, véronique, violette. On emploie aussi les expressions *pectorales* et *béchiques.*

CALMANTES
Elles agissent sur le système nerveux, dont elles réduisent l'activité trop prononcée. Elles diminuent aussi l'irritabilité et provoquent le sommeil. Celles qui calment plus spécialement la toux sont dites *béchiques ;* celles qui apaisent ou suppriment les douleurs sont *sédatives* (ou *analgésiques*) ; celles qui diminuent les spasmes sont *antispasmodiques ;* celles qui guérissent le mal de tête d'origine nerveuse sont *céphaliques ;* enfin, celles qui provoquent le sommeil sont *somnifères* (ou *narcotiques* ou *hypnotiques*).

CARMINATIVES
Elles ont la faculté de favoriser l'expulsion des gaz de l'intestin. Ce sont des plantes *aromatiques* et *stimulantes,* comme : angélique, anis, badiane, carvi, coriandre, fenouil, mélisse, sauge…

CATHARTIQUES
Se dit des plantes qui purgent plus énergiquement que les *laxatives,* sans toutefois provoquer d'inflammation.

CÉPHALIQUES
Ce sont des plantes calmantes qui guérissent plus spécialement le mal de tête d'origine nerveuse : lavande, fleurs d'oranger, serpolet, tilleul, valériane…

CHOLAGOGUES
Elles facilitent l'évacuation des voies biliaires et, de ce fait, ont une action heureuse sur le foie et le tube digestif en entier : artichaut, boldo, racine de chicorée, pissenlit, romarin…Les plantes cholagogues sont très voisines des plantes *cholérétiques.*

CHOLÉRÉTIQUES
Elles augmentent et excitent la sécrétion biliaire : pissenlit, romarin…

CICATRISANTES
VOIR **Vulnéraires.**

CORDIALES
Ces plantes, en agissant sur le cœur et l'estomac, ont une action réconfortante sur l'organisme, qu'elles semblent « réchauffer ». Elles comprennent les plantes *aromatiques* et *stimulantes :* basilic, cannelle, coriandre, fenouil, mélisse, menthe, thym…

DÉCONGESTIONNANTES
Une plante décongestionnante a la propriété de diminuer la congestion au niveau du système respiratoire. Elle aide à diminuer la pression que l'on ressent lorsqu'un rhume donne des douleurs au niveau du visage mais surtout au niveau des sinus : eucalyptus, par exemple.

DÉPURATIVES
Elles purifient le sang et débarrassent l'organisme des principes toxiques nuisibles à la santé en les éliminant par la peau *(sudorifiques),* les reins *(diurétiques)* ou l'intestin *(purgatifs* et *laxatifs) :* bardane, chicorée, douce-amère, fumeterre, pensée sauvage, pissenlit, salsepareille, saponaire…

DIGESTIVES
Elles facilitent la digestion en aidant le travail de l'estomac : camomille, gentiane, mélisse, menthe, safran, sauge, thé, verveine…

DIURÉTIQUES

Elles favorisent l'émission de l'urine en agissant sur les voies urinaires. Parmi les plantes diurétiques, certaines augmentent simplement le volume des urines (queues de cerises, poireau) ; d'autres éliminent les chlorures de l'organisme et sont utiles contre les œdèmes [bouleau, fenouil, genêt, oignon, sureau] ; d'autres éliminent l'urée et l'acide urique et sont indiquées quand on a trop d'urée dans le sang ou lorsqu'on souffre de goutte ou de rhumatismes (alkékenge, cassis, égopode, frêne, pomme, ulmaire) ; d'autres, en plus de leur effet diurétique, se montrent réellement efficaces contre les affections urinaires et les douleurs qu'elles provoquent : cystites, prostatites, néphrite (bruyère, busserole, baies de genévrier, verge-d'or).

ÉMÉTIQUES

Elles permettent de faire vomir et de vider l'estomac de son contenu en cas d'indigestion ou d'empoisonnement : racine de violette.

ÉMÉTO-CATHARTIQUES

Plantes qui provoquent à la fois les vomissements et les selles. Il est nécessaire de les employer avec prudence, en surveillant les réactions individuelles : mercuriale, nerprun, écorce de sureau.

EMMÉNAGOGUES

Ces plantes provoquent, facilitent ou augmentent l'écoulement des règles : absinthe, armoise, matricaire, persil, safran.

ÉMOLLIENTES

VOIR **adoucissantes**.

EXCITANTES

VOIR **stimulantes**.

EXPECTORANTES

Plantes ***pectorales*** qui facilitent l'expectoration, c'est-à-dire qui facilitent l'évacuation du mucus qui encombre la trachée et les bronches : aunée, capillaire, eucalyptus, hysope, marrube blanc, tussilage.

FÉBRIFUGES

Elles préviennent les accès de fièvre et permettent de combattre celle-ci quand elle est installée : absinthe, alkékenge, aunée, camomille, petite centaurée, chardon bénit, écorce de frêne, gentiane, ményanthe, quinquina. (On dit aussi ***antipyrétiques.***)

FORTIFIANTES

Elles donnent de la force, du courage et de l'énergie. Ce sont des plantes ***amères*** (centaurée, chicorée, gentiane, ményanthe), ***astringentes*** (aigremoine, cassis) ou encore ***analeptiques.*** (On emploie aussi l'appellation ***toniques.***)

GALACTOGÈNES

Elles contribuent à activer la sécrétion du lait : anis, cumin, fenouil.

HÉMOSTATIQUES

Ce sont des plantes ***astringentes,*** mais qui arrêtent principalement les saignements : bistorte, bourse-à-pasteur, consoude, lamier blanc.

HÉPATIQUES

Elles facilitent les fonctions du foie : artichaut, aspérule odorante, grande centaurée.

HYPNOTIQUES

Ces plantes ***calmantes*** procurent un sommeil réparateur : coquelicot, houblon, laitue, mélilot, passiflore, tilleul. (On dit aussi ***somnifères,*** ou ***narcotiques,*** ou ***soporifiques.***)

HYPOGLYCÉMIANTES

Elles font baisser le taux de sucre dans le sang, pour un effet antidiabétique.

HYPOLIPÉMIANTE (et HYPOCHOLESTÉROLÉMIANTE)

Elles font baisser le taux d'acides gras dans le sang, font baisser le cholestérol, pour un effet protecteur contre les maladies cardio-vasculaires.

IMMUNOMODULANTES

Elles modèrent l'activité du système immunitaire, en régularisent le fonctionnement.

IMMUNOSTIMULANTES

Elles stimulent les défenses immunitaires.

INSECTIFUGES

Elles exercent une action répulsive sur les insectes (et protègent ainsi, des conséquences des piqûres d'insectes).

LAXATIVES

Ces plantes purgent avec douceur, sans irriter ni fatiguer l'intestin : huile d'amandes douces, bourdaine, frêne, guimauve, fleurs de pêcher, pruneaux, rhubarbe.

NARCOTIQUES

SYNONYME d'**hypnotiques.**

PECTORALES

Les plantes pectorales englobent l'ensemble des plantes qui soulagent toutes les maladies de poitrine atteignant les bronches, les poumons, le larynx. Elles aident à évacuer par la bouche les substances qui peuvent obstruer les bronches. Les plantes ***béchiques,*** qui calment la toux, et ***expectorantes,*** qui facilitent l'expectoration, sont aussi des plantes pectorales.

PURGATIVES

Plus énergiques que les plantes ***laxatives,*** les ***purgatives*** déterminent l'évacuation du contenu de l'intestin, en produisant une exagération de la sécrétion et du péristaltisme de cet organe : baies de sureau et de nerprun, liseron, mercuriale.

RAFRAÎCHISSANTES

On nomme ***rafraîchissantes*** les plantes qui calment la soif et diminuent la température du corps et l'inflammation. Ce sont des plantes ***acidulées :*** cerises, citron, épine-vinette, groseilles, mûres, oranges, oseille, oxalis, ou encore des plantes ***adoucissantes :*** guimauve, mauve, orge, réglisse.

RÉSOLUTIVES

Ces plantes produisent la résolution des engorgements (accumulation de fluides obstruant une partie du corps) et des inflammations et assurent le retour des tissus à leur état normal : chicorée, guimauve, houblon, hysope, mauve, saponaire…

RÉVULSIVES

Appliquées sur la peau, ces plantes provoquent une rougeur avec une sensation de chaleur. Elles peuvent même occasionner une irritation locale et des ampoules. On les utilise dans le dessein de décongestionner un organe interne : ail, bryone, clématite, piment, raifort… (On dit aussi ***rubéfiantes*** ou ***vésicantes.***)

RUBÉFIANTES

VOIR révulsives. Les plantes rubéfiantes, comme leur nom l'indique, font "rougir" la peau.

SÉDATIVES

Elles calment les manifestations pathologiques (douleur, anxiété, insomnie…) ou modèrent le fonctionnement d'un organe. On emploie souvent ce qualificatif dans un sens plus restreint de « sédatives de la douleur », c'est-à-dire « analgésiques ». (Voir ***analgésiques*** et ***calmantes***.)

SOMNIFÈRES

VOIR calmantes et **hypnotiques**.

SOPORIFIQUES

VOIR hypnotiques.

STERNUTATOIRES

Réduites en poudre et appliquées sur la muqueuse nasale, elles provoquent l'éternuement et excitent la sécrétion de cette muqueuse : asaret, bétoine, lavande, marjolaine, muguet, sauge, thym.

STIMULANTES

Ces plantes ont pour effet d'augmenter l'activité et la vitalité en excitant les systèmes nerveux et vasculaire, et tout l'organisme en général (absinthe, angélique, armoise, café, cannelle, coca, coriandre, cola, menthe poivrée, romarin, vanille, etc.). On les dit aussi ***excitantes.*** Les aromates et les épices (cannelle, gingembre, muscade, piment, poivre, raifort) sont surtout des substances stimulantes du tube digestif, avec une action diffuse à travers tout l'organisme. Les anciens phytothérapeutes distinguaient les "stimulantes diffusibles", qui ont une action rapide et de peu de durée (absinthe, semences d'aneth et d'angélique, basilic), des "stimulantes persistantes", dont l'action est moins prompte, mais plus durable (moutarde, véronique).

STOMACHIQUES

Les plantes stomachiques ont pour effet de stimuler et de régulariser les fonctions de l'estomac : angélique, camomille, centaurée, coriandre, fenouil, gentiane, houblon, menthe, écorce d'oranges amères, romarin, verveine.

SUDORIFIQUES

Elles favorisent la transpiration et provoquent la sécrétion de la sueur ; bardane, bourrache, buis, sureau.

TÉNIFUGES

Se dit des plantes ***vermifuges*** qui expulsent le ténia ou ver solitaire : semences de courge, fougère mâle, grenadier.

TONIQUES

Ces plantes ont une action fortifiante générale sur l'organisme : elles accroissent l'activité des organes qui participent à la nutrition et reconstituent les tissus usés. (On les dit aussi ***fortifiantes.***)

VERMIFUGES

Elles permettent d'obtenir l'expulsion des vers de l'intestin. Parmi les plantes vermifuges, on distingue les ***ascaricides,*** qui détruisent les ascaris et les oxyures, et les ***ténifuges,*** efficaces contre le ténia, communément appelé ver solitaire. (On dit aussi ***anthelminthiques.***)

VÉSICANTES

VOIR révulsives.

VOMITIVES

VOIR émétiques.

VULNÉRAIRES

En application externe, ces plantes contribuent à la guérison des plaies, des blessures, des contusions ; exemple : l'arnica. Jadis, on nommait aussi « plantes vulnéraires » les plantes ***antiseptiques*** et ***aromatiques*** qu'on administrait par voie interne pour ranimer les personnes ayant subi une chute ou une blessure, ou pour éviter qu'elles ne tombent en défaillance : absinthe, fenouil, hysope, romarin, sauge, serpolet, thym….

La législation en France

En France, la vente des plantes médicinales est longtemps restée libre. Puis elle fut confiée aux herboristes, dont le diplôme fut supprimé en 1941 et jamais rétabli. Depuis, la vente des plantes médicinales est devenu le monopole des pharmaciens. Après le décret n°79-480 du 15 juin 1979, seules 34 plantes restaient en vente libre dans tout commerce, à condition qu'aucune indication thérapeutique majeure ne soit mentionnée.

Aujourd'hui, la situation a un peu évolué : d'après le décret n°2008-841 du 22 août 2008, **148 plantes peuvent être vendues librement en France**. A l'heure d'un grand retour aux recettes de grand-mère, les plantes médicinales gagnent en légitimité mais la profession d'herboriste peine encore à être officiellement reconnue. On recense aujourd'hui une quinzaine d'herboristeries en France à côté des 23 000 pharmacies. Remarquons que dans d'autres pays de l'Union Européenne, le monopole des pharmaciens est nettement moins important : par exemple, 360 plantes sont en vente libre en Belgique et 200 en Italie. Par ailleurs, **une centaine d'autres végétaux sont tolérés** en France dans les rayons des plantes médicinales, s'il s'agit de végétaux à usage condimentaire, aromatique ou cosmétique. Ainsi, le romarin, qui ne figure pas dans la liste des plantes en vente libre mais qui est un aromate bien connu, en fait partie. Les plantes en vente libre doivent être conditionnées « en l'état », c'est-à-dire qu'elles ne doivent pas être transformées, afin qu'on ne les assimile pas à des médicaments.

L'emploi thérapeutique des plantes médicinales est réglementé par la **Pharmacopée**, un recueil de monographies et de prescriptions générales codifiant, dans un pays donné, l'ensemble des pratiques et la conformité des produits pharmaceutiques, c'est-à-dire des substances utilisées dans les médicaments. Cet ouvrage réglementaire est destiné à être utilisé par les professionnels de santé. La pharmacopée définit notamment les critères de pureté des matières premières ou des préparations entrant dans la fabrication des médicaments et les méthodes d'analyses à utiliser pour en assurer le contrôle. Elle est régulièrement mise à jour.

Dans les pays membres de l'Union européenne s'appliquent les normes de la Pharmacopée européenne. Cette dernière est complétée, pour certains états, par des Pharmacopées nationales, constituées de textes ne figurant pas dans la Pharmacopée européenne. La liste des plantes médicinales de la pharmacopée française comprend 585 plantes de toutes origines. Jusqu'à l'avènement de la chimie moderne (extraction, synthétisation), les plantes ont été une des principales, sinon la principale, ressource de la pharmacopée utilisée par les différentes civilisations. Elles font historiquement partie de la médecine et restent des éléments de bases de la chimiothérapie moderne.. Le type de médecine traditionnelle d'usage (européenne et outre-mer, chinoise ou ayurvédique) est précisé.

Cette liste est scindée en deux parties :

- **Liste A** : « Plantes médicinales utilisées traditionnellement ». Elle comprend 442 plantes, dont 148 plantes d'usage thérapeutique non exclusif, c'est-à-dire libérées du monopole pharmaceutique si vendues en l'état : ce sont donc les plantes « en vente libre » ;
- **Liste B** ; « Plantes médicinales utilisées traditionnellement en l'état ou sous forme de préparation dont les effets indésirables potentiels sont supérieurs au bénéfice thérapeutique attendu ». Elle comprend 143 plantes, parmi lesquelles l'amandier amer (*Prunus dulcis amara*), la berce (*Heracleum sphondylium*), les germandrées (*Teucrium*), la nigelle des champs (*Nigella arvensis*) et de nombreuses espèces franchement toxiques que nous avons choisi de ne pas faire figurer dans cet ouvrage (digitale, jusquiame, gui, hellébore, aconit, etc.)

En outre, depuis 2007, la vente d'un certain nombre d'huiles essentielles est réservée aux pharmacies vu le risque de toxicité en cas de mauvaise utilisation. Concernant les plantes présentées dans ce livre, il s'agit de la Grande absinthe (*Artemisia absinthium*), de l'Armoise commune (*Artemisia vulgaris*) et de l'Hysope (*Hyssopus officinalis*).

De nouvelles plantes sont régulièrement ajoutées mais un nombre habituellement supérieur est retiré de la liste, soit que leur usage soit considéré désuet, soit qu'elles ne possèdent que des indications cosmétiques ou alimentaires, ou encore qu'elles n'entrent dans la fabrication de médicaments que dans un but autre que thérapeutique (comme excipient, colorant, ou aromatisant).

La législation européenne

En Europe, la directive 2004/24/CE du Parlement européen portant sur l'autorisation de mise sur le marché des médicaments en Europe complète le droit national des états membres, différent dans chaque pays. L'administration responsable est l'Agence européenne pour l'évaluation des médicaments, créée à Londres en 1993.

Deux groupes de végétaux sont pris en compte. Il s'agit d'une part de ceux dont l'activité a été scientifiquement prouvée par des études cliniques validées. L'ESCOP (European scientific cooperation on phytotherapy) établit depuis 1989 des standards pour la médecine par les plantes. Son comité scientifique, composé d'experts issus des 15 pays membres, effectue une revue approfondie de l'ensemble des données scientifiques portant sur l'innocuité, la pharmacologie et l'efficacité des plantes. Il a publié plus de 100 monographies.

On reconnaît d'autre part à l'échelon européen des plantes médicinales d'usage traditionnel, dont l'action n'a pas encore été suffisamment démontrée – ce qui ne les empêche d'ailleurs pas d'être souvent tout aussi efficaces que les précédentes.

Liste des plantes en vente libre

148 plantes médicinales sont en vente libre en France depuis le décret 2008-841 du 22 Août 2008. Un grand nombre de ces plantes, lorsqu'elles sont indigènes, sont illustrées dans ce livre.

EN L'ÉTAT, EN POUDRE OU EN EXTRAIT

Alchémille
Alkékenge
Aspérule odorante
Aubépine (fruit)
Badanier de Chine (Badiane, anis étoilé)
Balsamite odorante
Bardane (grande : feuille, racine)
Copahier (Baume de Copahu)
Bétoine
Bouillon-blanc
Bourrache
Bruyère (cendrée)
Camomille allemande (Matricaire)
Camomille romaine
Capucine
Carthame
Casse (pulpe)
Cassis
Centaurée (petite)
Chicorée
Chiendent
Citrouille (Courge)
Cochléaire
Coquelicot
Criste marine
Curcuma
Eglantier (cynorrhodon)
Eleuthérocoque
Eucalyptus
Figuier
Frêne (feuille)
Genièvre
Guimauve (feuille, fleur)
Houblon
Jujubier
Karkadé (Hibiscus)
Lamier blanc
Laurier commun
Lavande
Lavande aspic
Lavande stoechas
Lavandin « grosso »
Lichen d'Islande
Lierre terrestre
Mauve sauvage
Mélisse
Menthe poivrée
Menthe verte
Ményanthe (Trèfle d'eau)
Millefeuille (Achillée millefeuille)
Mousse d'Irlande (Carragheen)
Myrte
Myrtille
Olivier
Oranger amer (fleur et feuille)
Ortie
Papayer (feuille)
Pensée sauvage
Pin sylvestre (bourgeons)
Pissenlit (feuille, partie aérienne)
Pomme
Prune
Queue de cerise
Radis noir
Reine-des-prés
Ronce (Mûrier sauvage)
Roses
Sauge officinale
Seigle
Serpolet
Sureau noir
Tilleul
Verveine odorante
Vigne rouge
Violette odorante

EN POUDRE OU EN EXTRAIT

Agar-Agar
Ail
Ajowan (fruit)
Alliaire
Aloès (des Barbades) (mucilages)
Amande
Ambrette
Aneth
Angélique (fruit)
Anis vert
Aunée
Avoine
Basilic
Cannelle
Cardamome
Caroubier (gomme caroube)
Carvi
Céléri (Ache des marais) (racine)
Citronnelle
Clou de girofle (Giroflier)
Coriandre
Estragon
Fenouil
Fenugrec
Fucus
Galanga
Gentiane jaune
Guarana
Kolatier (kola)
Lemongrass
Lin
Livèche
Manne en larmes (sève de frêne)
Marjolaine
Moutarde
Muscadier (muscade)
Oranger (amer et doux) : zeste
Origan
Papayer (suc du fruit)
Piment de Cayenne
Raifort
Romarin
Safran
Sarriette
Sauge espagnole
Sauge sclarée
Sauge trilobée
Tamarin (pulpe)
Thym

EN EXTRAIT SEULEMENT

Ascophyllum
Fève
Ginseng
Gomme adragante
Gomme arabique
Gomme guar
Gomme sterculia
Laminaire
Maté
Réglisse
Thé

Petit glossaire des termes de botanique

AISSELLE, AXILLAIRE (adj.) : Point de jonction entre la queue d'une feuille et la tige.

ALTERNES : Se dit de feuilles insérées de chaque côté d'une tige mais pas l'une en face de l'autre.

ANNUELLE : Se dit d'une plante dont le cycle de vie est de un an.

AROMATIQUE : Se dit d'une plante odorante, à huile essentielle le plus souvent.

BASALES : Se dit des feuilles poussant à la base d'une plante (rosette).

BISANNUELLE : Se dit d'une plante dont le cycle de vie dure 2 ans, et qui fleurit généralement dans sa 2' année.

BULBE : Organe souterrain arrondi servant de réserve de nourriture à liplante.

CADUQUE : Se dit d'une feuille qui tombe, en général en période de froid.

CAPITULE : Inflorescence caractéristique de la famille des Astéracées, formée de petites fleurs serrées les unes contre les autres et insérées sur le pédoncule élargi en plateau.

CAPSULE : Fruit sec à plusieurs graines qui s'ouvre par des pores ou des fentes.

CHATON : Épi* de fleurs du même sexe, de forme allongée.

COMPOSÉE : Se dit d'une feuille dont le limbe est divisé en folioles.

CORDIFORME OU CORDÉ : En forme de coeur.

COROLLE : Ensemble des pétales d'une fleur.

DIOÏQUE : Se dit d'une plante qui a les fleurs mâles et les fleurs femelles sur des pieds séparés.

ÉPI : Grappe* formée de petites fleurs sessiles (sans pédoncule)

ÉTAMINE : Organe sexuel mâle des plantes à fleurs.

FOLIOLE : chacune des subdivisions d'une feuille composée

GRAPPE : Inflorescence formée de fleurs attachées par un petit pédoncule sur un axe commun

HERBACÉE : Se dit d'une plante non ligneuse, dont le cycle de vie dure généralement un an.

LANCÉOLÉ : En forme de fer de lance.

LATEX : Liquide de couleur variable (blanc, jaune ou rouge) caractéristique de certaines familles de plantes.

OMBELLE : Inflorescence dans laquelle les pédoncules partent tous d'un même point pour s'élever au même niveau, comme les rayons d'un parasol.

OPPOSÉES : Se dit de feuilles placées par paire sur un axe ou une tige, se faisant face à la même hauteur.

PANICULE : Inflorescence de certaines graminées, composée de petits épis (épillets) disposés en grappe* ; il s'agit donc d'une « grappe de grappes ».

PARTIES AÉRIENNES : Parties d'une plante situées au-dessus du sol

PENNÉE : Se dit d'une plante dont les feuilles sont disposées de part et d'autre d'un axe médian.

RHIZOME : Tige souterraine de réserve nutritive.

STIGMATE : Organe sexuel femelle d'une fleur.

TRIFOLIÉE : Se dit d'une plante à 3 feuilles ou folioles.

TUBERCULE : Organe de réserve hypertrophié, normalement d'origine caulinaire (de la tige).

VIVACE : Se dit d'une plante qui vit plusieurs années et fructifie plusieurs fois.

Index

Crédits
DES ILLUSTRATIONS

PLANCHES BOTANIQUES : © Pierre et Délia Vignes

AUTRES ILLUSTRATIONS :
(b : bas ; h : haut ; d : droite ; g : gauche ; m : milieu)

© Archives Larousse : 11 d, 15, 21 d, 23, 25, 27, 29, 31 g, 33, 35 b, 39, 41 d, 43 g, 45 d, 47 g, 49 g, 51 d, 53, 55 d, 57 d, 59 g, 61, 63 g, 65 d, 67 g, 69, 71, 73, 75 g, 77 d, 79 g, 81 g, 83 d, 85, 87, 89 d, 89, 91, 93, 95 d, 97, 99, 101 d, 103, 105, 107, 113 g, 115 b, 115, 117, 119, 123, 125 g, 125, 127, 129, 131, 133, 135, 137, 139, 145, 147 b, 149, 151, 153, 155 d, 157, 159, 161, 163 b, 165, 167 b, 169 d, 171 g, 173, 175 g, 177, 179, 183 b, 185, 187, 189, 191 b, 193, 195 g, 197 g, 199 d, 201, 203, 205, 206, 210

© François Couplan : 13, 21 g, 47 d, 49 d, 51 g, 55 g, 59 d, 65 g, 67 d, 75 d, 77 g, 81 d, 83 g, 85 d, 155 g, 163 h, 175 d, 199 g

© Pierre et Délia Vignes : 9 d, 11 g, 17, 35 h, 37, 41 g, 57 g, 43 h, 79 d, 101 g, 171 d, 183 h, 191 h, 195 d, 207 g, 207 m

Shutterstock : © Ana del Castillo : 95 g, 207 d ; © btwcapture :43 d ; © Creative Family : 181 ; © dabjola : 45 g, 47 ; © David Dohnal : 31 d ; © FotoLot : 214 ; © Grigorev Mikhai : 216 d ; © HandmadePictures : 143 d, 209 g ; © HHelene : 147 h, 221 d ; © Ildi Papp : 167 h ; © kidsnord : 197 d ; © LianeM : 169 g ; © Manfred Ruckszio : 171 g ; © scaners3d : 63 d ; © Toni Genes : 19 ; © TunedIn by Westend61 : 212

Direction de la publication
Isabelle Jeuge-Maynart et **Ghislaine Stora**

Direction éditoriale
Émilie Franc

Édition
Thierry Olivaux, avec la collaboration de **Vanina Pialot**

Conception artistique et mise en page
Emmanuel Chaspoul

Couverture
Valentine Antenni

Fabrication
Donia Faiz, Émilie Latour

ISBN : 978-2-03-601713-9

Photogravure : IGS, 16 L'Isle d'Espagnac
Imprimé en Espagne par Graficas Estella
Dépôt légal : octobre 2022
330574 / 01 – 11049599 – juillet 2022